古玩笔记

爱国篇

——老年间古玩收藏的禁忌故事

齐州三爷◎著

上海社会科学院出版社
SHANGHAI ACADEMY OF SOCIAL SCIENCES PRESS

图书在版编目(CIP)数据

古玩笔记. 爱国篇 / 齐州三爷著 .— 上海 : 上海社会科学院出版社，2020
ISBN 978-7-5520-3290-1

Ⅰ. ①古… Ⅱ. ①齐… Ⅲ. ①小说集—中国—当代 Ⅳ. ①I247

中国版本图书馆 CIP 数据核字(2020)第 148732 号

古玩笔记——爱国篇

著　　者：齐州三爷
责任编辑：霍　覃
出版发行：上海社会科学院出版社
上海顺昌路 622 号　邮编 200025
电话总机 021-63315947　销售热线 021-53063735
http://www.sassp.cn　E-mail:sassp@sassp.cn
照　　排：南京理工出版信息技术有限公司
印　　刷：上海信老印刷厂
开　　本：720 毫米×1020 毫米　1/16
印　　张：12.5
字　　数：184 千字
版　　次：2020 年 10 月第 1 版　2020 年 10 月第 1 次印刷

ISBN 978-7-5520-3290-1/I·411　定价：48.00 元

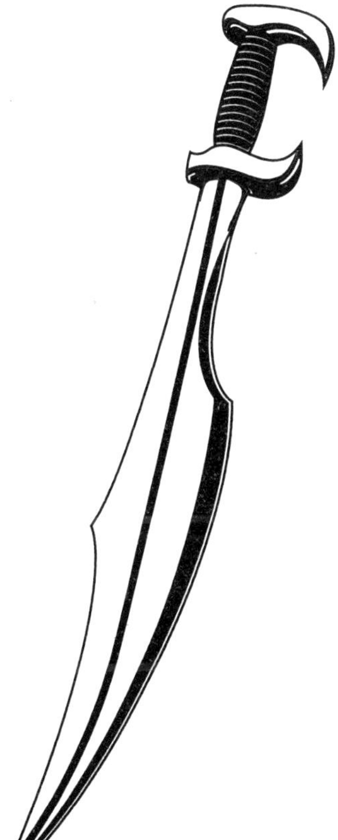

目录

宝刀记

引　子

夫刀剑之由出，已久矣。前王后帝，莫不铸之，但以小事记注者，不甚详录，遂使精奇挺异，空成湮没，慨然有想，遂为记云……有刀名鸿鸣，传自上古，乃黄帝采首阳山之铜所作。创之时，受法于九灵之丘，用阴阳之候，三才之木，四海之水，五阳之精，八荒之土，合水火之齐，取刚柔之和，日月之光，三载乃成。

成时雷霆大作，神鬼夜哭，黄帝定服章之美、礼仪之大，佩之以玩赏。后传数千载，至汉孝武皇帝，刀长三尺五寸六分，古韵盎然，迥然非三代物可比。武帝爱重东方朔，解刀赐之，朔曰："此乃重宝也，一雌一雄，雄者黄帝时化为飞鸿，入云中而没，非臣下所敢配。"武帝大笑而罢。

——《古今刀剑录》

乾隆十三年，钦定大阅佩刀，炼铁为之，通长二尺七寸七分。刃长二尺三寸，阔一寸五分，右镌银，横为"天字一号"，纵为"炼精"，皆隶书。左横为"乾隆年制"，亦隶书，下为鼓冶铸刀形，鋄为金盘，厚二分，周饰红宝石、绿松石、青金石，相间各四，外衔珍珠。柄长四寸五分，木质，缠明黄丝，末钻铁涂金，周饰红宝石、绿松石、青金石三道，衔珍珠，系明黄绫，中饰绿松石。室长二尺五寸，木质，饰金桃皮。琫、珌皆金花纹，饰红宝石、绿松石、青金石各一，中横束铰金二道，饰亦如之。背为金提梁，左右各饰红宝石四，青金石二，绿松石二，系明黄绫，属于金环，加革版悬之，版亦饰金。

——《皇朝礼器图式》

一

民国三十四年八月十五日，猖獗一时的日本帝国终于战败，向中美英苏盟国无条件投降，中国取得了自甲午战败五十年来最伟大的一次胜利，欢天喜地的人们唱啊跳啊，真是普天同庆，四海欢腾。原先迁都后方的国府靠着半壁河山整整抵挡了十四年之久，胜利之前，陪都重庆大大小小的官僚们便是前方吃紧，后方紧吃，好容易等到日月重光，山河收复，最高统帅一口气松下来，可那群憋了十四年之久早“饿”得前胸贴后背的官儿们，在一声号令下，忍不住摩拳擦掌跃跃欲试，从空中、陆路、海路像一群饿疯了的蝗虫，铺天盖地般拥向了前方，美其名曰“胜利大接收”。

满目疮痍民生凋敝的故都北平就飞来了这么群“蝗虫”，这群人个个腆胸叠肚，眉飞色舞，趾高气扬，瞪大了眼珠子，指挥手底下的喽啰们四处出动八方搜索敌产，都被名正言顺地接收。起初还有个章法，后来渐渐地乱了套喽，各部院、各军为了争夺逆产吵得天翻地覆，有些仗着有势力、带兵的，更是气焰嚣张，无数拨人马你来我往，也甭管是不是逆产，看中了把封条一贴，就据为己有喽。

他们为了钱大打出手，闹得故都鸡飞狗跳人仰马翻，恨不得人脑袋打出狗脑袋，一直闹腾到第二年夏秋，才算把真真假假大大小小的日本人、汉奸们的财产搜刮分配干净，报上去的不知道有多少，反正一个个接收大员都跟喝饱了油的老鼠似的“肥”透了。各部院大人们也“利益均沾”，睁一眼闭一眼，总算一床锦被遮盖了，才把这番接收闹剧演完。

这番乌烟瘴气的折腾，看得故都的老少爷们目瞪口呆大失所望，纷纷哀叹：“想钟央，盼钟央，钟央来了更遭殃！”当官的都打了鸡血似的投入大接收，谁还顾念着日渐残损倾颓的老北平呢？

矗立在华北平原上已然六百余年的往日皇都，真的老了。

琉璃厂也老了。前清末年直到民初，这里还了得？全国人文荟萃之地，山珍海宝云集之处，从东门进去，您就瞧吧，买卖铺户星罗棋布一家接一家，就算不逢厂甸庙会，这里也是人来人往，川流不息。即便国府迁都南京后，北平以深厚的历史文化底蕴和丰富的人文环境，也算是个文化之都，着实红火了几年。可日本人一来，打破了文化之都的美景，残酷的杀戮，狠辣的搜刮，丧心病狂的破坏和蹂躏，让老北平及城里的琉璃厂成了陈年残迹。那年月，混合面都吃不饱，谁还有闲心买古董？不少历经百年的老铺子，就此关张歇业，湮没无存。

不过呢，琉璃厂本身这座巨大的文化珍宝库，历经风霜，回光返照般出现了几次“小阳春”。头一次是辛亥后几年，乍逢国变，南来的官僚大人们蜂拥而来，不少是留过洋却深谙官场文化的新人，南北融合后官场和清末王公亲贵的破产，让琉璃厂不少买卖铺户发了一笔。第二次就是茹毛嗜血的小日本打了来，不少遗老遗少和大大小小的汉奸们弹冠相庆，给他们的日本主子疯狂购买搜刮老中国的古董珍玩。

矮墩墩的日本人眼皮子浅，那些徒有虚名的“中国通”文人和色厉内荏的军人们，在小岛子上学的是些不日不西不土不洋的东西，猛一来到老中国，像是打劫的小偷闯进了无穷宝库，看着什么都新鲜，恨不得大包小包把所有看上眼的物件都搬到东京去，嘴里说着“不要被中国文化同化”，其实收起汉奸走狗的礼物，比馋极了的猫狗还贪，也就如徐娘半老半推半就，入乡随了俗。

因此，战乱归战乱，可有那么几家铺子，因为跟大小汉奸和日本人关系拉得近乎，在兵荒马乱世事更迭中着实生意兴隆，琉璃厂西街的鉴古斋，就是其中一家。

鉴古斋跟鼓楼东大街几间古玩铺子，都是前清那会儿内廷几个有钱的老公偷着开设的买卖。老公们没儿没女，宫里给的赏赐少得可怜，等混到总管副总管这一级，血更凉、心更贪，跟外朝的大人老爷们没啥区别。宫里历朝收集的珍宝古董书画堆积如山，所谓靠山吃山，靠水吃水，靠皇上吃皇上，这些老公们便趁着职务便利，没少往外运这些大大小小的物件。起初是倒卖，后来学精了，便自己开起了古玩铺，长流水的买卖，各家参股，等出了宫，也好有个赚嚼裹儿的地方不是？

因此清末民初，对京里门儿清要送礼的官员、爱收藏的文人们都晓得，想买好东西，琉璃厂没有的，就得去这几家铺子，甭说是外藩进贡的翡翠玛瑙水晶宝石应有尽有，就连御用的东珠、老佛爷的金刚钻和乾隆爷《石渠宝笈》里著录的法帖名画也能鼓捣出几件来，赞叹之余，这群长胡子的老爷们也不得不佩服那些不长胡子的公公们着实神通广大。

说白了，老公们就是“偷”，可那年月想发财谁不偷？小官小偷，大官大偷，连退位的小皇上不也偷着往外运珍宝书画？吃得脑满肠肥在家纳福的老公不仅对这种事儿从不避讳，碰上有人问，还大言不惭地说：“嗨，都是皇上的恩典，俺们伺候皇上这么些年，吃他点，喝他点，那叫皇恩浩荡！你们外头人懂个屁。”

嘴上虽这么说，毕竟偷来的锣鼓敲不得，像公公们捏着兰花指操着公鸭嗓子做事又阴又损一样，这些铺子门脸儿都不大，最小的一间门脸儿，大的不过三间，里头乌漆抹黑的阴暗，透着不那么“光明正大”。正格的古玩铺掌柜的，对这几家铺子几乎敬而远之，不太敢跟他们打连连，万一不慎惹恼了，给你来个“蔫损坏”，你就吃不了兜着走。

只有琉璃厂鉴古斋算其中的“异数”，三大间门脸，雕花的窗棂镶着大玻璃，光彩明亮，透着阔气，门口那座两柱一间的硬木起脊悬山顶彩绘门脸牌楼异常华丽，两根挂着彩绸的朝天柱子寓意财气冲天。据老人们说，这还是当年老佛爷大修颐和园，李总管特意吩咐走工的匠人单给鉴古斋做的体面物什。为嘛？买卖里有他老人家的股呢。

店铺正面上头挂着泥金博古纹金字大匾，气派堂皇。“鉴古斋”三个大字，乃是清末陆状元的手笔，如今几十年过去，风吹日晒雨淋，别家的匾额早已彩漆剥落满是灰尘，真金贴饰的鉴古斋匾额依旧熠熠生辉，不同凡响。

据说当年把铺子开在这儿，李总管便有话：“那是人家文人雅士的地头，咱们不比文士老爷肚子里墨水多，可也不能叫人家瞧不起咱们呐，要盖就盖一座气派的，甭叫人家小瞧了咱！”于是乎这座华丽气派的鉴古斋便应运而生。不过多年来，说不上是怕别人瞧不起还是瞧不起别人，抑或有种说不清道不明的“鹤立鸡群”的心思，鉴古斋跟琉璃厂其他买卖并不太亲热，老端着一股“劲儿”，生意对象也主做洋庄。

到光复这年，老东家们早已驾鹤西去，后人们吃喝嫖赌早已败落，转了几手，却还是公公的后人做东，掌柜的换了几茬，现而今这位姓吕，直隶大城人，跟李总管、崔副总管是同乡，在琉璃厂也混了小三十年了。

吕掌柜，五十出头年纪，矮墩墩身材，胖乎乎四方大脸，两撇小黑胡，短眉毛鱼泡眼，招风耳朵蒜头鼻，胖手胖脚胖屁股，走路小碎步，一说话龇着黄板牙满脸堆笑能挤出好几个酒窝，怎么瞅怎么像家里灶台上贴的灶王奶奶，因此大家背后都称他“吕婆婆”。

吕婆婆看起来毫不起眼，对谁也没脾气、不摆谱儿，透着一团和气，可内里精明狡黠，伶俐乖巧，一张巧嘴口吐莲花，做事有里有面滴水不漏，做了这些年掌柜，跟三教九流，东西洋各国洋人拉拢得都很好。起初瞧不上他的那些大掌柜们，也暗暗吃惊，这种大智若愚大巧似拙的人物，不是公公们的独特眼力，旁人还真找不出来！

二

秋天，闹腾了一年多的“胜利大接收”终于落了幕，北平迎来了光复后第一个收获的季节，万恶的日本鬼子被赶走了。大到粮食棉布绸缎煤炭，小到瓜果梨桃针头线脑，终于没有了管制，一车车一船船从四面八方汇集到此，终于让忍气吞声十四年之后的老北平恢复了些许元气。

这天中午，琉璃厂静悄悄的，吕掌柜在铺子里就着天福号的松仁小肚，月盛斋的烧羊肉喝了二两白干儿，又吃了仨小芝麻烧饼，叫伙计顺子收拾了桌子，自己在后院眯瞪了一会儿，起来看看天色还早，便叼着根牙签，披上褂子出来溜食儿。

也巧，他一出门就听见有人叫：“吕掌柜的，您闲在啊！”一扭头，斜对过洋车下来个浓眉大眼魁梧的老者，一身玄色绸衫，手里提溜个包裹严实的大包袱，红光满面踱了过来。吕掌柜赶紧吐了牙签，热情拱手：“马老哥，您好！您怎么这会来了？来，进来坐坐，刚沏的小叶茶！”

“今儿去不成啦，我得去明古阁，外甥在那儿等我呢。”老马很随意地拱拱手。他是玉器行的耆老，廊房二条几家玉器店的东家，琉璃厂没有不认识的。吕掌柜小碎步过来拉着他的手，亲热地递烟，说：“嗨，您都这把年纪，还为小辈的当差？您那外甥大头真不吝！成天长在明古阁似的，跟着小董四处跑，真是仁义呐。”

老马抽了几口烟卷豪爽地笑了：“嗨，操那个心！他爹妈走得早，跟我长大的，孩子就是那个脾气，随我，哈哈！听见哥们儿弟兄的事，比自己个儿家的还上心呢，我这把年纪还能照管他几年？在这儿又没个三亲六故的，小董家风好，董掌柜又是个厚道人，他小哥俩处得亲兄热弟，我也高兴。”

“您说的是！”吕掌柜转了口风，叹道，“还有贵爷呢，听说你们可是四十来年的交情，老辈儿亲，辈辈亲，老世交吗。您手里这是？”

“几件玩意儿，说是给牛局长预备送南京大员的，还不定人家瞧不瞧得上眼呢。”

“好家伙！牛局长那么厉害的身份也送礼？”吕掌柜眨巴着小眼笑道，“这群祸害还没够？闹腾了差不离一年了吧，远的不说，东城西城前门外多少家日本人的铺户生意，都抄得一干二净，活该。不过听说不少跟日本人做买卖的铺户都给封了，连岳大掌柜都差点吃了瓜落儿，夜里赶紧送了上头一对赤金如意才算完，真够吓人的呢。”

“哼，够？啥叫够？这事儿您还不明细，老岳不是送了一对，是九柄！好嘛，一柄重二百两，九柄多沉？全是真金呐，不介就他做的那些事儿，都勺上也不冤枉。我听外甥大头说，现今有个词‘五子登科’，您听过没？”

“啥叫五子登科？”吕掌柜故意做出一副呆相。

“嗐！说出来都替他们臊得慌！”老马一瞪眼，“不就是金子、票子、车子、房子、婊子嘛！听说还有喜欢半男不女杂种兔子的，这叫‘六子登科’！好嘛，八年啦，打仗没见他们上阵，卢沟桥事变一起，他们就大包小包老婆孩子溜之乎！赶到如今胜利了，一接收都跑出来喽，为的不就是这‘五子’？呸！咱们老少爷们心明眼亮，横不是故意编的吧！”

“谁呀，谁跟这儿甩闲话呢！也不怕闪了舌头！”话到人到，一辆华丽的洋车稳稳停在了鉴古斋门口，车前车后四个彪形大汉，一身玄色短打扮，扎着绑腿，腰里巴掌宽的虎头大带，满脸横肉气势汹汹，扶着车上一位油头粉面的中年人缓缓下来。

“你们随便溜溜去！甭跟这儿碍眼，下半晌来接我。”中年人一瘸一拐用银头手杖支撑身体，一面故意对着面前两人满不在乎地说，明摆着，话是说给这两人听的。老马一见是他，也不正眼瞧，拱拱手转身奔了明古阁。吕掌柜一转身满脸堆笑，大声说：“哎哟！我说头天后院梧桐树上落了只花尾巴喜鹊，琢磨着今儿有贵客！果然您就来了，韩二爷您一向可好！”

望着老马的背影，韩二爷冷笑一声，扭头看看面前满脸堆笑的吕掌柜，故作矜持地摆摆手：“好？二爷如今可是真好，呵呵呵，就是有那不长眼的跟这儿碍眼！”

“哟，您这是说哪里的话，呵呵，老马就那个脾气，您大人不计小人过，宰相肚子能撑船，甭跟他一般见识。快，知道您今儿走累了，我里头还备着好茶呢，顺子！”吕掌柜一嘴话抹了蜜似的甜，大叫道，“快把我屋里的黄山云雾拿出来，用盖碗。对！就那套嘉庆五彩！”他一面说一面搀着面前这位祖宗似的人物进了屋。

韩二爷在京城里大名鼎鼎，乃是北霸天韩大爷的侄子兼养子，长得溜光水滑一表人才，可忒不是东西。只因韩大爷半生无子，招他做了养子，韩二爷却不干人事儿，在韩家调戏几个小妈，被韩大爷一顿痛打撵出家门，不过毕竟是韩大爷的侄子，仗着这点身份，韩二爷自立门户，成了北城的一霸。

抗战之前，这小子就在北城欺男霸女无恶不作，无人敢惹。那年因为使诡计要夺南城车行杨爷家里的一对珍宝蟠桃和邵大爷的一套小院，在德胜门外雇假洋鬼子打擂，结果假洋鬼子被杨爷的儿子大杨打死，他也被看热闹的老少爷们揍了个半死，打断了一条腿。杨爷一家子躲到了天津卫，他可没跑了，被下了大狱，他叔韩大爷哀叹家门不幸，连管都没管。

落架的凤凰不如鸡，成了丧家之犬的韩二爷在大牢里头被穷哥们弟兄整得见天睡马桶、干重活，整整蹲了五年，腿伤没法治，真成了瘸子。出狱以后，他见日本人势力在华北渐渐做大，便委身投靠，抗战时没少跟在日本人屁股后头干坏事，打闷棍套白狼都是轻的，连他叔叔都不再做的大烟、白面儿生意，这小子也做得风生水起，可赚了不少糟钱。

胜利前，也不知他怎么搭上了牛局长的军统路子，胜利后，摇身一变，又成了潜伏有功的党国特工，见天领着接收大员们四处查抄各处日本人、汉奸们的产业，一面中饱私囊一面再立新功，着实成了上头的红人。

韩二爷的本事真叫人看得五迷三道眼花缭乱，用他自己的话说："如今碰上好世道，老子算活过来喽！"

吕掌柜心中暗叹：还是人家韩二爷有神通呐！瞅瞅人家的打扮：一身TOWNTEX的深蓝笔挺西装，菲力士的牙白衬衣配着英格兰斜纹领带，白金领带夹子故意露出半截，意大利约翰牌棕色皮鞋不知抹了多少鞋油，熠熠生辉，手里的手杖是康斯麦的，连手上的黄金大钻戒也不像中国货。

四十多岁了，韩二爷脸上一丝皱纹都没有，头发从抗战时的日式大中分变成了现今最时髦的美国佬的大偏分样式，不时咧嘴笑笑故意露出几颗金灿灿的纯金屎黄色大板牙。只是他的气质太差劲儿，老是想装出一副英国人或美国人的傲慢，可惜他的分寸拿捏得实在不好，既没有日本人的严肃，也没有英国人的傲慢和美国人的蛮横，举手动足活像个穿了洋装的小贩儿，再加上他一嘴痞里痞气的京片子，真够人围着瞧上半拉月的，因此道上的人背地里都叫他"镶金马桶"。

想起这外号，吕掌柜不禁一笑，忙用咳嗽声掩饰，仔细琢磨这位爷此行的来意。等端上茶，韩二爷拿腔作势喝了几口，咧嘴露出大金牙干笑了两声，摸出镀金烟盒取出象牙长烟嘴，点烟抽了两口，才慢慢打量起闻名遐迩的鉴古斋。

这座铺户，外头看着烧包，里头倒是完全按照古玩铺的规格修造陈设的，比一般小古玩铺大出不少，前厅、后院、东西厢房一应俱全，前厅三大间打通了，窗明几净，一水儿的硬木雕花桌椅条案大气沉稳，擦得锃光瓦亮十分干净。

门口迎面一张紫檀长条大案，上头摆着商鼎周彝，前头紫檀雕花圆桌，四个粉彩瓷圆墩，北墙上挂的是幅头些年顶时兴，带"臣字款"的院画《江南春山图》，用笔婉丽清雅，着实不凡。东间靠东墙直到北墙一拉溜几座高大的硬木多宝格，或方或圆或葫芦或方胜形的格子里，摆满了琳琅满目的古玩玉器珐琅瓷器。多宝格前头是一列玻璃面的柜台，里头是些比较贵的小件玉佩、玛瑙、铜爵、铜镜、错金刀币、念珠、玉碗，摆得整整齐齐。伙计小顺子正低眉顺目用鸡毛掸子轻轻扫拭本就明亮的玻璃柜。

正、东两间跟其他铺子差不离，西间不同，门口摆了个少见的黑色电话机，显得异常摩登。北墙上挂着一幅前清大学士、青桐居士蒋西君的《牡丹富贵图》，下头紫檀大条案，正中是个长条玻璃匣子，明黄软缎上摆着一柄三尺来长拴了明黄丝绦的染牙嵌各色宝石如意，左右是两件乾隆五彩缠枝莲纹吉祥花流云百蝠玉壶春瓶，前头一座紫檀云榻上铺着淡黄色绸垫、靠背，炕桌上点缀了几件官窑瓷，地下铺着提花地毯，临窗下一张紫檀书桌，桌后圈椅，地下摆着几个青花大画缸，里头插满了各色卷轴字画。西墙上一溜挂着清初四王的四幅山水画，下头两把楠木太师椅配八仙桌，桌上摆着一对紫檀百宝嵌的小柜子，镀金铜拉手，异常精致。靠墙的长条翘头案上，左右是一对雍正青花天球瓶，正中仿佛是个小木架子，盖着块杏黄绫子显出硕长的形状，看不出是啥物件。

韩二爷叼着烟咧嘴笑了笑，说："吕掌柜发财啊，我去过的古玩铺子也不少。嗬！你这布置的，咋跟庄王府、肃王府的厅堂像啊，不知道的还以为是进了王府大宅门呢。"

"您过奖！"吕掌柜满脸堆笑递过茶杯，"您尝尝，正格儿今年的云雾。您还说呢，这布置，是头几十年几位宫里的公公东家来，非得这么摆设，说是图个气派体面，按照宫里的格局给鼓捣的！按说咱是开买卖的，弄这么一间，外人瞧着忒扎眼，可洋人们喜欢呐！哎，现如今啥生意也不好干呐，就是弄成太和殿那摆设，也没几个客人来。您说，小日本在咱们老北平一待就是八年！见天的混合面，钱又毛，谁还有闲钱买这些个古董？现今账上一个月的流水连我们爷俩的嚼裹儿都不够，成天的棒子面窝头，我都快吃成窝头啦。"

"呵呵呵，我说的呢，吕掌柜，你可甭在我面前卖弄你那生意经！"韩二爷一甩油光闪闪的大偏分指着他，"谁不知道你们行里是'三年不开张，开张吃三年！'甭跟我哭穷，爷不要你的孝敬。爷是有事儿找你！"

吕掌柜心中一动，赔笑道："不能够！实话实说，嘿嘿。您能来小店，就是鉴古斋蓬荜生辉呐，有什么事儿您派个人来言语一声，小店必当尽全力！您如今是春风得意，您说，我不捧您我不是傻了吗？"

“你这张巧嘴啊，哈哈哈，真能把死人说活了，得嘞，我也不藏着掖着啦，说实话，我要送礼，你赶紧着给我预备几件。东西不好不成，小件的不成，太大的也不成，便宜了不成，太贵了也不成，更紧要的一点，必须要真的！你要敢糊弄我，哼哼，你可吃不了兜着走！”

吕掌柜听他撇着嘴说完就是一怔，笑容没变心里揪起来：啥叫“小件的不成，太大的也不成，便宜了不成，太贵了也不成”！这位混混爷，可真敢张嘴，不小心伺候着，万一惹怒了他，可有的倒霉了，若是把他摩挲顺了，这银子……

“那不能够！决不能够，糊弄别人的胆子我有，混弄您韩二爷的胆儿，我还没长出来呢，嘿嘿。”吕掌柜义正词严，说得韩二爷一笑：“呵呵，这话我爱听。”

“您要送谁呀？”吕掌柜刚开口，韩二爷便沉了脸：“怎么，你还查二爷我的账？”“不敢！”吕掌柜吸着凉气问，“我哪儿敢，呵呵，我是问，您要送的这位，是男是女，年纪多大，是文官还是武将？平常爱好个啥？我好给您预备呀。”

“这里头还有那么大讲究？”韩二爷不阴不阳盯着他问。吕掌柜卖弄似的说了原委。韩二爷眨眨眼，冲小顺子一努嘴，吕掌柜赶紧叫他回避了，二爷这才有点诡秘地说：“大概其你也知道，半年前，戴老板来北平处置汉奸资产一事儿，我抗战里跟日本人来往密切，咱不是，那叫什么来着？曲……”

“曲线救国！”吕掌柜赶忙补上一句。

“对喽！咱是曲线救国的功臣呐，起初戴老板没见我，没说的，咱身份不够。那当儿咱也不懂哇，就从瑞古阁弄了一对北宋青玉螭龙杯送了上去，倒不错，戴老板赏收了，见是没见，给了咱个小官，这条线刚拉上，谁知……”

谁知道，军统戴老板在北平、天津搜刮了一大批奇珍异宝古董金银，正要飞回南京在老蒋面前邀功请赏呢，不料飞机也不知是怎么了，一头撞在金陵附近的戴山上，一飞机的人闹了个机毁人亡，老蒋勃然大惊，查了多半年也没闹清楚到底怎么回事儿。

有的说是有人暗中在飞机上放了定时炸弹，谋害了他；有的说是戴老板命中缺水忌土，被个不知情的小特务改了代号为高崇岳，这才令飞机一头撞在戴山上完蛋。种种离奇说法传得铺天盖地沸沸扬扬，号称无孔不入无所不知的国内第一特工王戴老板就此身死魂消，连死因都没查出来，连带着还有飞机上无数的金银珍宝古董也成了飞灰，其中就包括韩二爷送的那对北宋青玉螭龙杯。东西无所谓，可这根刚巴结上的线也就断了。

韩二爷恼怒不止。老蒋那头给戴老板办了盛大的丧礼，原本就钩心斗角党同伐异的军统内部更是乱了营，江山帮、广东帮为了局长的宝座闹得鸡飞狗跳不可开交，人人后头都有靠山：阴险狡诈的毛主任、大智若愚的郑老板和坐山观虎斗的唐帮办，还有戴老板手下的八大金刚也跟着摇旗呐喊推波助澜，各地大大小小的军统特务瞅着眼花缭乱，谁也不知道下一任老板是谁，更怕跟错了人被新上任的老板一巴掌抽死。所以，虽然各地都已光复，老百姓生活安稳，可那些大特务们却似热锅上的蚂蚁，上蹿下跳得厉害。

韩二爷是个半路出家的外来户，老话说人走茶凉，这当儿根本没人搭理他，他得接茬儿送礼。

等韩二爷说完，吕掌柜这才明白了他的来意，思索半晌，说："哎哟，您这官场上的事儿，我也不懂，您这礼都想送谁啊？"韩二爷眼珠转了转说："我这儿也为难呐，不瞒你说老吕，我是个外来户，咱谁的人也不是，你想啊，人家里头讲究认老乡、攀亲戚，咱三辈儿都是老北平，跟谁攀得上？"

"不是听说牛局长最近势力不小吗，在北平十四年跟小鬼子干。您何不找找他呢？"吕掌柜想起方才老马那事儿，提醒道。

"嘘！你甭说了。"韩二爷一哆嗦，警惕地四处看看，小声说，"上回查办金璧辉是我领的路，认识了一位高人，现而今人家回南京去了，听说戴老板飞机这事儿，恐怕跟牛局长脱不了关系呢！你想，咱这会儿哪能找他！"

"这……"吕掌柜倒吸了一口冷气，如此隐秘还是少知道为妙，便转了话音问，"那剩下三位，就是毛主任、郑老板和唐帮办，您想……"韩二爷轻叹道："老吕，方才那话咱哪说哪了啊，可甭出去胡吣！"

"那是，那是！规矩我懂。"

"我想，咱三管齐下，备办三份礼物，反正以后的老板跑不出这仨人去，我还问了南京那位高人，他也是这个意思。所以今儿我跑了几家，也没合适的物件，都说你是个懂事儿的，你给二爷我掂对掂对？"

吕掌柜笑脸大开，赶紧递烟说："那敢情好！这是二爷您想着我，心疼我！咱铺子虽小，可绝对包您满意呢！嗯，您说，他们仨好点什么？”

韩二爷挠挠头：“这个我倒听了一耳朵，郑老板被戴老板压了这些年不能出头，早怀恨在心啦，听说他太太更是贪，金银财宝无所不收。我给他预备了一对赤金如意，一对水头很好的翡翠镯子。毛主任人太深沉，不多言不多语，唯命是从，听说委座挺看中他，他呢，不知道爱好个啥，秘书主任出身嘛，我琢磨着，文房书画都可以，他老婆那儿送一尊金佛。不过唐帮办这人咱搞不清。”

“哪个唐帮办？”“嗨，就是兼着委座侍从室组长那个，这人更是心机深沉，城府颇深，孤傲清高，听说是个‘清官’，呵呵，一钱不取，就靠薪水过日子。”

“这年头还有清官？”吕掌柜憋着笑问。

“我呸！”韩二爷嗤笑道，“全中国的清官早他妈死绝了，就剩他一个？我琢磨着得送点个不同寻常的玩意儿，所以你今儿得给二爷找出两件拿得出手的玩意，价钱我不在乎。”说着话他从西服口袋里掏出一叠花花绿绿的纸币“啪！”地拍在桌上嬉笑道，“瞅见没？老吕，这叫刀乐！美国佬的钱，一张能换咱们好几千法币呢。你今儿能给爷找出点好玩意儿，这些都赏你！”

吕掌柜眼瞪得老大，咽了口唾沫，脸上的胖肉突突直跳，激动得满脸放光，哈腰赔笑：“您就擎好吧！顺子，把货单拿来！快着！”

三

外头下雨了，细蒙蒙的雨丝敲打在玻璃窗上，鉴古斋里安谧如常，紫檀云榻炕桌上的官窑瓷被撤走，摆了几件精美的盒子。韩二爷瞪大了眼珠托着腮，仔细打量桌上的几件古董，时不常抬眼瞥瞥满脸堆笑的吕掌柜。

头一件紫檀匣子杏黄软绸里裹着一尊二尺来高的青铜尊，方口椭圆腹，卷龙纹的青铜双耳稳稳扣住尊身，古朴优美，绿色苍润入骨，一片片或黑或朱斑驳陆离的痕迹，篆的是灵动华美的云雷兽面纹。韩二爷左看右看，根本瞧不出好坏真假，还不愿露出不懂的样子，嘬着牙花子问：“这个多沉？值几个钱？”

一句话漏了怯，吕掌柜只好忍着笑解说：“二爷，您要贵的好的，这件东西叫青铜兽面双龙耳尊，正格三代的物件。也就是您，换外人来，看一眼就得五十块！”

“三代？”韩二爷眨眨眼，“你可别蒙我，咱们老北京就是元明清三代帝都小八百年。这物件是元的？”

“哪儿啊！商代的，离着现今三千多年呢！您瞅瞅这锈，多绿多漂亮。我可跟您说，”吕掌柜压低了声音，“这物件，看着像熟坑，其实是二十多年前的生坑，打陕西咸阳出土的，前头老掌柜当时就花了一万多银子买来，先是岳大掌柜要，出到两万大洋没卖，后来听说上海的卢大掌柜相中了，要贩到欧罗巴洲去，出了四万，咱这儿老掌柜的一犹豫，卢掌柜正往外鼓捣洛阳出土的一堂青铜器，就没顾上，压在了库房里。您可甭觉得我说大话，走遍这条街，您再能找出一件这么大的商尊，我白送您！”

韩二爷嗤笑一声，拿起了架子：“吹吧你就。这么个玩意，我瞧着各家铺子里都不少，有什么好的，能值四万大洋？”

“我的二爷，您瞅这儿，正经的黑漆古！蒙谁我也不敢蒙您呐。您瞅，这里头还有几十个的铭文呢！”说着话吕掌柜一指，尊身上果然有斑斑点点的字，可惜二爷肚里墨水太少，一个也认不出。

“嘶……”韩二爷沉吟道，“这东西瞧着有年头，不知道毛主任和唐帮办懂不懂，郑局长是不爱这个，那一个是啥？”

华丽的博古纹龟背锦长条盒里，搁着一件二尺多高的瓶子，素面玉白，小口丰肩，曲线柔和，器型灵秀，胎体透白，那白不是牙白、黄白、素白，而是光润润沁入胎体的甜白，如宝石光混合了脂玉一样，润泽莹透，仿佛在胎体上挂了一层浓郁而柔亮的凝脂，恬静自然。虽是素胎，细细看去，上头隐约浅浅细线刻花，牡丹缠枝盛开华丽，非常高雅大方，古朴中不失清雅。就连韩二爷这种“棒槌”，眼都瞧直了。

“二爷，您瞧，这可是咱们这儿的镇店之宝。”吕掌柜眨眨眼解说，“这是大明的，叫永乐甜白暗花缠枝牡丹纹梅瓶！您瞧这釉、这浆、这花。正经六百多年的玩意！原先说宣德青花、成化斗彩，甭提，这是它们的祖宗呢。不是您来，我都不敢拿出来。正格端王府里出来的玩意，头些年有个华北政务委员想弄去送给日本人，出到八千都没给他！”

“哦！这瓶子瞧着够味。”韩二爷假模假式点头称赞，疑惑问，“只有这么一件吗？咱们送也不能送一只吧？”

“哎哟，我的爷！您以为这是啥？这是大明永乐甜白，御窑厂烧几窑才出这么一件！您去紫禁城瞅瞅，明清六百多年，剩下有几件？传世的只有宫里、王府里能见着，也就咱这儿的老公公们神通广大，不介，多少人见都没见过。十几年前，行里串货有几位大掌柜瞧过，看了都惊掉了下巴磕儿呢。”

韩二爷点了根烟缓缓吐出个烟圈，咧嘴一笑：“你这话说的，好嘛，整个琉璃厂就你们家东西贵重？那一盒是啥？”

“一对雍正年间御制的珐琅彩大碗，也是稀罕的物件。”

“碗就算了！”韩二爷撇嘴，“要送也是送金饭碗，这瓷的送过去，打坏了人家还忌讳呢。还有什么？”吕掌柜听着他一句句外行话肚里直乐，也不敢反驳，忙不迭又拿出一只紫檀盒子和黄花梨的小匣，说：“您说得对，您再瞅瞅这方砚台。”

匣子里是方硕大的端砚，黑漆漆古朴大方。韩二爷瞧不出什么好，就发觉砚台底座很厚，比砚本身还厚那么二寸多，挑剔道：“这东西乌漆抹黑的，不够份儿。”“您先别嫌弃，嘿嘿，您拿起来掂掂。”

韩二爷看吕掌柜笑得诡秘，忙伸手抄起端砚，入手就觉十分沉重，足有十几斤，疑惑问：“这什么石头？够压手的！”“哪儿啊，嘿嘿，上头的端砚不过是明朝的，几百大洋的价，下头的砚座么……”说着话吕掌柜用小指的指甲轻轻一划，黑漆漆的底座露出几丝光灿灿黄澄澄的亮光，韩二爷一怔，赶紧用大拇指轻轻一搓，眼珠儿顿时闪过一丝狡猾：“金的？！”

“您圣明！九成九的足赤金，整整二百两！这还有个说法呢。”吕掌柜落座指点说，“这是宣统年间，外省的一个布政使给庆王和那中堂送礼。那会儿时兴‘雅贿’，庆王爷细大不捐，人家给啥他要啥，不在乎什么雅不雅，布政使送了五万的银票。那中堂可是个‘雅人’，会吃会喝会玩，布政使就跟咱们京里的高人学了这么一手,用整块的金子铸成底座,镶上一方端砚,送进去既不显山露水,又体面珍贵。那当儿给管事的军机、大学士们送礼,顶时兴这个,也算咱们京城里的风尚。只可惜刚在本店预备好,大清就玩完喽,那位布政使也没来取,带着搜刮来的银子回家享福去了,舍了工钱、砚台钱不说,您算算现今一两赤金换二百多大洋,这物件得值多少?"

"嗯!不错,二爷我觉得这金子座的端砚好!直来直去,本来嘛,送这路玩意,就得让上头的大人们瞧着值钱,管什么朝代有嘛用?秦始皇那会儿年头远,送个瓷罐子尿罐子,他们懂个啥?不如金子实惠,还带着点'雅气',哈哈哈。"

"您圣明!您瞅,这是一盒古墨,东西不值钱,年头长,您随便赏。"吕掌柜说着打开那个黄花梨小匣,"正经的南宋松烟墨,虽不如李廷圭做的,比后来的金不换、苍龙图、青髓麟早几百年。老话说文房四宝,一方端砚配上这盒古墨,保管上头见了'上人大喜',呵呵。"

韩二爷听了越发得意,沉吟片刻说:"那永乐瓶子我瞧着膈应,白哧啦的,也不吉利,你算算那只尊、这砚台和古墨什么价?给爷报个实价啊。"

"瞧您说的,您能来小店就是我们三生有幸,还敢多收您的?"话虽如此,吕掌柜这个生意精,要了六万五千大洋。外带着包装和送的几块古玉,韩二爷还价到六万,总算满意,刚写了支票,忽然问:"郑老板那儿不算,端砚古墨送毛主任也凑合,唐帮办那儿送一尊青铜,我怎么觉着少点啊。嗯……听人说,甭看他一本正经软硬不吃,委座着实看重呢!"

"二爷,这也不少吧,光这件尊就小两万大洋。"吕掌柜赚了一大笔,丝毫不外露,接过支票紧紧攥着,装出一副替他精打细算的模样。

"你不懂啊,这些大人们有时候不在乎东西,仨人,其他两位都是双礼,唐帮办那么精细的一个人,万一听说这事儿,自己收了一单,恐怕人家心里过不去。这些大人老爷在小事儿上可是精明计较呢,他们斗气儿不怕,万一连累了我的前程那可不划算喽。"

"得!您再看看,还有什么,我这儿还有宋版的古籍、古玉、书画,您选几件?"吕掌柜不失时机推荐了几件东西,谁知韩二爷撇着大嘴就是瞧不上。在屋里转了好几圈,末了,韩二爷猛然发现西墙根紫檀长条翘头案上用杏黄绫子盖着的物件，来了兴致，点手问吕掌柜：“老吕，这下头盖的是啥玩意儿？打开，二爷我瞅瞅，说不定这东西合适呢。”

“啊？这……”吕掌柜闻言脸色突变，鼻子嘴一阵抽动，霎时恢复了笑。这一下可全叫韩二爷看在眼里，知道其中有机巧，更要掀开看。吕掌柜讪讪赔笑：“二爷，二爷！您、您再瞅瞅别的吧，这物件是人家存在这儿的，不卖。”

“不卖?!”韩二爷一听就沉了脸，“啪”地一拍桌子，震得吕掌柜就是一哆嗦。韩二爷冷笑道：“你甭给我打镲！你这儿还有不卖的东西？怎么，敢跟爷斗心眼？想憋着卖大价钱还是打量二爷我买不起？不知道我是干什么的?！打开！”

吕掌柜又作揖又抱拳，哭笑不得，连连央求。韩二爷的脾气他可不摸底，越是阻拦求饶，他越来劲儿。片刻，韩二爷发了怒，一把推开吕掌柜冲到翘头案前，一挑杏黄绫子，等看清了上头摆设的物件，韩二爷眉头紧锁大惊失色，“啊?!”地叫出了声。

四

杏黄绫子下头，是一座剔红戗金精巧的三格彩漆刀架，一看就不像中土之物，架子顶格和二格上各架着一柄宝光闪烁耀人眼目的战刀。韩二爷目瞪口呆扔了手里的杏黄绫子，直愣愣盯住两把刀只吸凉气……这两把刀真他妈漂亮，也太他娘怪了！

顶格那把刀没有刀鞘，通长三尺有余，刃长二尺七寸多，厚一寸五分，刀身冷森森幽蓝如碧空春水，寒光四射，刀镡下方篆刻四个填金隶字，可惜他不认得。刀身开双血槽，贯穿通体直到刀尖，刀根吞口下浮雕了一条五爪金龙，狰狞可怖，刀背上还窝着一条五爪游龙，龙爪、龙身、龙头、龙鳞全是黄金铸造，金光迸射，耀得满屋光影重重，逼人眼目。

刀镡刀柄把箍上也是黄金铸造的镂空浮雕八宝吉祥花卉纹及海水云龙，金光闪烁栩栩如生，恍惚间云龙张牙舞爪仿佛活了似的在天际中遨游伸展。龙身上密密麻麻镶嵌了璨如星辰的红蓝宝石，龙眼则是黄豆形状的大东珠，刀柄上还裹着已然陈旧的明黄丝带，把柄后头垂着明黄丝半尺长的珊瑚穗子，整把刀庄严规整，豪奢大气，工艺精美，气势宏伟，盈盈融融笼罩在一片熠熠生辉的霞光瑞彩中，一入眼便知道是难得的宝物！

奇怪的是，刀身中间竖着箍了二指宽的一道银光闪闪的银箍，颇有焚琴煮鹤般煞风景之气。

二格上是把硕长的东洋武士刀，也没有刀鞘，大约四尺五寸长，刀身略弯，单血槽，冷气飕飕，亮如春冰，白光闪烁中密布连绵不断势如波浪的暗光自然花纹，刀柄为大粒珍珠鱼皮包裹，又加了一层密密的金线环绕，刀柄头上箍着错金银头，金线串绕。精铜镀金的目贯，紫金刀镡，金光灿灿华光四射。刀根吞口下隐约有錾金三大片梧桐叶子，大叶上头中间是七片小叶，左右各五片更小的叶子，也不知什么意思。叶子图案下面有一行錾金小字：长久再兴堂岗琦精锻作，元和五年三月吉日。后面还有斑斑点点笔意纵横仿佛朱砂写的两个楷书小字：五胴。

整把武士刀华美古雅，精工严整而灵动非凡，也是一件不可多得的珍品。可这么一把刃如春水看似足可切金断玉的宝刀，刀刃中间也竖着箍了二指宽的一道银箍，真是画蛇添足。

韩二爷眼珠子快掉出来了，着魔似的盯着两把刀足有一顿饭工夫，连吕掌柜大声喊叫都没听见，哈喇子流了一嘴。末了，满头热汗的吕掌柜急得火上房，爹着胆子一拍他："二爷？二爷！"

"啊，嗯?!"韩二爷这才清醒过来，抹了一把嘴边的口水，嘴里直夸，"好，真他妈好!! 吕掌柜，我说你老小子憋着宝呢！怎么样？嘿嘿，这回可叫二爷我找着啦!"说罢他收了贪婪目光，坐在榻上斜愣愣瞅着两把刀打起了主意。韩二爷不傻，古董行里的事儿他多少知道，其中忌讳颇多，比如前清那会儿，盗墓出来的"坑"货、寺庙道观里的法器，尤其是兵器刀剑，是绝不会随意买卖的，踅摸这路货，一是去鼓楼西大街上的挂货铺子，二是去德胜门外北小市或者崇文门外的东小市。如今在堂皇富丽的鉴古斋乍一见好似疯牛闯进鸡窝里的两把宝刀，连见多识广的韩二爷也被镇住了。

刀具他不懂，可单看上头镶嵌五光十色的红蓝宝石、珍珠、金银丝和吕掌柜憋宝似的神神秘秘模样，韩二爷心里有数：这两把刀不仅价值不菲异常名贵，甚至还是奇珍异宝呢。打定主意，他龇牙一笑："吕掌柜，你可不仗义！"

"您、您这是说哪里的话哟，我哪敢！"

"哼，甭蒙我！方才我进琉璃厂就冲你这儿来啦。好嘛！你老小子给我打镲，给我说了这么多，又是铜鼎又是瓶子罐子砚台，怎么就是不说你店里还有这么两把宝贝?！怎么？怕二爷我不给钱啊，还是你憋着卖给旁人！"

吕掌柜急得满脸热汗，扎煞双手作揖打躬："您饶了我吧！二爷，您就是借我仨胆儿我也不敢在您面前折溜子！不瞒您说，这、这东西不是小店的，是、是别人寄存在这儿的。真不卖！"

"啪！"韩二爷猛然一拍桌子翻了脸："放屁！寄存？你当我三岁孩子呢！你这里是银号还是当铺？还能寄存东西？还他妈偷着藏着不卖?！我要不是看你年纪大，早他妈一把火烧了你这黑店！说！打哪儿来的？是偷的还是抢的？说清楚还罢了，说不清楚，哼哼，二爷我一个电话把你这鸟店封了，抓你下大狱！"

欲哭无泪的吕掌柜多精明，早知道这小子看上了这两把刀，可这两件东西他哪敢做主卖呐，其中隐情颇深，只得打叠起精神左一个二爷，右一个二爷，苦求不已。末了见韩二爷仰着脸不理他，一咬牙道："得了，我的二爷，这两把刀确实不是偷的更不是抢的，真是别人寄存的！我、我赔本赚吆喝，您刚才给了六万，我再饶您两千……不！三千大洋！"韩二爷叼着烟晃了晃手里的支票冷笑："甭介！二爷我不缺你那仨瓜俩枣！说，这两件东西到底来历如何，卖是不卖？"

"您非得要？这东西可不吉利啊！"吕掌柜捧着银票直哆嗦。

"不吉利？我他妈就不信啦！打我出道以来，老子杀人放火打闷棍卖白面儿，什么没干过！从来不信什么牛鬼蛇神阴司地狱报应！邪了门了，你弄俩不卖的东西偷偷摸摸搁在这儿，蒙谁？我琢磨着，上头那柄宝刀，搭上青铜尊送给唐帮办正好，你要想搭，把下头那把东洋武士刀白饶给我，咱们两清，不然……"

吕掌柜一听这话，更是被唬得面如死灰，赶忙阻拦："您大人有大量，这、这可不成！不是我矫情，也不是我贪财，这真是人家寄存在这儿的，我要是卖给您，本主儿来了我们可说不清啊！您开开恩……”

韩二爷沉了脸，慢慢站起来走到吕掌柜身边，突然挥手就是一个嘎嘣脆的大嘴巴，抽得吕掌柜眼冒金星登时肿了半张脸。韩二爷阴狠狠地说：“给脸不要脸！敢拿别人来压我，哼哼，今儿二爷叫你见见血！”他转身到彩漆架前一伸手抄起顶格那把金光四射的宝刀，嗬，还挺沉，回身在屋里耍了两下，刀光闪烁映得满屋白光盈盈，一下指定面无人色捂着脸的吕掌柜，得意扬扬地说：“说，到底卖是不卖?!”

“您、您这是要豪夺啊……我、我对不住人啊……”吕掌柜又惊又怕又委屈，泪流满面就是不松口。韩二爷冷笑一声，挥刀对着吕掌柜“呼”就劈了下来！吕掌柜吓得转身就躲啊，韩二爷阴笑着举刀在后头乱挥，小顺子吓得抱头蹲在角落吱呀乱叫，屋里可就炸了营喽！

这么小的铺子哪里躲得开？吕掌柜呼哧带喘满头热汗，看着韩二爷张牙舞爪的模样心胆俱裂，知道他浑，没想到为了送礼，胆敢大白天杀人越货啊！看看实在不妙，他只好扭着胖屁股冲着门口跑，想跑出去喊人，横竖不能在这儿叫他一刀劈死吧？他没头苍蝇似的几步窜到门口，刚往前一冲，可巧，此刻门帘一挑，进来个人，“嘭！”一声，吕掌柜的胖脑袋结结实实撞上了那人结实的胸膛。“哎哟妈呀！”吕掌柜头疼欲裂被撞得七荤八素，一屁股瘫在地下。

韩二爷一看吕掌柜瘫了，冷笑着大步窜过来，举刀就劈，银光一闪，杀气腾腾。吕掌柜捂着脑袋，心说：完喽！我命休矣！却听“嘭！”一声闷响。嗯？他抬头一看，刀没落下来就悬在头顶，韩二爷手腕子被刚进来那人稳稳攥住了！

“嗯?”韩二爷冷哼了一声，不顾瘫在地下的吕掌柜，冷冷打量着眼前这位：这人身高马大，穿一身灰布大褂，脚上一双玄色布鞋，头戴礼帽，露出灰苍苍的头发。可煞奇怪，这个天儿他竟然围着一条厚厚的毛围巾，遮住了大半个脸，剑眉下只露出一双精光四射炯炯有神的虎目。

吕掌柜这会儿好赛见了救命菩萨，抱住那人大腿就不撒开喽，边哭边喊：“大爷，救、救命啊，咱这儿谈着买卖要杀人呢！”

“你放什么屁?!”韩二爷不依不饶,“谁要杀你啦?说,这两把刀给不给我!”“二爷哎,您这是毁我啊,我都给您说明白啦,这东西是寄存,不卖!”

“你他妈还犟嘴!”说话韩二爷那刀又要往下砍,可手被才进来那人老虎钳子似的抓住,丝毫动弹不得!韩二爷发了火,大怒:“嗬!你小子哪儿钻出来的?!敢挡你二爷的横儿!谁家裤裆破了,把你小子露出来……”话音没落,也不知那人怎么鼓捣的,一翻腕子,“啪啪啪啪!”,韩二爷自己胳膊竟对着自己俊脸抽了七八下!“哎哟,我的娘!”他手一松,宝刀落在那人手里,脚下一秃噜,“咣当!”屁股朝后摔了个大马趴!

“掌柜的请起。”那人声音闷闷的,不慌不忙扶起了吕掌柜,握刀拉着他进了西间。这一手不显山露水干净麻利脆的功夫,当即镇住了吕掌柜。地下的韩二爷还没明白怎么回事呢就被揍趴下了,浑身上下没一处不疼,翻翻眼皮,一撑地要起来,“嘭!”,那人一脚踩在他腰上,轻轻问:“这位爷,都是场面人,谈生意就是谈生意,何必跟人家掌柜的过不去?”

“你、你!你是什么人!敢管二爷的事!”韩二爷死鸭子嘴不烂,可心里着实吓得不轻。他这种狐假虎威惯了的人,瞅着吆三喝四目中无人,其实胆子忒小,欺软怕硬惯了,一旦遇上硬茬子,就现了原形。

今儿,这不就遇上了硬茬子?韩二爷想大声喊人进来立马抓了这陌生人,但自己的几个手下也不知道跑哪儿钻沙喝酒耍钱没了影儿,若是立马求嘴告饶,他可舍不下这个脸面,只得硬着嘴皮子又骂又闹,过过嘴瘾。

那人目光炯炯瞅着他骂了片刻,脚下一使劲儿。“哎哟哟!饶、饶命,我的腰!爷台,您饶命啊,您高抬贵手!我、我不敢了,吕掌柜的,赶紧给求求情啊!”韩二爷疼得哭爹叫妈这么一咋呼,吕掌柜也为了难,他是最看不起韩二这种下三烂臭德行,欺软怕硬不说,还强买强卖,动刀逼迫。可若是不管,韩二爷要是在自己店里死了残了,这位不知名的豪杰一走了之,自己跑得了和尚能跑得了庙?因此他只好半劝半提醒:“这位爷!您高高手,韩二爷也是外场人,我们刚才开玩笑呢!您瞧我面子了!”

“哼!”那位爷挪开脚,拽起韩二爷,进西间分别落座,把刀还位。他盯着两柄刀眼神微微一颤,随即平和了,对吕掌柜拱手道:“掌柜的!您这两柄刀卖不卖?”

吕掌柜一听就是一咧嘴，苦笑道："您还问呢！方才韩二爷就是想买，我拒绝了。这不是我店里的物件，是人家寄存在这儿的！不信，韩二爷，您这位爷，你们去四周铺子里瞅瞅，店里哪有摆兵刃的？咱开的是古玩铺，不是挂货铺子。"

"真不卖？"那人肃然问。

"不卖！这是有人寄托在咱这儿的，里头含着事儿呢！这位爷，我虽然是个买卖人，可也得讲信用不是？别价，我这铺子能在这儿开几十年？"吕掌柜一脸正色，那人脸色柔和下来，打量了一下惊恐的韩二爷，冲吕掌柜拱手："既然如此，我也不勉强您，只是古玩铺子里摆着两把刀，瞅着就稀奇，现在外头下雨，我是个爱典故的人，能否请掌柜的赐教一二？哦，不白请教您。"说着话，那人从口袋里掏出两块光闪闪的大洋搁在桌上。

吕掌柜疑惑地打量他半晌，看他穿得普通，可功夫不赖，闹不清他的来头，见大洋是真，想着来者皆是客，盘算着生意经：今儿已然得罪了韩二爷，不如先借花献佛，借这位爷的东道，好好安抚一下子，再顺便说点典故让他乐呵乐呵，说不定这场乱子就遮掩过去了，便忙招呼："顺子，拿这钱，赶紧到西街二荤铺多叫几个菜，再去买一坛好酒来！"

刚才躲在柜台里的顺子哆哆嗦嗦抓起钱飞跑了。吕掌柜亲自给这人和韩二爷换了茶，韩二爷趁机想溜，被那人一把抓住："先别走啊，韩二爷，你不想听听吕掌柜说典故吗？"

韩二吓得一哆嗦，拱手道："不敢不敢。不是！想、想听！您说吧，我听着。"

吕掌柜拱手："这位爷贵姓，怎么称呼？"

"免贵姓马！你就叫我老马吧。"老马好像自来熟一样，端着热茶在西里间抿了几口，既不摘下礼帽，也不脱围巾，只是不断注视两柄刀，还不时隔着大玻璃窗遥望街头的蒙蒙细雨。这更叫吕掌柜瞧不明白来历。

韩二爷浑身是伤，龇牙咧嘴还不敢声张，屁股上生了虫子似的坐立不安，只盼着自己的人赶紧来救驾。不多会儿，门帘响动，却是顺子抱着一坛酒，后头跟着个挑担子的小伙计。俩人进来铺排碗盏，全是一色二荤铺的常见菜：爆炒肉片、软溜肉片、炸丸子、熘肝尖、炒腰花、爆三样、麻豆腐、烧茄子，中间一大包是烧羊肉，外带四碟子干炸虾、熏鱼一类的小菜，还有一大碗热气腾腾香喷喷的酸辣汤。

斟满酒杯，吕掌柜和老张对坐，老马见韩二爷蝎蝎螫螫不上桌，“啪!”一拍桌子，吓得众人一惊，说：“怎么？还得请你啊!”“不用请不用请!”韩二爷兔子似的跳了过来，打横坐下，颤抖着举起一杯酒使劲儿笑道：“今儿是我的不是，冲撞了马大爷，先敬您一杯。”

“咱俩不认识，冲撞了无所谓，倒是你刚才冲撞了吕掌柜的，先敬他一杯吧!”老马说话闷声闷气带着威压。韩二爷只好耐着性子敬了吕掌柜。搁下酒杯，吕掌柜赔笑道：“不敢不敢，二位爷今儿能坐到一起，就是缘分！平日里想请您二位还请不来呢！《三国演义》里，曹孟德和刘玄德二位青梅煮酒论英雄，您二位若是不嫌弃，我就卖个老，说说这刀的来历，可说归说，听归听，这刀我可不卖。”他抖了个机灵，滴水不漏。

老马端着酒杯点点头，韩二爷鸡啄米似的咧嘴笑了笑，连门口的顺子也竖起耳朵。窗外绵绵细雨敲打在窗户上，吕掌柜拧开了电灯，昏黄安详的光芒，令屋里暖意十足。吕掌柜沉思片刻，娓娓道来……

五

话说清末庚子年，老佛爷因为废立皇位之事，跟洋鬼子呛上了，各国洋人不许废除光绪爷的皇位，惹得老佛爷动了大怒，加之当年义和拳百姓被洋人欺压，一股怒火迸发，几下里冲突起来，酿成了八国联军入侵中华，在老北京烧杀劫掠，干尽了坏事。

洋鬼子一打进来，大清是兵败如山倒，两宫大驾仓皇西逃，扔下了京师百万军民受尽苦难，城里头死的人堆积如山，海了去喽！没来得及逃跑的各王府、亲贵、富商大贾们也遭了难喽，被攻破京城的各国洋鬼子冲进家门，抢掠一空，历代留存的古董珍宝流入民间。可那当儿口，京城被占，东西不值钱，粮食值钱，斗米如金，加上不少王公亲贵一窝蜂逃到乡下去避难，家里的东西更是顾不上，因此大街小巷到处是被洋人抢掠后瞧不上眼扔掉的乌七八糟的东西，什么铜、瓷、古玉的碎片残块，书籍字画的画轴破纸，一堆堆垃圾似的扔得满大街都是，没人捡也没人要，夏季的热风一吹，夹杂着血腥和恶臭。

老人们都说：那年头保住性命最要紧，连皇家西苑三海里的物件都叫洋鬼子连砸带抢，弄得乌烟瘴气，拉出来几百筐破铜烂瓷，谁还有闲心鼓捣这些东西！不过也别说，不到半年，在西安府的朝廷派了庆王爷、李中堂跟洋鬼子和谈之后，原先藏得严严实实的京城老少爷们，还有大大小小做各种"生意"的爷们，就都雨后春笋一样冒出了头。甭管啥年月，老百姓得吃饭呐，其中最热火的行当，就是打小鼓的。

十来岁的小冯就是那年跟着他舅舅入的行。小冯是个孤儿，父母早早去世，他妈临终前，把孩子托给了他舅舅金五爷，流了几滴辞别泪，才合上了双眼。金五爷长叹几声，看着这个破烂堆似的家，异常罕见地从褡裢里掏出几吊钱，从棺材铺买了个"狗碰头"的木匣子，装殓了妹妹，连灵堂也没摆，就发送了。

打那以后，小冯就跟着舅舅过活。

金五爷并不很富裕，日子过得去。他是小鼓行里有名的"大拿"，没学问，略识几个字，却胆大心硬，嘴甜腿勤手狠，很会"串门子"，收的东西既多又好，比夹包袱串大宅门的古董行不差。踅摸着好货，他自己看不懂，便带着跑到琉璃厂，很聪明地连问好几家，等价钱合适了，或是在古玩铺出手，或是送到地安门外西大街的挂货铺子去，不仅能多赚几个钱，还能仗着自己一张巧嘴，回来跟弟兄们吹嘘吹嘘，一举两得，因此小生意做得非常红火。在西城几十条胡同街口，一提起金五爷，没有不知道的。

只是金五爷虽然能赚，可家里人忒多，他媳妇五奶奶是个大脚，一口气给他生了五个大儿子，仨闺女，一家老小住在三间破屋里，全家的嚼裹儿都得靠他去赚。五爷呢，又是个异常啬刻的主儿，宁肯把赚来的钱串在肋条骨上，也从不愿多花在媳妇儿和儿女身上。每当他自己见天在街上吃上几碗炒肝和芝麻火烧，给家里带点棒子面，瞅着一窝狼崽子似的孩子，破衣拉撒一窝蜂捧着破瓷碗稀里呼噜喝粥，心里就像进了猪窝一样犯腻歪。

小冯跟了他，可算遭了罪。老话说娘亲舅大，可这位舅舅起初应了妹子照看外甥，转脸就后了悔：自己家一大堆如狼似虎能吃的孩子，再养一个，可不闹心吗？他媳妇儿五奶奶更不是善茬子，老话说：亲姑姑，假大姨，红眼的舅母坏在头里！说的就是亲戚们的关系里，舅母连虚情假意的大姨都不如。

小冯便成了她的眼中钉肉中刺。他受表哥表妹们的挤兑也罢了，五奶奶见天当着小冯的面打鸡骂狗，敲桌子砸板凳，话里话外带着钉子："怎么？嫁出去的人泼出去的水！你妹妹嘎嘣一下死了，扔下个孩子倒叫我养活？！呸！丧良心的狼羔子，我们一点光没沾上，反倒倒贴了不少东西给她，你们金家怎么生出这么个玩意！"

每到此时，金五爷脸色阴沉瞅着浓眉大眼的外甥，叹息不已。五奶奶说多了，五爷必得斥责道："一个孩子家！多不了几口嚼裹儿，你叨叨什么！"

"我叨叨？"五奶奶掐着腰扭动胖屁股扯开了嗓门，"你倒是吃了灯草灰，专放轻巧屁！舅舅养活外甥？天底下哪有这个理儿！你叫大家伙儿说说！我自己个儿八个孩子还养活不了呢！你以为你是什么财主呢？吃石头拉硬屎，你有那个粑粑肠子吗！"

被媳妇儿骂一通儿，金五爷不言语，只好领着小冯出来遛弯。尽管小冯在舅舅家吃得最少、穿得最破、干的活最累、受的欺负最多，但也最懂事知礼，可就这么委委屈屈过了几年。哥哥弟弟姐姐妹妹有的成家，有的去当学徒，有的嫁人，五爷心里也算计：不能叫这孩子老在家吃闲饭呐。这天，他把刚捡了一筐煤渣子的小冯叫进了屋。

"孩儿啊，你也不小了，十来岁个头长得又高，瞅着十三四一样，不能老在家干这些个。这些年，我和你舅母养活你们兄弟姐妹不容易呐。"五爷抽着京八寸，吐了个烟圈。

"舅舅，我、我也不知道干啥好，您等我长大了，一定孝敬您和舅母。"小冯低头嗫嚅，盯着脏兮兮的破鞋上露出的脚趾头。

"这话我爱听，孩儿，你是个聪明伶俐的，我瞅你不赖！这些日子街面上嚷嚷开了，庆王爷和李中堂正跟洋人谈判呢，市面上也安静了不少，你啊，就跟着我打小鼓，四处踅摸东西。能赚几个算几个，舅舅把全身本领教给你，等你出了师，早晚自己过日子。"

“成，我听您的！”小冯点点头。

于是第二天开始，小冯就起早跟着舅舅学做小鼓生意。市面上尽自安静了不少，可一上街，街头巷尾不少的死人堆还没清理干净呢。红眼乌鸦“嘎嘎”飞舞盘旋落下，大群疯狗围着尸堆，一个在上一个在下，吧唧吧唧吃得格外香甜，腥臭的烂肉味儿能熏人一跟头！原本六部九卿没跑出去的老爷大人们，被荷枪实弹的洋人推搡监督着，干的全是苦力的活计。一队队人高马大红眉毛蓝眼珠儿的洋鬼子趾高气扬、得意扬扬地在这座古都里横冲直撞，皮靴踏起的灰尘，扬得漫天都是，犄角旮旯露出一张张谄媚、胆怯、惊恐、慌乱的老北京脸孔，形形色色。

十来岁的小冯吃不饱穿不暖，身子骨长得却高，受尽苦难，可很是厚道。他跟在舅舅后头，眨眼望着大街上买卖铺户门口，这些铺户都挂着花花绿绿眼花缭乱的旗子。小冯对此很是纳闷，跟舅舅串了几条胡同，没收着什么。金五爷却在不少乱七八糟的垃圾堆里，又翻又找，弄得暴土扬尘，踅摸出不少东西：俩破瓶子，一个黄铜鞋拔子，三块包头巾，几卷沾满污渍没裱的画……金五爷呼噜一把大脸，笑道：“嗬！真有好东西，外甥，你瞅，这些玩意儿现在一文不值，等市面再平静平静，怎么也能换几吊钱！这画我瞅着是前朝的，嗯……”金五爷装模作样指点，其实上头的字他根本不认识。

“咦？这是啥？”五爷往下一瞅，乖乖！是一只满绣金彩嵌着绿玉金珠的绣花鞋，“好家伙！这回可抄上了！”他一伸手把鞋提溜出来，哪知刚拽出来，一股刺鼻的恶臭扑面而来，瞪眼一瞧，我的妈妈，鞋里还有只血渍呼啦的断脚呢！显然是洋鬼子从哪家大家闺秀腿上生生砍下来的！

金五爷忍不住一阵恶心，随手扔了绣鞋，“哇！”一口吐了一地，边吐边骂：“操他娘洋人十八辈的祖宗！真他妈是一帮子畜生下的杂种！”小冯也吓了一大跳，赶紧来扶着五爷。五爷日爹草娘骂了个够，想走又实在舍不得，用打小鼓的鼓槌，从绣鞋上扒拉下几块绿玉金珠，这才拽着小冯往回走。

爷俩走到一处刚开门的粮食铺，买了几斤杂合面，两斤棒子面。一问白面价钱，金五爷倒吸了口冷气：“啥？五钱银子一斤面？我说掌柜的，你这是抢钱啊！”

“甭说那个，爷们。我也不想卖这价啊。您不瞅瞅如今是啥年月？”掌柜的叹息道。爷俩往家走，小冯背着粮食。金五爷攥着自己的家伙什说："外甥，看见了吧，生在这个年月，难呐！幸亏舅舅还有这点子手艺，不这样，咱一家子都得喝西北风！"

"舅舅，您手里这鼓怎么才这么大点？您给说说，咱这行都有啥规矩？"小冯忙问。"这话问得好哇，孩儿，你记着，在咱们京城，三百六十行，干什么吆喝什么！咱可不是那些没名号的乡下脑壳，瞅见了没？咱这行不用吆喝，这鼓，就是咱们的叫卖声。"

原来，北京城打小鼓的，从清初就有，据说大明朝时候肇始，只是这行里有学问的少，在三百六十行里算是个"小小不然"靠后的，不像古董、金银、玉器、书画那些有学问有见识的掌柜，能从久远的历史和尊贵的人物中，找到自己本门的鼎鼎有名的祖师爷和悠远光辉的行业典故，说出来滔滔不绝，令人羡慕。打小鼓的行当，既找不到历代帝王名人做祖师，也没啥特别大的传奇典故，连他们自己也闹不清楚来源何年何月，所以在买卖行里，打鼓行属于"下街"的，比"五子行"稍微高那么一点。

还别说，那年月连下三门的混混们，都拜春秋时的盗跖为祖师，唱戏的都拜唐明皇，连人家要饭的花子行，拜的都是大明太祖高皇帝朱元璋。虽然人家身份下贱，可人家祖师爷的"万儿"冲（名声大）呐。

打鼓的就不成了，没祖师爷名号，干的又是走街串巷鸡零狗碎的买卖，门里没出过什么人物，就成了诸多行当里"小小不然"的。单看穿戴用具，就能明白。

打鼓的分两种，一种是"打软鼓"，短衣小帽，不能穿长衫，大多都担着个扁担，前后挑俩箩筐，手里的鼓，有茶杯口大小，鼓帮薄，以宽藤条做鼓槌，敲起来"啪啪"作响，可是响而不脆，声音疲软，传得不远。收的东西也大多以废铜烂铁、旧衣旧鞋、破烂零碎居多。有时候新入行的或到陌生地盘做这行，也得吆喝。先是"啪啪、啪啪"几声鼓响，再张嘴喊道："有旧衣旧鞋的卖！有废铜破铁的卖！有烂纸书本的卖！"京城里有些平民住户，家里的破烂零碎和用不着的东西多，听见这声，便招手叫过打鼓的，仨瓜俩枣就把东西卖了，如果价格不合适，打软鼓的也可以用东西换。

打软鼓收的东西多为旧货破烂，本钱也不大，有点散碎银子，不怕劳累辛苦，入了行就能干。收来的东西，归归类便到天桥摆地摊，或是崇文门外东小市、宣武门外西小市，加点钱就卖了。这种生意买的卖的意思不大，打鼓的也不需要识文断字有学问有见识，做的多是小胡同小门小户的生意，无非是辛苦赚几个嚼裹儿钱。

金五爷干的这种不同，他是主做打硬鼓的买卖。打硬鼓的跟打软鼓的，在行里泾渭分明，绝然不同。他们走街串巷做买卖，穿半截长衫，过膝盖即可，绝不穿短衣，更不能挑担子担箩筐。穿着打扮，瞅着跟斯文人差不多，胳肢窝里，常夹着个粗布小包袱，里头包着些放大镜、小秤杆等物，肩膀上背个"褡裢"，用来装东西。

如果说打软鼓的跟收破烂的差不多，那么打硬鼓的，就跟古董行里的"夹包袱"商人很像了。只不过两个行当还有不同，打硬鼓的得用家什：手里的鼓比打软鼓的还小，鼓帮厚，鼓槌用头上裹着皮条的细藤条敲打，声音发出清脆的"梆梆"声，一敲打，半条胡同都听得清。这种人，绝不会随便在平民小胡同走动，大多在败落的王公府邸和富商大贾住的宅门附近出现，也不会收什么破铜烂铁烂纸书本子，因为他们属于打鼓行的"上等人"。

他们收东西，有时也得吆喝，"梆梆"几下硬鼓声传来，亮开嗓子喊："有潮银子来卖！有旧首饰来卖！有硬木家什、字画宝石来卖！"如果哪位大宅门里揭不开锅或急等钱用，本家又是败家子狗屁不通，准得开门招呼，把家里金的、银的、宝石珍珠玛瑙，三块不值两块的卖给打硬鼓的。

打硬鼓的不仅得有相当的资金，还得有学问有见识，懂礼节通人情世故，更得会察言观色、趁火打劫、见缝插针，讲究腿勤、眼勤、嘴勤、心狠。不这样，人家本主祖上传下来的珍奇玩物古董，怎么能轻易落到打硬鼓的手里呢？

打软鼓的做的生意不赚钱，靠的是吃苦能干，仨瓜俩枣的生意成不成无所谓。打硬鼓的可就狠多喽！他们会"抱团儿"对付卖东西的本家。比如说，有个大宅门想卖东西，又拿着架子拉不下脸去琉璃厂、当铺，更瞧不起打硬鼓的，两下里一说，本家不乐意卖，或者打算叫别的打硬鼓的瞅瞅。老话说不怕贼偷就怕贼惦记。得！这就算叫打硬鼓的惦记上了。已经过了眼的这位打硬鼓的爷，必然会跑到自己同行云集、交流休息的茶馆，行里人称"攒口”。进了“攒口”，他们便把谁家谁府里要卖东西，给了什么价透个底，众人闻言立时明白。打这天起，不少打硬鼓的便纷纷在卖东西的大宅门附近出现，本家叫进来一问，管保出的价，一个比一个低！最后听得本家气死，只好把东西卖给第一个才算完。

这种规矩，行里叫“绷着”，意思是行里做好了“套”，先压压本家的心气。一旦叫他们得逞了，不论多精明的本家，也得被坑。

自然，这行跟古董行一样，也有表面上的行规，说的是“五不买”，一是各种佛像神像不能买，无论是镀金、鎏金、泥金、黄铜、白银的，尤其是佛像“装藏”的，更不能收。因为佛像神像都是有年头，又开了光的，万一收了，处置不当，或是熔化，或是刮金，必然“造孽”亵渎了神佛，怕招来灾祸。这是一不买。

另外，就是和尚老道的东西以及他们用的法器不买，出家人是化外之人，不是念佛就是拜神，慈悲为怀普度众生，本就带点“仙佛气儿”，有些修炼有年的，更是不可小觑，万一收了他们的物件，也怕招灾惹祸。这是二不买。

再有，病人的东西不买。假比说人家家里躺着病人，正熬药呢，不论这家主人卖什么，都不能收，这是忌讳，怕老少爷们背后说乘人之危，干缺德事，发不义之财。这是三不买。

四不买，是鳏寡孤独残的东西不买。因为打鼓的这行，尤其是打硬鼓的，本来干的就是坑蒙拐诈的事，背后老百姓都叫“缺德丧门鼓”，遇上鳏寡孤独残，除非那些家大业大的，一般都不买他们的，为的是自己良心好过些，积点“阴德”。这是四不买。

五不买，说的是看不懂的物件，绝不随便买。打硬鼓的虽然在打鼓行里算是有学问见识多，其实无非是经验和师承教育，他们又不读书不研究，有时也全凭坑蒙诈，肚子里那点货，跟古董、金银、玉器行里的诸位行家还差着十万八千里呢，行家们看东西都有走眼的时候，何况他们，于是便有这条规矩，既谨慎小心，也不会损失太大。这是五不买。

金五爷作为行里的“大拿”，其实没啥大学问，就是靠着腿勤、眼勤、嘴勤、心狠才闯出了名声。

听着舅舅一路走一路滔滔不绝的讲述，小冯心明眼亮，更加佩服，只是对什么“心狠、趁火打劫”，有自己的一番心思。金五爷站住脚瞅瞅他，问：“孩儿啊，怎么样？跟舅舅吃这碗饭，不委屈你吧？”

小冯连忙点头：“我能吃苦，愿意跟您学手艺！”金五爷叹息道：“那就好好学，说是行规忌讳，这年月，嗐！死人身上扒下来的好衣裳，咱们该收也得收啊！不这样怎么活呢？”

“啊？死人的好衣裳也能收？”小冯惊讶道。“是啊，外甥，现而今这个世道，还讲什么规矩体面？你记着，甭管是偷的、抢的、骗的、土里挖出来的、死人身上的，该收就得收！不然，你就得擎等着饿死！我看你小子长得有点福气，说不定，真能收点好东西来呢！”

六

打这起，小冯就算入了行，先干上了打软鼓。他没有按着规矩拜师，倒不是不想，主要是金五爷不让他拜，五爷心里盘算得很精，他舍不得给外甥花那几个拜师钱，京城这么乱，先叫小冯跟着自己胡乱收点、偷点、摸点，赚点嚼裹。小冯打软鼓，自己打硬鼓，等时局一平稳，小冯懂了行，历练几年，直接拜自己为师，又省钱又方便，岂不两全其美？

小冯哪懂舅舅的心思，只好跟五爷见天出门，在内城四处转悠。原本按行里规矩，打小鼓的都分地盘，无论能耐多大，必须守着自己一亩三分地，越了界可会引起行里的斥骂。庚子这年，可都说不得什么规矩喽。

五爷给小冯弄了一副挑子，一对小箩筐，毕竟外甥还小吗。小冯穿着半截大褂，手拿一只小鼓，早出晚归，不敢走大路，跟老鼠似的只钻小街小胡同，钻胡同也不敢吆喝，只能用“啪啪”“梆梆”的声音招揽生意。

还算不错，一个多月下来，连捡带收，小冯熟悉了小鼓行。只是他心善，不偷也不骗，收的东西全是破衣拉撒废铜破铁，挑回家就被五奶奶跳着脚大骂：“饿不死的小杂种！你舅舅教你手艺，你还不趁这乱乎劲儿多弄点好玩意回来！还他妈跟善男信女似的往家捡破烂！今儿没饭吃！你饿着吧！”说着她便扭着水缸粗的腰身回屋揉面去了。小冯只得蹲在院里，抹抹泪水，等着舅舅吃饱喝足，偷偷扔给他半块窝头。

五爷很乐呵，他发现，有时候国破家亡也不是什么坏事，最起码躲在深宅大院里饿得前胸贴后背，又不敢出门的王公贵胄、老爷大人们，不再那么趾高气扬、飞扬跋扈瞧不起人了。听见他的鼓响，不少还活着的有钱有势的爷，颠头耸脑地把他请进往日威严赫赫的府门，几块银子就让他收走水头不错的翡翠镯子、玉米粒大小的宝石、拳头大小的玛瑙摆件，甚至几个馒头、大窝头，都能换走不少赤金首饰和珍珠。收回家分分类，五爷再偷偷找地面上有头有脸的，顶好是能跟洋人说得上话的，翻着好多倍卖出去，天天成袋的银子往家背，这天大的好事让金五爷觉得做梦似的。家里白面是吃上了，连五奶奶头上也插满了金钗玉簪，手腕上换了三两一个的蒜条金镯子。

冬天来了，城里安静了许多，城里的死尸都被清理了，连红眼乌鸦和野狗也慢慢没了踪迹。一到夜里，除了洋人的兵营，四周安静得有些可怕。尤其是内城，不少王公亲贵、八旗人家养尊处优，打仗没本事，可洋鬼子一进城，阖家满门不是上吊就是架起柴火自焚，一个个世家大族，就此死绝了，剩下座座空荡而宽敞浩大的府邸，在夜色里张开血盆大口，仿佛要吞噬一切喘气的生命。

乐极生悲，金五爷头几天跟俄国老毛子翻译官做宝石首饰生意时，被七八个贪婪的老毛子抢了货不说，还被狠狠揍了一顿，被关进了兵营。五奶奶和一家子顿时慌了神，后来有行里人来探望，一次次被要走了不少金珠首饰，说是去洋人那儿疏通，五奶奶是个小脚，又蠢又笨，被骗走了不少东西，五爷却还是没踪影。直到有高人指点，她带着几个孩子去“赛二爷”府上跪求，又献上了一大包金银珠宝，那位九天护国娘娘一样的京城第一妓赛金花倒还不错，仗义相救，仗着跟联军总司令德国元帅瓦德西是老相识，这才救出了金五爷。

遍体鳞伤的金五爷被人抬回了家，只剩下半口气在。五奶奶又请大夫又抓药，忙得天昏地暗，钱花了不少。五爷一躺就是两月，家里没了收入，坐吃山空，可孩子们见老爹被洋人打成这样，都不敢再随便出门，姥姥不疼舅舅不爱的小冯，只好挑着担子打着鼓，成了家里唯一赚嚼裹儿的人。

这天，小冯在内城西边转悠了大半晌，看看夕阳西下，担子上两箩筐里，只有些破布烂衣裳。他整了整破旧的衣衫，跺跺被冻得又红又肿的脚，咬牙担起了担子，继续走街串巷。

舅妈不许他上桌吃饭，又念叨舅舅的伤病，他就没敢开口要吃的。十来岁的年纪正是能吃的时候，小冯只得在厨房里找了半个凉窝头垫肚子，一半天过去，身上又冷肚里又饿，走路也踉踉跄跄。

暮色渐深，往时常见的袅袅炊烟、呼喊孩子回家吃饭的大娘嫂子们以及澄净的天空下“嗡嗡”飞翔盘旋的鸽子，荡然无存，路上全是神色麻木胆怯的老少爷们。他们行色匆匆，不大会儿，四周荒寂萧索，如同鬼蜮。

“啪啪、啪啪”鼓声更加疲软，小冯越来越走不动，两腿灌了铅似的，肩上的担子也如有千斤。他对这块本就不太熟，抹了把脸上的细汗，迷迷糊糊精疲力竭，阵阵冰冷刺骨的寒风吹来，刺得他直打哆嗦，绕了几个弯，竟然迷路了。小冯揉揉眼，面对陌生的街巷，有些发懵，赶忙退回来想找个人问问，四周却连个人影儿也不见。

太阳终于落下，月亮和星星被大团大团的乌云笼罩，面前漫漶不清，只有一座座死气沉沉巍峨大宅院鳞次栉比，夹杂在其中的小门小户，也都关门闭户，悄无声息。“啪啪”，小冯最后敲了几声小鼓，黑漆漆的街巷，再也没人出来。又冻又饿的小冯哆嗦着四下一踅摸，不远处有座黑压压的府邸，对面是高大的雕花影壁，两旁有青石制的上下马石和拴马桩。广亮朱红大门、朱红檐柱，混金宝蓝色的雀替，两旁斜对八字的澄泥砖雕花影壁，门口的抱鼓石隐约可见，只是门梁上方那块匾额因在黑暗里，着实看不清。

这宅子不一般，按规矩也得是二品以上的亲贵大员们才能住的，顺着山墙往后看，绵延起伏的各式屋顶亭台轩榭在月光下显得格外古朴凄凉。小冯紧走几步，踩着青石上了大门，踮脚四处乱瞅，大门上锃亮的精铜门环嵌在椒图兽嘴里，下面是铜剪边祥云花页子，只是大门紧闭，一片死寂。

小冯叹了口气，觉得自己特倒霉，本想舅舅家困难，自己能靠着这点本事赚点嚼裹儿钱，也给舅舅长脸，不料这才干了几天，竟在内城迷了路，天色又晚，回去怎么交代呢？这处大宅子不知道是哪位大人的府邸，广亮大门门口足有半间屋大，足能遮蔽风雨，只能先这儿对付一宿。他怕别人误会他，把两筐下了肩，搁在门口抱鼓石边，自己委委屈屈靠在东侧边，一面难受一面忍饥挨饿。寒风一阵紧一阵慢，不大会儿，胡思乱想的小冯睡着了。

按说，京城里早年间有九门提督步军统领衙门的铺兵，专管巡夜查禁，还有更夫打更报时，如今八国洋鬼子还占着北京城，天子脚下乱了套，谁还顾得上这个？于是沉入梦乡的小冯不时紧紧身上的破棉袄，听着呼啸而过的风声，也不知道钟点。

小冯迷迷糊糊睡了不知多久，就觉得耳朵边痒痒，仿佛有个东西在捅咕他。老话说得好，“宁肯三岁离娘，不愿五更离床”，小冯厌恶地揉揉耳朵，朦胧中就听见个声音：“孩子、孩子！这儿待不住啊，赶紧走哇。”

小冯想睁开眼，哪知眼皮如有千斤，那声音犹如念经一般在他耳边喋喋不休：“醒醒！孩子，可不敢待在这，麻利走啊，快走，再不走就来不及啦！孩子！孩子！醒醒！赶紧走，一会儿有人叫你，可别回头！”

足有半袋烟工夫，小冯被聒噪得实在忍不住，一激灵，醒了。他睁眼一瞧，四外黑洞洞漆黑一片，伸手不见五指，天上的星月残光影影绰绰，安静得如同坟地。自己的两破筐还在，两条腿冻得麻木没了知觉，只有大门上精铜的门环散发着微光。

他打了好几个喷嚏，用袖子抹了把清鼻涕。奇怪！这大半夜的，刚才谁在耳边说话呢？听舅舅说过，京师外城原本有要饭花子帮，半夜找不着地儿睡，会挤在几个城门洞里取暖，半夜里连撒尿都避着巡逻兵卒，前阵子闹义和拳，后头闹洋鬼子，四九城里连要饭的叫花子都吓跑没了影，这地儿又是内城，怎么大半夜会有人来说话？

越想，小冯心里越没底，莫非是……他虽长得高点，瞅着是少年，但毕竟是十来岁的孩子，这一惊一吓，登时浑身冰凉，赶紧起身使劲儿跺跺脚，两手互相搓红了，找点热乎。谁知他刚提溜起两个破筐准备下台阶，就听身后“吱呀呀……”有了响动，在暗夜里听着令人毛发直竖。他一哆嗦回头瞧，严严实实紧闭的红漆大门开了。

大门开了条缝，一阵冷风咕噜噜灌了进去，从里头飘出来一股呛人的腥气，说不上是什么味儿，又腥又臭还带了点甜腻腻，顺着冷风冲出足有三里地，差点熏了小冯一个跟头！他捂着嘴刚要走，就听后头传来个苍老的声音："那小子，站住！"

小冯一惊，紧走几步下了台阶，哪知那声音更大了："那小子！提溜破筐那个！说你呢！站住啊！"

"您、您是叫我吗？"小冯陡然想起梦里有人嘱咐的话，不回头。

"是啊，这三更半夜的，除了咱爷俩，还有谁啊?！你在我们家门口睡了大半夜，我还不能问问你啦？嘀！我问你话呢，你回头来啊。"那声音似乎并不严厉，也不吓人，听着是个老头。

小冯一听也是，自己大半夜睡在人家门口，虽说在乱世，可较起真儿来，着实不对，便低着头回身问："您、您有事？"

"没事我大半夜叫你干啥？你快上来啊，难道叫我老头子下去接你？真是不懂礼儿！"

这可麻烦了，小冯左思右想半晌，握紧了手里的扁担，只好又迈步上了台阶。他偷偷往里瞧，片刻便放了心。原来半尺高的大门槛里，站着个约莫七十来岁的矮瘦老头，身穿蓝细布半截大褂，头戴瓜皮帽，一根小辫软塌塌绕在脖子里，枣核脸，黄脸皮，昏黄的三角眼，几根老鼠胡子扎煞着，手里提着个西瓜大的牛角灯，光晕昏昏，看起来不像个恶人。老头瞅着小冯来到近前，上下打量他许久，似乎挺满意，点点头招呼道："小子，你是打鼓的？"

"是啊，老爷子。"小冯知道这里多是豪门，赶紧打千儿行礼，"跟我舅舅金五爷刚入行，您多照应！"

"金五爷？哦，老相识啦。"老头点点头招手道，"今儿碰上我，算你的造化！你在府门口睡觉这事儿就算了。得，你进来，给我们家帮个忙，我们主子必有重谢！"

"啥？"小冯傻眼了，这黑天半夜的，自己就是个打小鼓的，咋能给人家大人帮忙，想着赶紧拱手，"老爷子，我、我就是个打鼓的，没别的本事，您、您叫我干啥？"

"你进来不就知道了吗！"老头似乎有点着急。小冯心里疑惑，说："不是我推辞，天太黑，我又是个外人，这么着进去，怕不方便呢。"

"呵呵呵"老头乐了，指着他说："没什么不方便的，就是你最合适！快来吧。"老头说着话伸手要抓小冯，吓得他一退步，老头抓空了。本以为老头要追出来呢，谁知老头好像很忌讳大门槛，抬了抬脚又放下了，脸上灰黄不定，喘着粗气说：“小子，你别怕，我们家不是坏人。这不年头乱嘛，我们主子出不去，连带我们也不出去，想找个人帮忙吧，哪里也没合适的。这不，今儿碰上你了，正合适，算我卖个老，求求你啦成不？小子，就算你发发善心，日后必有你的好报，不然我可得坐蜡。得，我给你作揖！”说着话老头抱拳拱手，真冲小冯作起了揖。

“这、这哪儿跟哪儿啊。”小冯是老北京长大的，打小就知道尊老爱幼，一瞧大半夜的，瘦老头恭敬有礼对他作揖不止，臊了他个大红脸，忙还礼不迭，又一想：莫非他们也是亲贵大人，不好意思出去卖东西，叫自己收货？小冯摸了摸兜里的半吊钱，想起舅舅还在家病着，舅母那副嘴脸，心想，反正自己就一副担子两破筐，不怕他们是坏人，便挑着担子，跟着老头进了大门。

嗬！一进大门，小冯就傻了，外头瞅着府里漆黑一片，谁知里头竟是一片五色光芒！正面的照壁上是一幅砖雕五福捧寿的照壁，悬着六方琉璃灯笼，宽敞的大院四角廊柱上挂的全是大红纱灯，两侧地下摆的盆栽的牡丹月季各色花卉，竟然在凛冬中盛开。

绕过照壁，更是惊人，面前大院足有一亩大小，地下全是大青砖，正中一条青石甬道直通内外，两旁黑黝黝的厢房寂静无声，廊柱下也全是大红纱灯，正对面是一座五开间飞檐舒展的厅堂，暗光闪烁，人影晃动，房檐下悬的是四方玻璃灯，两侧游廊四通八达。老头在前带路，一面走一面唠叨：“慢点啊，走这边，正中的路只有主子能走，咱做下人的，走旁边。这是规矩。小子，开眼吧你。知道这府有多少年了吗？告诉你，打由顺治爷入关，就有了这座府，两百多年喽。”

小冯越听越胆怯，小声问：“老爷子，您是这儿的老管家吧？”

“嘿嘿，你还真会说。我？我要是管家，这府里能落到这步田地？这年月，凑活活着吧。这人呐，什么人什么命，到哪儿说哪儿的话，咱若是还能再多待在这儿几年，兴许就成了，还能要走走不成，要留留不下？赶上国破家亡，都得走这步！小心脚下，咱们走这边。”老头嘴里嘀嘀咕咕说个不停，小冯似懂非懂听不明白，只好深一脚浅一脚，跟着他绕过正厅，往西一拐。眼前突然出现个月亮门，奇怪，大冬天的，这里竟是花繁叶茂，四周点缀着稀疏的亭台楼阁，一水儿的五颜六色的琉璃风灯，看得人五迷三道不知身在何处。

这里仿佛是个花园，前头不远处灯光闪亮，一道粉墙隔绝内外，透过月亮门往里瞧，正中一座长方形的水榭压在椭圆形的水池上。水榭一侧是座三开间的厅堂，夜深人静之际，一阵歌舞声隐隐传来，声音轻柔舒缓、缠绵宛转、悠远轻灵、如泣如诉，小冯一时竟听住了。

“……山松野草带花挑，猛抬头秣陵重到……谁祭扫，牧儿打碎龙碑帽……问秦淮旧日窗寮，破纸迎风，坏槛当潮，目断魂消……俺曾见金陵玉殿莺啼晓……眼看他起朱楼，眼看他宴宾客，眼看他楼塌了……将五十年兴亡看饱……”

字字句句传入耳中，如梦如幻，小冯一激灵，他没听过这曲子，更不知道这词儿，可唱的分明不是四九城老少爷们都能哼哼几句的皮黄京戏，这曲子可真如大冬天一盆冰水浇头，令人毛骨悚然。

“小子，稍待，我进去禀报一声啊。”老头晃着不紧不慢的步子进了门。小冯爹胆子趴在门口往里细瞧，只见老头进了三间厅堂，里头隐隐约约坐着些摇头晃脑的人，穿着打扮无不金翠辉煌。川流不息的丫鬟仆人端着一盘盘珍馐美味，脚不沾地地进进出出。

那老头似乎跟正座上一个胖大魁梧的人嘀咕了几句，那人听了挥挥手，歌舞顿止，连带四周围坐的人也全站了起来，跟着老头出了厅堂，顺着园子里的路，往东就走，不大会儿，灯光渐暗，水榭里一片漆黑，只是那队人走路的样子有点说不出来的怪。

“得了，小子。我们主子听了很念你的好，跟我走吧。”老头乐呵呵地提灯出来，领着小冯往东走，笑道，“我们主子没别的嗜好，就是爱听曲儿，自己能拉会唱。哎，恐怕以后没这日子喽！”

小冯越发疑惑，忙问：“老爷子，您家是不是要卖东西？”“卖？”老头一笑，摸着胡子道，“卖！叫你进来，自然是有东西要卖，不过一会儿你得机灵点啊。”

“你们这么大的府，我、我带的钱可能不够。”小冯老老实实说。

“呵呵呵呵！”老头干笑了几声：“傻小子，这年月命都没了，要钱干啥！

快走。”小冯丈二和尚摸不着头脑，跟着老头又绕到了东边。

七

东院和西院、正院显得格外不同。那两院落灯光闪亮，人影幢幢，虽然异常，却还带点生气。可一进东院，方才在大门外闻到的气味儿扑鼻而来，熏得小冯呼吸不畅，头晕难受。眼前这长条形的院子也有一亩大小，房檐廊柱下都挂着雪白的西瓜灯，四处黑洞洞的厢房厅堂悬着雪白的绫纱幔帐，连那灯光也白森森的，格外刺眼，四周寂静一片。

“老爷子，这、这是哪儿啊？”

“别乱问，跟着我就是。”老头依旧那副不慌不忙大宅门管事的模样，领着小冯又转向北走，穿过两萧索破败的小院，来到了一处所在。

面前的院子门口种着两棵大松树，虬根盘结，足有三人合抱粗细。地下青砖碎裂，各种枝蔓交错横杂，黑油大门两侧吊着两大白纱灯，在暗夜里显得十分诡异。“吱呀呀……”老头一推门，一股阴风喷涌而出，小冯挑着担子，就觉刺骨的阴寒激得他寒毛直竖，忍不住打了几个喷嚏。老头笑道：“跟着我啊，别乱走。”说罢他进了门。小冯惊奇地发觉那阵阴风打着旋儿似的在老头身子前后盘旋，赶紧挑着担子，小心翼翼地也迈步进来了。

面前是黝黑的五间大厅堂，左右三间厢房，都悬着白森森的纱灯，瞅着干净整洁。院里藤蔓杂草丛生，树木森森，房檐墙角砖石坍塌，东南角大槐树下，好像是口大水井。

老头在厅堂前站住了，转身笑嘻嘻地说：“小子，到了。你不是打小鼓收东西吗，这里头有件东西我们主子要卖，你啊提着我这灯笼进去，记住，可别点灯啊！正前方桌子上头的房梁上，吊着个包裹，你把那包裹拽下来，那东西就是你的啦。你小子就算发啦！”

“啊？”小冯瞅瞅黑不隆冬的大屋，有些害怕，问，“老爷子，您这物件要卖多少钱呐，恐怕我买不起啊，再说里头这么黑，我、我害怕！”

“你这小子怕啥啊！我不是在这儿等你嘛！咱爷俩今儿把这事儿办利索喽，我们主子也感谢你，什么钱不钱的，你身上带着多少，给我就是啦。就是块金疙瘩，我们主子也不在乎！”老头一个劲儿催，小冯越发没了主意，被老头软磨硬泡，只得硬着头皮撂下担子，接过老头手里的灯笼，推开了屋门。

“呼！”一阵夹着尘土的阴风涌了出来，槛窗上糊的高丽纸像肚皮一样凸进凸出。小冯脸上顿时沾了一层细土，干冷腥臭的气味儿熏得他干呕了好几口，手里的灯越发昏暗，火苗扑簌簌小了一圈，漆黑一片的屋里，只能看见四周两尺远近。

“小子，记住，千万别点灯！”老头苍老的声音从外传进来。小冯心里发急：这老头，事儿真多！这到底是哪儿呢？无边黑暗中，他就像一个独行人，摸摸搜搜四处踅摸打量。屋子很大，除了面前二尺地界，他根本看不清屋里摆设，只好对着前面直走。也不知是不是房子太老或是哪里有漏洞，黑暗中冒出一股股渗人的冷风，夹杂着不知是什么的细碎声响，叽叽咕咕噗噗簌簌，似鸣虫、似人语，又像深夜旷野中草木里的野兽在爬行。

小冯提着气踉踉跄跄不知走了多久，“砰”面前碰到了一张高桌案。他送了半口气，挑着灯笼往上瞧，黑洞洞啥也看不清，又不敢乱走，只好连摸带爬上去，隐隐约约觉得自己踩的好像是个供桌，面前是个神龛，也不像平常人家用的那种，神龛又高又大，足有三四尺，太暗，看不清供的是什么。

“找着了吗？”隐隐传来老头的喊声，小冯摸了把冷汗，提着灯使劲儿抬头望，果然，房梁下垂着个黑咕隆咚的包裹。“找着啦！老爷子！”小冯喊了一声，左手提灯，右手一伸，正抓着了那物件，一片片灰土顿时飞扬开来，呛得他直咳嗽。

哪知小冯刚抓住包裹，手里的灯笼火苗陡然缩小成绿豆大小，屋里更加黑暗，四周仿佛有无数双眼睛盯着他！他吓得要喊，耳中顿时传来一阵“轰隆隆！”的山崩海啸声。胆战心惊的小冯一使劲儿，包裹咕噜掉在他怀里，半空中“轰！”的一声巨响，烟尘四起，黑烟滚滚，无数凄厉惨绝的吼叫声从四面八方裹挟而来，仿佛张牙舞爪要把他撕碎吞噬！

小冯哪见过这个，早吓得尿了，身子一歪“扑通”摔了个大马趴，疼得他龇牙咧嘴，灯笼也灭了。黑暗中不知东西南北，小冯抱着包裹四处乱撞，屋里好像吊着不少粗棍子似的东西碰得他脑袋生疼。他撞着个棍子，喘着粗气顺着往上摸，绸缎面儿、带刺绣的，是、是一双脚！

“啊！”激灵灵魂飞魄散的小冯头皮都炸了，不敢再想，胡乱叫道，“老爷子！快放我出去！！”

“吱呀……”门终于开了，那老头背着手无奈笑道：“赶紧出来吧！小子，你真是不听话。”

小冯连滚带爬跑出了屋，兀自心里突突乱跳，眼泪汪汪说：“这到底是啥地方啊！您、您可真会吓人！”

“嘿嘿，吓人？这年月，人最可怕！得了，小子，这物件是你的了。”老头满意地笑笑。小冯惊魂未定，瞅瞅自己怀里，原来是个布满虫眼儿的黄布包裹，一摸好像是个方匣子。抹了一把冷汗，小冯喘息道：“老爷子，这物件您要多少？”

老头乐了：“哈，这会儿你还做生意呢？白给你了！不要钱！”“那不成！”小冯一面揭包裹一面吐着嘴里的灰土，“生意就是生意，有规矩，我得看看到底是啥，太贵了我可买不起，您……”

“哎哟，你个傻小子！！”见他揭包裹，老头吓得脸色大变，死死摁住他的手，“你不要命我还要啊！你个愣头青！我老人家活了这么久，真没见过你这种傻子，白给你还不要！”

小冯咧嘴苦笑：“不看？不看怎么估价？我舅舅说，破衣服破铜烂铁给的价不一样，有给几十大枚的，有给一百的……”

“得得！你看着给吧！”刚才还稳重的老头似乎有点慌乱，老是不时打量西墙，接过小冯递来的半吊钱，点点头揣进怀里笑道，“成！你小子够仁义，以后错不了！得了这物件，可守好了，别出去烧包，小心惹祸！”

小冯扑打扑打身上的灰土，把包裹塞进破筐里说：“您呐，赶紧歇着吧。我该回家了。”院里不知何时涌出了一股雾气，他是一点也不敢更不愿待在这儿了。

“别价！”老头忽然又打量起小冯，眼珠儿转了转说，“你跟我过来。”说着他拉小冯走到东南角的大井边，对着井口左转三圈，右转三圈。末了，老头突然面对小冯喊了一嗓子：“小子！你瞅我像不像人啊！”

就这一句，小冯闻言顿时脑袋上像打了个焦雷，炸得他头昏脑涨站立不住。“扑通！”一声，小冯瘫在地上，再瞧老头，我的娘！只见他身子筛糠似的抖动不已，面目青绿不定渐渐狰狞，尖嘴红眼，两手如爪胡乱挥动，声音也变得又粗又大：“我像不像人？我像不像人啊？”

魂飞魄散的小冯体如筛糠冷汗如雨，吓得哇哇大哭起来，哪里说得出话？此刻天空上阴云密布，四外朔风大起，老头的叫声越发凄厉。小冯哭了一会儿，骂道：“娘啊！爹啊！快救救你苦命的儿吧！你个老东西，像人就像人啊，害我干啥！救命啊！”

哪知小冯哭喊了一阵，井口处的老头却换了副欣喜若狂的模样，大喜过望说：“好小子！好小子！借你一声，助我一力！咱爷俩有缘！你不仅帮了我们主子一家，也成全了我。哈哈哈，老子我无以为报，送你点东西吧！”说着话老头从地下抓了两土坷垃冲过来塞进小冯棉袄里，想了想不过意，又从头上摸出一根头发，小心翼翼别在他棉袄纽扣上大喊：“小子，我这儿谢过啦！那两土坷垃回去给你家大人，这根头发你可留好了，不到危难时刻千万甭拿出来，管保你小子一世平安，你善心善行，可甭忘了！告辞！”

说声告辞，老头忽然咯咯一笑，如幻影般随风不见了！苶呆呆傻在当地的小冯更是大惊，四处踅摸几眼，哪有老头的身影？他又连滚带爬到井口大喊：“老爷子？老头！老头！您在哪儿呐！”他往下一瞧，井里幽深无比，连回声都嗡嗡的，哪里有人？他又惊又怕又担心，偌大的宅子里，仿佛飘浮着无数孤魂野鬼，只有他这么个活人在瑟瑟发抖。

回过点神，小冯猛然察觉此地不能久留，赶紧挑着担子要跑，不料刚爬起来，倏然听见一阵怪异的声音，深井里陡然“轰！”的一声冒出一股白森森冷飕飕的白气，直冲九霄，本就晦暗的残星月华躲到了阴云背后，四周阴风大起。“噼噼……噼噼……”由打西墙那边，传来一阵细碎的响动，院里惨白的灯呼啦啦全灭了。

他猛回头，吓得一屁股瘫在地下，咬舌颤齿捂了嘴大气不敢喘！本来脏兮兮的西墙中，隐隐约约出来了一个，不，是一串人影！这群人排着整齐的队伍，一个挨一个，两腿僵直，跟随前头一个身穿金彩五爪行龙袍褂的魁梧大汉，一点点、一点点飘了过来！

“妈呀！”瞠目结舌的小冯眼珠子快瞪出来喽，抖成一团，死命捂住嘴巴蜷缩在地下瑟瑟发抖。那队人仿佛旁若无人，在幽暗惨淡的星光下，一点点僵硬地靠近了水井。小冯眼泪汪汪，等领头那人飘近了，发觉就是方才西花园里听戏的那位主子。

一股奇怪的腥气熏得小冯头昏脑涨，再看，那主子似乎看了看深井，一头扎了下去！随后，他身后大大小小的影子，有老有少，有男有女，还有些披头散发穿着戏服的人，咿咿呀呀不知哼唱着啥曲儿，也一个个跳了下去！

“一个、两个、三个……”，阴风卷着四处破碎的砖头，地下的草叶和大树上的残枝簌簌直响，不知谁在数数，一共六十二个人，悄无声息地在他面前跳进了深井。巨大的恐惧把小冯的五脏六腑浸得冰凉，他摸了摸心口，还在蹦蹦直跳，自己还活着呢，忙不迭捡起破筐，转身要跑，一回头，坏了！方才若隐若现的院门却不见了，整个院子到处是高大的围墙。

“鬼打墙？！”小冯正满头大汗慌不择路地找门，就听身后的井口“咕噜噜、咕噜噜”开了锅一样不知在往外涌什么。刚一愣神，一只湿漉漉臭烘烘的爪子“啪！”一下搭在了小冯左肩上，他猛一惊，跳起来二尺高，却听后头传来个颤巍巍像地狱里传来的叫声：“留、留下、陪、我！”

“救命！救命啊！”心胆俱裂的小冯忍不住号哭起来，深更半夜又是豪门大府，凄厉的哭喊声传出去老远，可暗夜沉沉，声音一出去，似乎被黑暗吞噬了。小冯哆嗦成一团不敢回头，他怕，怕看见一张泡烂了的狰狞鬼脸，张着獠牙尖锐的血盆大口等着吃他呢！

那只爪子越发用力，扯着他一点点往后退，眼看还有一丈远近就到了井口，生死关头，小冯急中生智，顺手抄起扁担往后就砸，“砰！”震得他虎口发麻，像是砸在石柱子上，扁担断了！

这当儿他也不管了，随手从地下抄起什么就往后砸什么，哪知爪子像是金刚不坏，“噼噼啪啪”砸在上头的东西不是碎了就是掉落井里。爪子犹如生了根，一寸寸穿透他的棉衣，直入皮肉。剧痛令小冯清醒了不少，肩头湿乎乎的，显然见了血。别看他人小，身子灵活，心一横，左肩往下一沉，忍着痛往前一蹿左肩着地就地咕噜噜一滚，爪子在砖地下碾成几段，肩头一空，成了！

不料他刚爬起来，深井里咕噜噜更如开了水一样，"嗖嗖嗖……"乱蓬蓬突出几十只白森森烂乎乎湿漉漉的人手，丫丫叉叉如凌空飞蛇裹挟了阴风惨雾，对着小冯就来喽！他左躲右闪还是被抓住了左脚，死命挣扎中，忽地看见破筐里的黄布包裹，一手抄起来对着人手砸了过去！

也不知包裹里是啥玩意，半空中打着旋儿还没落地，就被一只飘如白练的人手抓住了，"哐！"一下包裹被捏烂，里头木盒子里掉出个黑乎乎的狭长物件，在半空中转了几圈，"噗！"砸在了一只手上。

"嗷！"一片凄厉的鬼哭狼嚎竟震得小冯耳朵嗡嗡直响，黑烟滚滚臭气熏天，白练似的人手在地下如被击中七寸的毒蛇翻滚片刻，霎时竟融化不见。

"嗡！"地下那块黑乎乎的东西登时散发出万道蓝光，煞气腾腾五彩盈盈，"嗖！"一下起在半空，凛凛杀气滚滚而来，铺天盖地罩住了整个院子！七彩瑞光遮掩了月华星芒，闪烁迷离，迸射出道道彩光纵横交辉，如飞火流星般射中了乱蓬蓬的人手！深井里的人手登时好似见了老虎的小猫纷纷躲避。哪里来得及？碰着煞气纷纷断裂，片刻如冰雪遇烈火般化为一摊摊腥臭的脓血。

再看那黑乎乎的东西在空中如电似光飞速游动，特意围着井口绕了三圈，就听井里鬼哭狼嚎越发凄厉，如无间地狱惨烈刺耳。

"咔嚓嚓！"晦暗阴沉的九霄云中突然雷电大作，雷火滚滚，金光霹雳轰然而下，"轰隆隆"山崩地裂震得大地颤了几颤。"咣！"一道巨雷击中正厅，登时房倒屋塌火光大起，"咣咣！"又是几道霹雳交相纵横，极光闪耀，击中了府邸里各个厅堂殿宇，连面前那黑黝黝阴森森的五间厅堂也被巨大的雷电轰成了瓦砾，各色光芒照射如白昼，雷电接连不断在四处轰然炸响！

数十道火焰冲天而起，浓重的松香油漆味夹杂着腥臭气肆无忌惮到处涌动。"咔嚓嚓！"数道金光围着水井炸了一个又一个光圈，到处砖石迸裂房梁冒烟，一股股大火好似一条火龙，沿着大门、梁柱、房檐从四面八方肆虐奔涌，刹那吞噬了一切。

小冯喘着粗气摸了把冷汗，刚爬起来，只听"嗷……"几声凄惨喊叫响彻周天，从院落各处、水井里倏然窜出无数白惨惨飘浮的身影，奇形怪状什么都有，在雷电轰鸣冲天大火中如丧家之犬四散飘荡奔逃！片刻，半空中那块黑乎乎的玩意"嗖嗖"飞旋奔腾,却并不逼近,刹那发出阵阵响彻云霄的龙吟虎啸之声,以雷霆万钧之势形成了一股奇怪的罡风,将白乎乎的影子如秋风扫落叶般席卷而去!

"当啷!"一声脆响,那玩意掉落在地,满院硝烟火焰熏得人站立不住。小冯尽管慌张,心里却立时明白了:这东西不寻常!他立马跑过去把那东西扔进破筐里,又把黄布包裹、破了的木盒子扔了进去,这才转头快跑。也怪了,方才四四方方找不到的院门,又出现了。等他慌不择路撒开脚丫子左转右转顺着大火冲出大宅门,就一屁股瘫在门口的台阶上大口喘息。

回身望去,熊熊烈火早已烧塌了东西两院和正院的厅堂轩榭,冲天火光照亮了西城半边天,轰然倒塌的山墙梁柱冲得火星灰尘四处飞扬,四散的浓烟氤氤氲氲在整座府邸上空形成了一股浓雾,顺风飘向了四处。

狠狠捏了一把胳膊,小冯这才明白,自个儿是死里逃生。他抬头看看这座威严华丽的府门,门里火光熊熊,门外黑暗如墨,高大的门槛如同生死界限,隔绝了两个世界。刚才种种离奇遭遇,影影重重塞满了他的脑袋,激得这个十来岁的孩子捂着脸泪如雨下嚎啕大哭。

哭累了的小冯又冷又饿又累,正迷迷糊糊想打个盹再走,"滋溜溜"门口忽然有了响动!小冯一惊,赶紧抓着破筐站起身,就见"咕噜噜"从大门槛里钻出个小脑袋,小尖嘴绿豆眼,十分可爱。咦?是一只刺猬!

拳头大小的刺猬看见他并不怕,片刻又涌出一簇簇小脑袋,个个都是拳头大小,身上的硬刺还没长全,挺着圆滚滚的肚子,伸着短小爪子挤在大门口朝外东张西望。小冯迟疑着往前走了两步,发觉这群刺猬一面瞧他,一面瞪着眼前高大的门槛焦急。

"这是宅院里的刺猬窝,还是保家仙?"小冯诧异地嘀咕了一句。他心里明白,老北京乃是元明清三朝古都,四九城里的宅院里,哪家没个几百年,就连老百姓家里,也常有黄鼬、刺猬、长虫甚至狐狸,夜深人静到处乱窜,有的年深日久,常被老少爷们尊为"仙家",保佑一家平安健康,平日里形同家人,十分亲密。只是这大宅子如今被天火雷电击毁,也许是刺猬没了窝,要迁居?

想到这儿,他又起了热心,怕小刺猬们被火烧死,见它们跳不过门槛,便要伸手帮忙。哪知手还没伸过去呢,就听门里"咳咳!咳咳!"两声苍老的咳嗽声！这下可把惊魂未定的他吓得倒退了好几步，再不敢上前。

顺着门槛，从里头爬出个东西，长有三尺，状如狸猫，遍体紫红，尖嘴小眼，眼珠如赤金，一身硬扎扎的长刺，更骇人的是，这东西额头上，竟然长出个核桃大小金红色的肉瘤！

“妈呀！这、这是啥玩意？”小冯惊骇莫名，却见这东西并不过来，不慌不忙稳稳当当眨了眨亮晶晶的小眼，竟然咧开小嘴笑了，慢慢像人一样直起了身！等看清了他才发觉，这是只足有数百年寿命的老刺猬！

原来这刺猬跟其他“仙家”不同，一是胆小，二是温顺。早年间有故老传言，只因天定有数，造化无穷，刺猬最难成“仙儿”，刺猬的天灵智识远在其他几大“仙”之下，所以有年头的刺猬在古宅旧居多见，可成就阴阳、丹成道果的却如凤毛麟角。非得有大功德大造化，潜心修炼多年的刺猬精，历劫无数，才能有成。懂行的知道，凡是刺猬，灰白色的最为普通，潜修百年才能变成灰黑色，再变是青灰色，再变则为土黄色，按五行所属，变换五次，交替相生，其体色最终变成大红色，才算有了成就。

只是刺猬常见，其寿命又比不得其他“仙儿”，常人哪见过红色刺猬，又何况额头上还有核桃大的金红色的肉瘤？小冯打小就听母亲说过这些老北京的典故，今儿见了真章，哪能不怕？

那只老刺猬并不像害他的模样，只像人一样背着两短爪子，在门口悠闲转悠了两圈，挥挥爪子对着门里的小刺猬们叽叽咕咕不知说了几句啥，那群小刺猬登时像得了命令，竟然手脚并用，前后左右排布得整整齐齐，如人一样叠罗汉，一股脑翻过了大门槛，最后底下的，被老刺猬一爪一个提溜出来。

小刺猬们列队整齐，老刺猬微微笑着，红眼珠嘀里咕噜转了好几圈，猛然对着早已目瞪口呆的小冯合爪拱手作揖，拜了三拜，点点头，又指了指他的胸口，随即四爪伏地，招呼小刺猬们顺墙根一溜烟跑没了影儿……

八

晨曦初显，朝霞满天。昨夜死寂的街巷终于有了人声，胆小怕事又十分爱看热闹的京城老少爷们，也不知打哪儿都钻了出来，围着烟雾袅袅的大宅院七嘴八舌说个不停。

“好嘛！这场火可真不小，溜溜烧了一宿！”

“那可不！昨晚我就想出来招呼救火的，可黑灯瞎火，洋人还在城里呢，谁敢！”

“哼，那敢情！就你能耐，还他妈救火！你小子听见枪子儿响，吓得跟耗子似的早颠儿了。这年月，多一事不如少一事。爹妈死了都没人埋，就显你能？”

“哎哟，别是洋人放的火吧？我听我们舅爷说，四月里那个叫瓦德西的洋毛子住进了西苑老佛爷的仪鸾殿，半夜跟赛二爷胡混，半夜着了大火，两人光着屁股就跑出来啦，还烧死了一个德国副将呢。”

“你这是满嘴胡吣！这都哪儿跟哪儿啊！”

……

人越围越多，义和拳、洋鬼子接连进京祸害，早没了看热闹机会的老少爷们历经生死大难，这当儿终于又瞧上了热闹，那劲头比上菜市口看杀人还足呢。躲在上马石后头终于等到天亮的小冯，这才睁了眼。好嘛，大门口乌泱乌泱里三层外三层围了足有好几百人，连胡同口都被堵上了，唾沫星子飞溅，比茶馆里还喧闹。还好，众人只顾得说闲话，谁也没注意他。

“让开让开！都让开！公所来人啦！”

“公所？啥公所？这事儿不是该五城巡城御史和兵马司管吗。”有人懵懂问道。

“你还懵着呢？这年月王爷都背马粪去了，谁管事儿？洋人成立了‘安民公所’，里头的衙役说是叫巡捕，管这个呢！”

“巡捕？”

“那不？胳膊上缠白毛巾的。甭小瞧了这些人，除了洋人，这些人有权呐！说你是义和拳你就是义和拳，被他们逮住，当场开刀就宰啊。没听那么句话吗：天不怕，地不怕，就怕巡捕叫回话。等闲人不敢招惹他们。”

“哎，真是国破……”

“嘘！你小点声，不要命啦！”

众人正嘀咕呢,外头进来几个穿衙役服饰,左胳膊缠白毛巾的汉子,后头跟着俩日本兵和一个尖嘴猴腮的翻译。老少爷们此时畏洋如虎,潮水似的退出老远,胆小的早撒丫子跑了,胆大的伸头伸脑跟着往里瞧。

这群巡捕进去不久,不大会儿传来阵阵凄厉的惨叫,哭爹叫妈连滚带爬冲了出来,对着翻译一阵嚷嚷:"井里有死人!"俩日本兵听了翻译的话,赶紧派人回去搬兵。片刻,一队鬼子兵小跑来了,有的巡捕奉命预备担架,有的奉命预备棺材。此时看热闹的人越来越多,半袋烟工夫,翻译挺胸腆肚大喊:"老少爷们都回去吧!这府里净死人,没什么好看!快走,一会儿熏着啦!"

他的话带点南方味儿,显然不知道老北京的习俗喜好,一听有死人,方才害怕要走的老少爷们呼啦啦又围了过来,都比比画画聚精会神瞪眼瞧,生怕看不上热闹。果然,从大门里传出一阵阵浓重的恶臭,巡捕们都用白毛巾捂住口鼻,抬着一副副担架,看来棺材是用不上了。

担架上用白布盖着一具具被浸透了的又肥又大的尸身,滴滴答答的黄水尸液淌了一地。这些尸身露出来的服饰各有不同,有穿旗装的,有穿长裙的,有穿戏服的,足有五六十具,臭气熏天尸液四溢,不少人干呕不止。最后六个人抬出来的这具,穿着朝靴,魁梧高大,连身上的绛丝金彩行龙袍也透过白布隐隐可见。

看客们瞧得津津有味。不知是尸体太沉还是巡捕害怕,前头那人脚一歪,"哗啦"从死尸手里掉下一串东西。眼尖的人大叫:"快瞧啊!是什么宝贝!"

"是钱!是钱嗨!"有人立即不嫌腌臜地冲上去,捡起来一看,却皱了眉,"你说说!这公爷死就死吧,一个有爵位当主子的,怎么临死手里还攥着半吊铜钱啊!"

"不对,这钱怎么是新的?"

小冯正提溜破筐往外挤,猛一听见这话,回头一瞧。老天!从死尸手里掉出来半吊钱,正是昨夜他为了"收货",硬塞给那个瘦干巴老头的,怎么忽刺巴会跑到那位主子爷手里去?!他陡然想起昨夜一幕幕诡异离奇的事,大白天就打起了哆嗦,不敢再待,低头急匆匆挤出了人群。

走了不远，肚里没食、身上发冷的小冯精疲力竭，猛然想起这会儿可不能着凉生病，家里还等着米下锅呢。他抬头踅摸，路边牌楼一角正有个茶棚，大铜壶擦得锃亮，壶嘴里嘟嘟直响，水开得热闹，粗木案板上一溜儿细瓷茶碗，粗瓷茶罐，桌椅板凳全是破破烂烂，一群旗下爷们，正不嫌腌臜，坐在里头谈天说地聊得热烈。

奇怪，按往日的规矩，这种破茶摊子怎么能开到内城来？京城里外别的还罢了，就是茶馆不能少，对于游手好闲吃铁杆庄稼的旗下大爷们来说，一天可以不吃饭，却绝不能来茶馆会会朋友，听听新闻，显摆些朝廷内幕，好比是万岁爷不能一天不理政。茶馆，正是旗下大爷一天生活中不能少的去处。

大茶馆那叫个讲究！里外大跨院，有的是三层高楼，也一样雕镂彩画，用的家伙什全是从江西订制的细瓷，精美雅致。各类茶叶更是集天下之精华、九州之名品，应有尽有。来往的也全是提笼架鸟穿戴华丽的爷们，跑堂的都是穿着短打扮、一身干净利索的精明小伙，迎来送往招呼应承，着实不同凡响。

即便外城的茶馆，也没有在大街上摆摊的呀。小冯一琢磨，立马明白了：老佛爷和万岁爷两宫还在长安府待着呢，京里又是洋人的天下，民生维艰，断了铁杆庄稼的旗下大爷，哪里还有钱去大茶馆？再说从头年里京城内外商路断绝，连饭都吃不饱，卖茶和喝茶的哪有这份儿心？

见烧水的是个身穿半截大褂，慈眉善目五十开外的老者，小冯提溜俩破筐，慢慢走过去，冲他作了个大揖："老大爷，我想、想讨碗水……"他话音未落，就觉一阵头晕，"哐当"摔在了茶摊前！

"哎哟，孩子！"老者一惊，赶忙擦了手过来搀起他，"怎么了这是?!"一摸额头，烫得厉害，老者赶紧把他连人带筐抬进了茶棚，给他摩挲前胸后背好一阵，倒了满满一大碗开水，又从破木桌里掏出一盒东西，抓出一把塞给他，"孩子，赶紧放嘴里使劲儿嚼！吃完了再喝水！你这是受风受寒啊，弄不好转成伤寒，对景儿犯了可了不得。"

小冯身上阵阵发冷，胸口发闷，迷迷糊糊接过那把东西塞进嘴里一尝，又辣又甜，原来是姜糖，胃里正没食儿呢，便一顿大嚼，全吞了下去。片刻，他只觉得辣味一冲，胃口热乎乎暖洋洋很舒坦，身上也渐渐回暖，出了些热汗，人立马就精神了。

“哎，这年头，有什么也别有病！快喝热水，驱驱寒，一会儿就好了！”老者怕他端不动碗，一面轻轻吹，一面喂他。小冯眼圈一红就要下跪，被老者一把拉住：“老大爷！谢谢您老！只是、只是我身上没钱……”

老者乐呵呵笑了：“使不得！孩子，你这不是折我的寿吗。先喝水。对！我一看你就不是叫花子，打小鼓的吧？什么钱不钱的！水，不值一文，姜糖，是我自个儿吃了御寒的。咱都是外场人！哎，赶上这年月，啥也甭说了。喝着水烤烤火，一会儿就缓过来了。”

喝了半碗开水，小冯身子好了。老者挺有趣，也不拿他当外人，一面手脚麻利一面说闲话：“你以为我爱在这透风撒气的地儿开买卖？原先我的茶楼在西四牌楼，洋鬼子一进京，又烧又抢，早没了，家里大人孩子一大堆，忍了几个月，只好搬到这，摆茶棚子赚几个嚼裹钱。看你这孩子虎头虎脑的，怎么在人家大宅门前头看那种热闹，风地里站久了，可不着凉？回去爹妈能不心疼吗？”

一听这话，触动心事，小冯眼泪下来了。小冯擦了擦泪，见茶棚里客人不少，便赶紧起来帮着老者伺候茶水。虽说年纪小，他个子不矮，手脚又麻利，来回端茶倒水又快又稳，老者看在眼里连连点头。

正忙活着呢，茶棚里走进了三位穿绸裹缎的爷们，身上不是贡缎坎肩，就是出风的马褂，头上的暖帽上也镶着碧玉玛瑙，身上还嘀里嘟噜挂着一串串零碎小玩意儿。

为首的是个四十多岁的中年人，细皮嫩肉身材颀长。他掏出块水红的手巾在破桌破凳上掸了一溜够，才张嘴：“好嘛，这年月内城也能摆这茶棚子啦，别的地儿不是没开门就是烧了，咱坐坐吧。掌柜的，有什么好茶吗？可甭拿孬的糊弄我们。”

“不敢不敢！”老者亲自过来张罗，上了三碗茉莉双熏，两碟瓜子花生。那位中年人大马金刀坐了正座，微笑着冲左右茶客点点头。有几位熟人堆笑施礼：“富大爷！您老怎么上这儿来啦！您吉祥！”

“吉祥吉祥，如今平安就是吉祥。诸位坐。”富大爷很势派，端碗抿了一口，眉头一皱想吐没舍得，吐了吐茶叶末问，“掌柜的，你这是什么水啊。”

“甜水！正格的南城甜水。”老者赔笑。

“这茶还凑合，水不成！即便不能用玉泉山的水，也得用德胜门外的甜水啊。不然白糟践了这茶。”他晃悠着脑袋叹气道，“咱们大清国是落架的凤凰不如鸡啦。我们旗人不是一样？哎，想当年我们富家……”这位爷一张嘴跟报家谱似的，念叨了一段词儿。原来他是正黄旗满洲富察氏，满洲八大家之一，康雍乾三朝那当儿，有名的皇亲国戚。如今只剩了个空筒子将军衔，在家混吃混喝生孩子养蝈蝈玩儿，赶上庚子之变，又憋了几个月没出门，这肚子里的委屈大了去喽。

卖茶老者悄悄跟小冯嘀咕：“这是内城不知哪个府里的爷，他们礼多，讲究多，端茶倒水的可小心。”

小冯点点头，提壶送水穿梭来往倒也麻利，众位老少爷们并不注意他，都被富大爷的聊天声吸引了。

“要说今儿兆府闹这出满门殉国，别人不晓得，我是早心里有数。可你们未必知道，他们家怎么会死了这大半年，怎么到这会儿才惊动官府和老街旧邻，一把神秘天火连府邸也烧得一干二净吧。”富大爷语出惊人，缓缓转动左手大拇指上的碧玉扳指故作深沉又略带神秘地朝四座看看。

“那是的呀！”有好事的爷们立即捧他，“谁不知道咱们内城的富大爷啊！老祖儿就是乾隆朝最红火皇亲国戚，出了一位皇后娘娘，一位军机首辅，两位大将军，三位大军机，三位额驸，甚得几朝万岁看重，这八旗门里的事儿，您不明细谁明细？”

富大爷得意地微笑道：“这话我爱听！虽说您不是瞎捧我，那是祖上的阴德，皇上的天恩！知道的自然知道。嗯，不说这个，给你们聊聊兆府这档子事。”

“您说您的，我们都洗耳恭听！”茶棚里诸位老少爷们一听有典故奇闻，也不管认识不认识，忙不迭搬凳子端茶杯，呼呼啦啦围拢了过来，瞪大了眼直盯着富大爷开聊。旗人好面子，更爱显摆，一瞅自己的话引得老少爷们如此捧场，富大爷兴高采烈顶得意，喊道：“掌柜的，给诸位爷上茶上瓜子，今儿的账都算我的！”

好嘛，卖茶老者知道他发了旗下大爷脾气，赶紧和小冯来招呼了一番。

富大爷清了清嗓子，说起了关于这座府邸的一段故事，慢慢地，连老者和小冯也听住了。

“你们横是知道，咱们京城的大宅门府邸，都有来历。凡是叫‘府邸’的，那绝不一般。甭说大耳朵老百姓，哪怕是一品大员、内阁、军机首辅，住的地儿也不敢称‘府’。乾隆朝和珅和中堂厉害不？没封爵之前，也得叫‘宅’，打萨拉尔靠着承旨书谕，乾隆爷赐了他个三等忠襄伯，还是不敢公然挂出‘府’额，等乾隆爷禅位，嘉庆爷登基，太上皇看在多年情分上，才晋了他个一等忠襄公，这才敢叫府。”

“不错不错，富大爷一肚子学问呐！您接着说！”

富大爷毫不谦逊，喝了口茶掏出个精巧的京八寸烟杆，有那奉承的赶忙给他点上。他深吸了两口，慢悠悠说：“你们瞧，这兆公府，三路四进的大四合院，正厅、花园、水榭、祖先堂、马号、影壁一应俱全，虽说比不得亲、郡王府那么浩大堂皇，在宗室里头，可也算应当应分的享受。”

一旁有人搭话：“富大爷，他们家不是姓‘兆’吗！怎么是宗室呢？难道爵位比您府上还高点？”

富大爷一瞪眼：“你懂啥！我们家是半拉皇亲，一整个国戚，人家本来就跟皇上是本家，老姓爱新觉罗。别打岔，听你的还是听我的！”

“听您的！您说。”

“这兆公府，甭说你们诸位，就是内城住的皇室宗亲，因为年代久远，也闹不明白他们家的来历和这出邪乎事的内情。可我肚子里却有一本账，为啥呢？只因我叔祖当年是睿王爷的伴读，也算沾了点光，做了内大臣、镶黄旗满洲都统，睿王爷后来奉旨管理宗人府，凭这点情分，三节两寿去睿王府请安送礼。伴读吗，就是咱老百姓说的发小，王爷很爱重，私下闲聊时，就说了管宗人府时，看到的不少秘档，其中就有兆公府老祖的事儿，说起来……”

说起来兆公府的老祖，并不姓兆，而是大清太祖爷位下广英贝勒的小儿子，名字里有个“兆”。广英贝勒从小好勇斗狠，任性跋扈，豪横莽撞，特别喜爱舞枪弄棒，骑射功夫着实厉害，也是关外满人好武成风的本性。后来因与兄弟子侄不和，被亲兄弟太宗爷联合几大贝勒于太祖爷面前狠狠告了状，怒气难平的太祖爷悍然下旨，将其革职革爵，幽禁致死。

不几年，垂暮的太祖爷又后悔了，觉得自己逼死儿子，实在可怜，就着实照顾广英贝勒的几个儿子。其中这个小儿子，被封为四小贝勒之一，参与当时“八贝勒议政”，称为“兆小贝勒”。太宗爷宾天后，顺治爷年幼，兆小贝勒此时已然成年，跟九王多尔衮、多铎、阿济格要好，护送顺治爷、孝庄皇太后两宫大驾入关，定鼎燕京。多尔衮看重兆小贝勒，便仗着做摄政王，封了他个郡王，还命他带领三千精锐八旗骑兵，与英亲王阿济格、豫亲王多铎一起统帅大军，监督吴三桂、尚可喜、孔有德、耿仲明等人兵分两路，追击李自成。一路从关外剑指山西，一路从中原杀向山西，两路人马分进合击，誓要斩草除根，永绝后患。

且说兆郡王跟着堂弟阿济格统帅大军兼程从山西南下，绕道陕北，跟多铎众军约期攻打潼关天险。一路上满汉军兵所向披靡。这一日在交战中，兆郡王受了箭伤，力不能支掉下马来，阿济格心疼哥哥，只得安排他在渭水以北驻扎，以两千铁骑作为疑兵威慑长安，自己带了大军迅猛南下。

在渭水养伤的兆王爷听闻各路军马会战于潼关，为了自己不能参与大战心急如焚，闲暇时便领了亲兵卫队去渭北汉、唐诸陵寝打猎游览，顺便看看这片大好河山。不想这一天夜里，碰上了怪事！夜半子时，百无聊赖的兆王正跟参谋官喝酒闲聊，大营外有一位老道觐见。兆王初入关，凶狠暴戾，最厌烦这些“装神弄鬼”的方外之人，悍然下令斩杀老道。不料一袋烟工夫，刚刚被杀的老道又出现在他面前！老道说了些懵懵懂懂的言语，好像这天夜晚兆王的军营要出事，如是者再三，兆王大惊，愤恨之下亲手砍了老道。

兆王正为这老道烦心，迷迷糊糊睡了半个时辰，哪知不到丑时，军营外四野黑云滚滚，煞气腾腾，由打东北、西北两路阴风大作。黑风凶气里，杀出了两支无头军兵！那马匹军兵皆穿铁甲，手执利刃，打的旗号却从未见过，他们脚不沾地地冲了过来！

隐隐的喊杀声震得兆王惊醒过来，睁眼一瞧，妈呀！大营里除了他，竟是空无一人，两千精兵竟然全无踪影，就剩他一人站在大帐外呆若木鸡。片刻，黑风涌动，凶雾惨惨，也不知是人是鬼的两路军兵冲进营地，兆王只得挥舞战刀，耳轮中万马奔腾，喊杀声惊天动地。他一个人左冲右突杀了个痛快。

精疲力竭的兆王心知此地有异，正想着杀出去逃跑，可不知怎地，片刻间风雷大起，两支兵马倏然不见了。猛然摇一摇头，兆王惊恐万分，原来自己手执战刀，正跟自己的兵马杀成一团！这两千精兵两眼血红，目光呆滞，如僵尸般，又如疯了一般自相残杀，刀刀见血，直杀得人头滚滚血流成河，急得兆王大喊大叫，忙命令住手，可谁也不听他的。

兆王正焦急万分呢，猛然听身后一声高叫："福生无量天尊！"兆王回头一看。咦?！方才三次被杀的老道，又一次轻飘飘出现在眼前。老道施礼问安，兆王这才收敛了傲慢之色，恭敬求救。老道说了原委：原来此地原先是千年前守卫汉、唐陵寝的军营重地，历代战乱多有杀戮，当地百姓一直很忌讳，不敢在此居住耕种，哪知兆王的军营设在此处，激发了几路"阴兵"冲撞而来，兆王又不听老道提醒，竟闹出个"炸营"惨剧，此刻无法收拾。

兆王吓得心胆俱裂，磕头赔罪。老道只得想了个法子，用兆王前几日于不知哪座陵寝外土堆里捡回来的一件"宝贝"，扔到半空，念动真言，霎时霞光彩雾迸发于九霄，漫天惊雷霹雳道道而下，罡风大起，飞沙走石，当即破解了"炸营"惨状，四外恢复平安。兆王对老道感激不尽，跪倒拜谢不已。老道摆手笑道："此物与殿下有缘，可收好供奉，能保你家十代平安。贫道并非特意来显摆智术，只因大兵入陕，生灵涂炭，殿下切记不要扰民，多多抚慰善待黎民也就罢了。"说完，老道飘然而去。

打那以后，兆王爷因功回京，把那件"宝贝"秘藏在家，供奉在祖先堂里。说来也怪，兆王爷这支虽不是皇室嫡派，却一直坐享禄位，躲过了从顺治爷开始一直以来的宫廷纷争、龙子夺嫡，安安稳稳一直到如今，正好是第十辈！如今出了这么诡异的事儿，一家子惨死，说不定冥冥中真的有定数呢！

富大爷真不赖，肚里典故轶闻颇多，足足说了一个多时辰，把兆公府来历说了个清清楚楚。众人听得津津有味目瞪口呆。末了，有人就问："富大爷不愧是八旗才子、皇亲国戚呐！您说的这典故，甭说听，就是连想都不敢想！那请问您，兆王爷当年到底得了什么宝贝，那么厉害！"

富大爷叹口气摇摇头："这，咱可就说不清喽。您诸位爷想呐，那宝贝乃是兆王爷偶然得来的，若不是那位得道高人，谁也不认识，或许就当破烂扔了呢。既然是宝贝，又供奉在祖先堂里，我们旗人礼节大，祖宗的东西，谁也不敢轻易开启，或许他们家后代公爷自己也不知道。话说回来了，即使不知道是啥，可这宝贝确实有呐，诸位甭以为是我瞎吹嘘！”

“此话怎讲？”

富大爷乐了：“您诸位还是内城的爷！您想，我们家祖上在雍、乾两朝，何等富贵?！说句拿大的话，宫里赏赐的奇珍异宝堆满了几间屋子，就乾隆爷赐给我们老祖福大将军，光金玉玛瑙紫檀如意就几百柄，可也没这么神。我什么没见过，能拉下脸来帮别人吹嘘？懵您诸位？”他喝了口茶，眯着眼低声道：“其实，懂行的自然明白。八国洋鬼子进京，旗下诸位殉国的多了去了！任谁家也没出过这么邪乎的事儿！哦，大半年都没声儿，这会儿才突然惊动官府和邻居，还起了一把天火，把府邸也烧了！这根由就在那宝贝身上！”

原来富大爷见多识广，打小过手的珍玩宝物也多。听老辈子人说：大凡奇珍异宝，多有灵应神异之处，无论佩戴或是供奉秘藏，可以驱邪避凶，镇压邪祟凶煞，有些便被王公贝勒、皇亲贵胄们作为镇宅之宝。而兆王爷当年得到那件东西，虽不知道是什么，毕竟在祖先堂供奉了两百多年，本就有了灵气，便成了兆公府的“镇物”。所以到了兆公爷这辈，过了整十代，赶上洋鬼子进京，全家殉国而死，真灵未泯，魂魄不走，也不见任何动静，或许就是被那件宝物镇在了家里，行动不得！除非是大福缘的人，拿走了“镇物”，这才引得怨气夤夜爆发而出，冲霄汉而不散，阴阳相激，引得天雷霹雳轰然而下，引发大火。

“也是机缘巧合吧，”富大爷霍然睁眼，“冥冥中自有定数。无论宫里还是王公府邸，凡修筑宫殿房屋都有镇物，兆公爷一家子阴魂不散，想转身轮回却被镇物镇压着，走不了。不知哪个有福的拿走了那件宝贝，这才放了他们一家子转世，也是积了大德喽！您诸位爷琢磨琢磨，是不是这个理儿？”

“没您不圣明的！”

“富大爷！还是您厉害！今儿领教了！”

……

众人心悦诚服，七嘴八舌说了两车奉承话。富大爷兴致勃勃过足了瘾头，这才抓出一把碎银子会了账，翩然而去。看看天光不早，卖茶老者忙碌地收拾摊子要回家，却见方才还机灵的小冯皱眉直发呆。

富大爷这番话，别人听了还以为是古记故事，小冯乍闻之下，犹如一桶凉水浇头，胆战心惊毛骨悚然！这典故说法，竟然跟自己昨夜离奇遭遇差不多吻合，他心里不由得七上八下忐忑不安：莫非自己真的拿了人家的宝贝，放走了兆公爷一家人的冤魂野鬼？可那个木盒子里，到底是什么物件呢？

九

拜别卖茶老者，小冯提溜着俩破筐子走回家。没进家门呢，他就听舅母在院里放声大骂："臭嘎倍儿的小兔崽子！小杂种！昨儿晚上一晚上没回来！兴许死在外头啦！这年月，钱没赚来，成天价在家吃闲饭养少爷……打量家里有金山银山呐！做了倒卧儿死了倒好，剩下些嚼裹儿啦！"

小冯一惊，低头慢慢进门，果然见五奶奶气得张牙舞爪。他开口低声叫道："舅母，我回来了。"五奶奶一见他，就如火上浇油，顺手狠狠一个嘴巴抽了过来，骂道："你个小杂种！怎么不死在外头！一晚上上哪儿野去啦！啊？连扁担都没拿回来，看你这模样，黑不溜秋的，是不是干那下三烂的事儿啦？看我打不死你！"说罢，她抄起扫帚劈头盖脸就是一顿打。表弟表妹们纷纷伸头伸脑偷看，有的还做鬼脸。小冯不躲不闪，等五奶奶打累了，摸了一把鼻血说："舅母，我、我没偷也没抢，我收东西去了，舅舅好些了吗？"

"呸！你个王八操的小兔崽子！你眼里心里还有你舅舅和我？昨儿晚上你舅舅急得一夜没睡，今儿个又犯了病，正在炕上难受呢！滚！别在我跟前碍眼！"五奶奶气鼓鼓呸了一口，又骂了几声，扭着屁股气呼呼找邻居打小牌去了。

小冯不言语赶紧舀水洗了洗，冲表弟表妹们摆摆手，提溜俩筐进了里屋。一进门小冯就听见金五爷剧烈咳嗽声。这阵子五爷可拉拉胯了，他也是个要强的体面人，虽然啬刻些，毕竟在街面混了这么久，提起来也算个人物，如今本想就着混乱年月发点“国难财”，不料老马失蹄，被老毛子摆了一道，又气又急又舍不得送出去的那些金银珠宝，身上的伤病好了，可心里着实熬头，折腾得原本高大的五爷瘦成了干，满脸土灰色，原本灰苍苍的头发已然白了一大半，瘦骨嶙峋捂着胸口咳嗽，撕心裂肺的声音听得人心里发颤！

“舅舅！”小冯赶忙过来给五爷倒了碗热水捧过来。五爷眨眨眼，接过水长叹一声：“哎，孩儿啊，舅舅恐怕不成了！”

“您别这么说！”小冯乖巧地给他捶着背，“咱家少了谁也少不了舅舅您。您猜，昨晚我碰见啥了？”

金五爷忙问：“我正想问你呢，你舅母说你昨儿一夜没回来，可把我急坏了。我这身子骨又不能下地，你弟弟妹妹还小，你舅母……哎，孩儿啊，回来就好啊。你家就剩了你这么一根儿苗，这个乱世道，赚不赚钱两说，你可千万甭出啥事！不然，我就是死了，到了阴间，怎么去见我那苦命的妹妹哟！”说到“苦命的妹妹”，五爷大为感伤，捂着脸哽咽半天，这才细细打量小冯：“孩儿，昨晚到底干啥去了？”

小冯不敢怠慢，忙把昨晚的奇遇和今儿在茶棚里富大爷闲聊的话，原原本本跟五爷说了，又小心翼翼从破筐里拿出那只木匣和黄布包裹的物件。五爷到底见多识广，强打精神听完，两眼一瞪叫道：“孩儿啊！你这真是收到宝贝啦！那位富大爷所言不差，他老祖就是大将军福贝子啊。乖乖，这会儿咱可抄上了！”五爷一把接过盒子，一面喜不自禁嘀咕：“孩儿，你不知道，这四九城里的‘仙儿’多啦！就是潭柘寺里，也有大青爷二青爷守着佛宝呢！你当昨晚门里的老头是谁？那就是修炼多年的刺猬精啊。它在兆公府里修炼多年，成了公府里的‘保家仙’，如今公爷一家子殉国自尽，魂魄不得转世超生，必然是祖先堂里供奉的那件宝贝镇着。就因为这个，别说魂魄，就是那老刺猬精也出不了大门，可见这宝贝神通广大，必然是旷世奇珍！多亏了你有福，不仅帮了那一家子冤魂，还给了老刺猬一条生路，咱自己个儿也得了宝贝，一举三得！快瞅瞅……”

五爷心气上来了，捧着匣子装模作样点头称赞：“这是金丝楠，没跑！凭我这三十多年的眼力，绝对错不了。可惜这年月，不介，单这匣子也能卖出几十两银子花!”小冯凑过来瞧,这会儿才看清,这匣子很普通,大约二尺五寸长,半尺宽,两寸高,光素无纹,镀金的铜折页上,金色剥落,显见很有年头。

黄布包袱被五爷紧紧抱在怀里。他冲外一努嘴,小冯会意,看看并没有人。五爷掂了掂,很压手,一面笑一面说:“孩儿,我说你干这行没错吧。嘿!咱们这行,会干的不如会说的,会说的不如会骗的,会骗的不如财旺的,我瞅你就是个福大财旺的!这不是黄布,是杏黄绫子,瞅瞅这金丝儿和团龙纹……”只见他乐呵呵地一点点揭开有些开线的黄绫子,眼珠儿越瞪越大,生怕看不清宝贝。可等那宝贝露出真身,金五爷陡然“啊?!”了一声,方才还神采奕奕的眼神登时怔住了,倒吸一口冷气,脸上扭曲不定冷汗直流,不可思议地死死盯住小冯,嘴唇哆嗦道:“这、这就是你收的宝贝?”

小冯不解,等看清了也目瞪口呆,黄绫包袱里哪有什么奇珍异宝,原来是一根二尺长短,二指宽,锈迹斑斑略带弯曲,满是灰尘脏土破烂不堪的青铜片!

“这、这是什么东西?”小冯大惑不解,有些慌乱。他回想起昨夜一番奇遇和今儿富大爷说的话,再想不明白,难道宝贝就是这脏不拉叽的青铜片子?不能够啊,甭说这玩意儿扔到大街上没人要,就是送到铁匠铺里,人家也准得当垃圾扔了。

金五爷眼中满是失望,小冯急得满头热汗,回身在破筐里又翻又找。五爷叹息道:“甭找了,孩儿,我说咱也没这么大的福气,能捡着人家传了几辈子的宝贝。这破铜片子都不知道哪个铁匠炉里烧出来的残品!你瞅,跟个炉钩子似的,就算是三代的东西,烂成这样,也是一文不值!拿走,拿去玩吧。哎……”

小冯嗫嚅着垂头丧气地取过铜片搁进盒子里,用黄绫包了,放进破筐。他眼见舅舅的眼神方才还神采奕奕,现在变得晦暗不明,又没了光彩,猛然想起那个“刺猬精”老头给的两块土坷垃还在怀里揣着呢,赶忙伸手摸出来,恭恭敬敬道:“舅舅,这还有呢。”

“还有啥?”五爷眼皮也不抬。

“您瞅啊!这是昨儿那个刺猬精老头送我的。看、看着像土坷垃……”

他掏出来就觉得手里沉甸甸的，往前一递，登时金光四射，土坷垃变成了俩手掌大小的饼子。

金五爷一瞅，眼珠子可直了，一把抢过来又摸又咬，片刻精神大振，又哭又笑说："发、发了！咱们发了！孩子，真是老天爷保佑！哈哈哈哈，这是金的！赤金！"说罢他竟对着俩金饼子亲了起来。

"您这是咋了，舅舅！"

"傻孩子！这、这是金饼子啊！十足赤金，一个足有二十多两呢！如今金贵银贱，一两赤金换三十六两银子，就这一个咱能换七百多两银子，够舅舅干好几年买卖啦！好孩子！"说着他拉过小冯又亲又抱，好赛多年未见的亲生儿子一样。

"可这饼子昨儿还是土坷垃啊，舅舅，您……"

"怎么?！这金子你想独吞?！"五爷瞪眼问。"不是不是！"小冯双手摇摆，"这金子既然值钱，自然要孝敬舅舅舅母，那匣子也一并送给舅舅……"

一听这话，五爷喜上眉梢："不用！那东西你留着吧，做个念想，我啊，就爱金子！有了它，咱爷们又能缓过劲儿，照样风光起来喽！快，快去叫你舅母回来！"

好嘛，得了两块金饼子，五爷伤病顿时好了一大半。五奶奶回来听说得了金饼子，喜得一蹦三尺高，大脚片子差点把地踩出个大坑来！当晚五奶奶做了一桌子好吃的，第一次叫小冯上桌吃饭，弟弟妹妹也都跟着沾了光，一个个小脑袋对着桌上的猪头肉、酱肘子、羊肚甩开腮帮子吃了个沟满壕平。小冯满嘴的油，心里很暖很熨帖，自打爹妈死后，第一次觉得幸福。

他再也不用住院里的破厨房了，可以跟弟弟妹妹睡西屋的大炕。晚上等他们睡着，小冯一个人摸出那个楠木匣子看，纳罕不已：难道当年的老王爷真的弄了一块一文不值的破铜片子当成了镇宅之宝供在祖先堂里？这玩意儿真有那么大神通，能镇住一院子的冤魂家鬼和那只老刺猬精？

夜色深沉，九霄上月华遍洒大地。小冯借着幽暗的月光，翻过来掉过去瞅着破铜片发呆。约莫三更天，脏兮兮的铜片似乎有点发亮，翠绿的锈润如翠玉，十分好看，黑漆漆的地方也仿佛被点染了油亮的墨色，盈盈融融笼罩在月华中，显得格外与众不同。

小冯正迷迷糊糊把玩着，余光一瞥，就见几道黄澄澄、白莹莹的月光从窗户倏然透射进来，一眨一眨片片光芒围住了铜片，亮成一团黄灿灿的幽光，“嗖！”一声被铜片吸了进去！小冯吓了一大跳，揉揉眼不相信似的再摸摸破铜片，方才冰冷如雪，这会儿好像有了些暖意，一道奇异的光线从铜片这头“滋溜溜”传到那头，两头光晕跟月华一样柔和温润，在中间交汇成一道盈融紫光，刹那消失了……

“真是件宝贝啊！”小冯把破铜片抱在怀里惊喜交加，虽说不上是啥东西，可他认定了，这铜片绝不是舅舅嘴里不值钱的垃圾。可到底是啥呢？他说不出所以然。小冯突然又想起老刺猬精给的头发，赶紧从破棉袄上找出来瞅，既然土坷垃变成了金子，这东西肯定也不赖，可左看右看，那头发竟然变成根紫红色的长刺，跟个绣花针一样别在棉袄扣上。

小冯挠挠头，实在闹不清这长刺有什么用，就把刺和铜片搁在一起塞进匣子，拿黄绫一裹，带着困惑、不解和些许欣慰，睡着了。

不久之后，庆王、李中堂跟洋鬼子谈成合议，中外总算平安无事，街面上更繁华了，老少爷们脸上也有了笑模样。金五爷有了金子，顿时精神起来，病也好了，进来出去跟个耗子似的买东西，置办家具，给五奶奶买首饰打镯子，转过年来，又张罗着买房换地方住。五爷终于想开了：这些年死抠死抠，攒下的钱上次事儿全搭进去啦，一点没享受着。人这一辈子图什么？不就是个吃喝玩乐，老婆孩子热炕头不是？买一所像模像样的院子，把全家接进去，自己还是做打鼓生意，愿做就做，不愿做，凭这两块金饼子也能吃个十几年！

凭这点心思，金五爷心气更高了，用一块金子换了七百两银子，在东城永顺胡同买了一所两进的宅院，选了个良辰吉日，大家伙高高兴兴搬了进去。一家子住正屋，小冯住东厢房。这家子原本是个银号的掌柜，因庚子之变，全家逃回山西，连家具摆设一应物件也没带，这下全便宜了五爷。

小冯自己布置了房间，把匣子宝贝似的搁在枕头下面，看着高高兴兴乐乐呵呵的舅舅舅母和弟弟妹妹，自己总算给这个家有了个交代。

哪知乐极生悲，金五爷一家只在宅子里住了三天，到第三天夜里，邻居家不知为啥走了水，浓烟一片火鸦万只，正赶上刮风，那是风助火势火助风威，五爷一家都舒舒服服睡得死沉，哪里逃得及，刹那间全葬身火海！只有小冯半夜起来解手，发现大火连喊带叫唤，却早已晚了三秋，四邻八舍倒是全来救助，等到第二天上午，一座大院大半烧成了白地，小冯哭得死去活来，号啕不已，几天不到，又成了孤儿。

老少爷们也垂泪不已，帮着他收拾了残局。院子里正屋、西厢房、后院都烧没了，还剩下东厢房和门房，其余家具财物全烧了个干净。小冯没地儿去，年纪小也主不了事儿，嫁出去的表姐回来干号了几声也躲了。没法子，他只得身穿重孝，求爷爷告奶奶，请诸位帮忙。

说来也巧，这一日正逢金五爷的一位老朋友、京城有名的镇威镖局的镖头胡大爷来祭吊，他见老友死得惨，门墙冷落，小冯作为外甥虽然纯孝，毕竟年纪小形单影只做不了主，江湖以义气为重，便挺身而出，帮着小冯主持大局。胡大爷找来专吃瓦片的房牙子低价卖了院子，凑钱发送了金五爷一家人，招呼众徒弟帮着办了丧事，瞧见小冯没处可去，仔细端详，觉得这孩子忠厚质朴，孝义可嘉，便把他带回镇威镖局，收他做了关门弟子。

孑然一身的小冯感动得涕泪交流，带着那个包匣子的小包裹，在院门外大礼叩拜，跟着胡大爷离去。

十

镇威镖局可不简单。据老辈子说法，从前明那算起，京城的镖局有四十八家之多，因明末局势混乱，不少保镖学武的不是参加了闯军，就是参加了明军。大清入关定鼎燕京，战火连绵，只有京畿还算安稳，只是各家的人手缺额太多，剩下几家又不敢应承上官差遣，只有镇威镖局和威远镖局仗着家底厚，见机行事，东家又有兵部候补的官身，当时便拜见摄政王多尔衮，给镖局揽来了往前方押送军饷粮草的业务。

那当儿河北直隶刚定，其余各省都在明军、闯军驻守之下，镇威镖局仗着自己人头熟，地理更熟，竟是随着大军一路开拓，很是得朝廷器重，由此兴旺发达。到了康熙年间，康熙爷三次御驾亲征西域沙漠，开疆拓土，押送一应粮草银两的重任便交给了镇威镖局。几次大征伐下来，镖局不仅赚得盆满钵满，那金字招牌更是响动四方，遍布大清十八行省，连张家口、承德府、玉门关内外的业务，别的镖局不敢接，镇威镖局都当仁不让，传到如今，已然七八辈子喽。

镇威镖局的总局，在南城麻线胡同，三进大四合院子，里头吃喝耍把式的地儿一应俱全。其实呢，有那需要保密、特别贵重的物件，都得去通州商谈，原因么，自然不能为外人道了。

小冯一进门，先进行了拜师大典，拜在胡大爷门下学规矩。胡大爷，直隶沧州大有庄人氏，五十开外年纪，身高马大体壮如牛，四方大脸，黄微微一张面皮，连鬓络腮胡须，二目如电，脾气火爆粗中有细，在镇威镖局已然三十多年了。他走南闯北岭南沙漠都去过，几乎从未失过手，跟三山五岳的绿林豪杰、江湖好汉，也大都是朋友。他如今做了总镖头，平常的买卖不去，只在家里坐镇，平日里带带徒弟，练练拳脚，也是京城有名的一位好汉，老少爷们等闲不敢小看他。为啥？除了他满身武艺，是顶有名的“尖挂子”，仗义正直，就是他那位有名的大师兄，在京城里一提起他师兄大刀王五爷，哪个不敬仰有加？

胡大爷很喜欢小冯，看他身子骨结实，便不断打磨他，闲暇时聊起这行的规矩，更是教导有加：“孩子，咱们保镖这行，说高不高，说低贱可绝不低贱。为嘛？咱们是‘金评彩挂’上四行里有一号呢！”

原来老时年间，江湖各大门派之外，不入真流者又分“八大门”，上四门说的就是“金评彩挂”，金是算命打卦先生，评就是评书门，彩是变戏法的，这挂指的就是练武的行当，俗称“挂子行”。

再细分呢，又分四小门两派：一门“支”，是那些为豪门大户看家护院的武把式；二门“戳”，指的是教场子里的教师；三门“拉”，即是保镖行；四门“点”，说的是打把式撂地卖艺的武把式。

“两派”是区分真假功夫的“尖挂子”和“腥挂子”：若是下过真功夫，练出响当当真武艺者，行里称“尖挂子”；一真降十假，那些撂地的刀枪架熟套子，看似武武扎扎眼花缭乱，实际上都是蒙骗外行人的把式，自然就是“腥挂子”。

俗话不是说吗，行家一出手便知有没有。胡大爷练的便是有名的铁砂掌和大力鹰爪功，另有一手密不传人的八卦万寿刀，堪称武林绝学。其余刀枪剑戟斧钺钩叉十八般武艺，他也算样样精通，由此才得了一个“胡万胜”的江湖大名。

经过胡大爷的特意调教，五年以后，不到十六岁的小冯就成了响当当一条硬汉子，身子骨倍棒，虽说武艺还未出师，但脾气性格及为人处世，像极了胡大爷，行侠仗义敢作敢为。爷俩处得亲如父子，下头人都说：“胡大爷这身武艺，早晚是小冯继承呢！”

话虽如此，小冯一点也不敢在人前显摆，他知道自己是个“外来户”，从没出过镖差事，吃的都是师兄们走镖赚的份儿钱，大家看在胡大爷的份儿上，嘴上不说，心里可没少埋怨，如今胡大爷年事渐高，底下的徒弟们也慢慢做大，自己可不能显山露水给师父和自己结怨找不痛快。

小冯也乖巧，从来稳稳当当不争不抢，踏踏实实练武，给师兄们端茶倒水伺候得无微不至，到底是习武之人，师兄弟们尽自心里不太乐意，瞅着他听话老实厚道，也不太计较。

东方的大梦终于醒了，这种天朝上国的美梦，一直做了数千年，无论四夷宾服或是万国来朝，都能让最普通的老百姓们热血上涌慷慨激昂如痴如醉，可如今一朝梦醒，只落得明日黄花盛况不再，一股又酸又辣又羞又恼的情绪在各行四溢流窜。

练武的“挂子行”，就是最早醒来也是最不愿醒来的行当之一。其实说起来，自打庚子年武艺高深的八卦掌高手程师傅眼见洋鬼子烧杀抢掠，当即挺身而出用绝学游身八卦掌劈死德国兵，被枪杀在前门外，习武之人的梦，就已然渐渐苏醒，只是众位老少爷们憋着劲儿，死命用汗水心血练就的功夫狠狠抵挡了这些年，终于抵挡不住了。

无数的洋枪洋炮从一个个港口运入内地，蓝瓦瓦油光闪烁的机枪子弹，总比刀枪把子和十八般兵刃好使，无论内外功夫再高深强大，也抵不过子弹炮弹的威力。一条条高大健壮的汉子，用冬练三九夏练三伏练出的功夫，面对瘦弱得小鸡子似的常人伸出的一个个枪口，也得噤若寒蝉，威风不在。挂子行塌了半边天,“支、戳、拉、点”四门,能顺势而为的都不再练习本门功夫,有的去当了兵,有的也去练了枪法。“支”字门最警醒,也最灵活,从关东到江南,看家护院的都配了枪械,打扮得威风凛凛。其他三门可塌了架落魄啦:教师爷们常常为流失的徒弟生源头疼;打把式卖艺的,身上的花架子玩得再溜,看的人只要扔下一两句冷话,总气得穷哥们弟兄尴尬不已;最可怜的是保镖门,原本兴旺热闹了数百年,如今却门可罗雀,无人问津。

明摆着,年头不一样了,规矩也变了。当年中规中矩的绿林江湖规矩,由于无数流民和盗匪的混入,一下子闹得鸡飞狗跳面目全非,这些“老杆儿”们根本不在乎什么“行话”“黑话”和绿林义气江湖规矩,哪怕押镖的再“喊山”“亮嗓儿”,即便金镖黄家亮出御赐的黄龙旗,也根本没人认,他们只认钱!

行里呢,涨价自然是不敢涨,越涨越没客,降价更不敢降,一是行规不许,得照顾大家的面子。二呢,一个镖局得支应呐,人吃马喂的也是不少钱。三呢,保镖的不论镖头还是“趟子手”,都是真正的练家子出身,豪气又局气,打小练的是真玩意儿,都没玩过洋枪洋炮,谁也不想用洋人的“拐棍”打自己老祖宗留下的“拐子骨”。加上更换装备行头,一支枪的价码就顶一个“趟子手”小半年的薪水,谁也拿不出那么些钱。

外行呢,那些大人老爷豪门财主们,瞅着洋枪洋炮好使,市面上又有了又快又稳的火车轮船,更瞧不上这些傻不唧唧的汉子们背着刀枪把子慢腾腾押送。因此,死撑了多年,等到老佛爷七十四万寿这年,京城里大大小小的镖局,只剩了入不敷出的四五家还在苦苦支撑。

胡大爷最近很憋气,他另一位师兄,神秘又武艺高深的邵大爷歇业回家纳福去了。邵大爷不是凡人,头些年提起来还了得?!一套三十六路子龙枪出神入化威震大江南北,连塞外西域一带的英雄好汉们,也对这位老师傅恭而敬之,多少也卖给他些面子。偌大名气支撑了这些年,如今也归隐田园,好似大冬天一桶冰水哗啦啦浇在剩下的几家镖局头上。

“哎,往后的日子怎么办呢!”一向沉稳持重、神采奕奕的胡大爷老是背着手,叼着京八寸叹息。他是总镖头,上头得向东家负责,下头得顾及着一帮子手下徒子徒孙的生计。头些日子,就已经有些年轻的小伙子跃跃欲试,话里话外的想辞工去外头闯闯，叫他臭骂了一通儿。倒不是胡大爷保守小气看不得年轻人出门闯荡的朝气，谁还没年轻过，只是年头不对，如今市面上千变万化五花八门，人心大坏，手底下这帮人呢，都是走镖出身，江湖道溜熟门清，可别的行当是两眼一抹黑一无所知，万一出去遭了难，殒命沙场或被人暗算，连哭都找不着地方。

大徒弟宋大榜老实敦厚，专练硬功，脾气也直，见胡大爷烦闷，赔着小心说："师父，活人哪能叫尿憋死？我听见说，张三爷保刘大人去藏地，来回一趟，既长了见识，又赚了钱，咱们能不能改一改规矩，也跟'支'字门通融通融，也是个法子。"

"通融？"胡大爷虎目圆瞪转身问，"怎么通融？各门有各门的规矩，哦，咱们把人都撒出去，像西河沿'老妈所'一样，把大家伙一个个都雇出去做贴身保镖？怎么打招牌？怎么立文书？叫行里老少爷们知道了，怎么糟改咱爷们?!"

宋大榜被训得脸通红，那么大个头杵在当地不敢答应。胡大爷接着说："你这个法子，根本就是乱弹琴！人家张三爷本来就不是咱们门里人，练的是外一路的绝顶轻功，又是下三门的元老，就是南霸天于老三见了也得让他三分。咱是镖局，赚的是辛苦钱，我知道你也是为了你那些师兄弟们着急，可也得想个稳妥的法子呀。就是东家那里，我也得有交代……"

爷俩正谈着，门外脚步匆匆，小冯一挑帘进来了，施礼道："师父！二师兄有急事。""叫进来！"工夫不大，由打外头走进来一人，矮墩墩身材，浓眉大眼，双目炯炯，瞅着跟挑水的水夫一样不起眼，可行里人都知道，这人就是胡大爷顶器重的二弟子，绰号金刚夜叉的徐老二。

"怎么了老二？"胡大爷问，"是不是有生意？"

"是！"徐老二就势打千，站起来冲宋大榜点头致意。这人瞅着敦厚，其实极为聪明，心里明白，嘴上严实，不然胡大爷怎么看重他。他笑道："师父，有单买卖，人家没去通州总柜，直接找了咱。我就赶紧来听您老的示下。"

"买卖？不找总柜，不合规矩啊。"一听这话，屋里几人都有些兴奋，胡大爷摇摇头又点点头招手，"小冯，给你两位师兄倒茶。你也在一边听听！"

小冯手脚不停，知道师父心里高兴，平常日子，众人哪有在胡大爷面前喝茶的规矩？因此，小冯立马一面沏茶，一面听二师兄说话。

“说来也巧，这人跟我一个朋友认识，此人是镇国公载大爷家的管事，姓乌，说是有几箱东西和一个人，要咱们送到河南陈州府，价码好说，只要平平……”

“等等！”胡大爷接过小冯递过的茶杯刚要喝，猛地一愣，“你说什么？几箱货倒还罢了，一个人？什么人？由打头百十年，这路‘客镖’咱镖局就没做过了，犯忌讳也容易出事！这事，他该去找‘支’字门啊，这人懂不懂规矩！”

“是、是。”徐老二赶紧起身点头，“我跟他说了咱们这行的规矩，乌管事也是外场人，他说了，咱们镖局名声在外，您老又是武林中的前辈，别的家信不过，就信得过咱们镖局，再者，价钱好说，订金可以先付一半！徒弟想，载大爷跟万岁爷是连襟，又着实得老佛爷的看重，这事儿不好推辞呢。”

宋大榜说：“老二，我觉着这事蹊跷，他既然明白规矩，怎么还要咱保人呢？再者，这箱子里的物件是明镖还是暗镖？到时候真碰上硬茬，是保货还是保人？订金先付一半，这也太离谱了，不是我说，自打我跟着师父入行，从来都是订金三成，到地平安付全款，除非……”

“哼！”胡大爷冷笑一声，“除非他是有见不得人的事！老二，你拿了他多少银子在我面前说合？”

“师父圣明！”徐老二也不辩白，从怀里掏出张银票双手捧过来，“这是他私下嘱托我的，二百两银子，徒弟胆子再大也不敢瞒师父！我想最近大家伙手头都紧，他们当官的亲贵都有钱，先弄俩花花，嘿嘿。师父，您老笑纳。”

胡大爷也不看银票，随手搁在桌上笑了：“你啊，耍什么小聪明！我早跟你们说过，不能见钱眼开，要多长个心眼，要记住：一，这钱是什么人给的；二，这钱干不干净。他给你这二百两银子，就是个‘鱼钩’，想勾着咱爷们呢。”

“那您老的意思呢？”徐老二忙问。

“你说的也不错，既然是载大爷的面子，咱们也不能呛着人家。给他要个高价吧，叫他知难而退就得了。”胡大爷伸出一巴掌示意道，“要这个价，这银票还给他。我估摸这里头还有别的事，如今这世道，多一事不如少一事，甭乱掺和。”

“是！我跟大师兄一起去回了他。”徐老二拿起银票，拉着宋大榜匆匆而去。小冯默默在一旁瞧着，心里盘算着师父师兄们的言语，很受启发。

“孩子，瞅见了没有？现而今的事，没个准谱。你以为我不想赚钱？谁不知道载大爷是老佛爷跟前的红人，只是这趟镖来历不明，又不合规矩，为了大家伙，只好如此喽。”

“师父，我在想要是人家照价给钱呢？”

“不能够。即便从京城到口外一个来回，五六百两银子顶天了。他说去河南陈州府，中原大郡，一路之上还算安静，我给他要了十倍的价，他也不是傻子，怎么能答应？”

小冯点点头，琢磨此事高价推辞，恐怕并不妥当。刚要说话，宋大榜、徐老二匆匆进来了。徐老二惊喜交加，施礼道：“师父！您猜怎么着？”

“他应了？”

宋大榜忙点头：“他连个磕巴都没打，一口价，纹银五千两！说好了，先付一半订金两千五百两，等回来再付另一半。而且人家说得很明白，送了人和货物到陈州府，交给他们的人，咱们空身回来，不必等人接人，也没有其他差事。您瞅，这是银票。哎，这一来，把我们哥俩倒给呛住了。”宋大榜恭恭敬敬递过了银票，徐老二劝道：“师父，事到如此，再怎么推辞呢？”

胡大爷瞅了瞅银票，确实不假，想起方才高价推辞，实在不妥，可人家已经满口答应，江湖人又讲究个诚信，一口唾沫一个钉！这下怎么办呢？胡大爷想了半晌，只好先见了人家再说。

“有请乌爷！”宋大榜嗓门极洪亮，挑帘相迎。由打门外进来个四十来岁的中年人，蓝绸大褂，外罩暗灰马褂，团团脸，肉鼻小嘴，一脸微笑对胡大爷拱手：“久仰久仰！胡爷，今儿不揣冒昧，特来拜访。”

胡大爷是什么人？江湖上行走多少年啦，一瞅这小子就是浑身安了弹簧摁哪儿哪儿动弹的人物。还别说他，就是京城里有名的王公贝勒府邸的管家、管事，没点机灵劲儿哪儿成！胡大爷赶紧抱拳回礼：“不敢！乌爷大驾光临，请！”

换上新茶，胡大爷简略说了此事。乌管事还是那套话，而且举动亲密，言谈更为和蔼，笑眯眯说：“这事儿甭说您老，就是我也纳闷呢！为嘛呢？我虽然在载大爷府上伺候多年，可也爱交朋友，江湖上的规矩多少也知道一点，您既然问到这儿了，我不能藏着掖着，到时候叫兄弟们为难！可我若是胡吣乱讲，坏了我们主子的事，也对不住我们主子。所以，我知道多少说多少，您诸位多包涵！”

胡大爷听这外场话，知道他不是小气人，忙道：“这是自然！乌爷，咱们都是四九城的爷们，不怕实话，就怕掖着。您有什么难处，既然找到我门上来，就请直言相告。因为您是主家，说出来大家商量，能办，没说的，我们一定效劳。”一席话说得滴水不漏，乌管事心中暗服：果然够份儿，后头都留着话头呢。

乌管事越发赔着小心，说了缘故：原来今年是慈禧老佛爷的七十四万寿，各地督抚大员文武百官进贡了不少金银珍宝。载大爷是朝廷亲贵，又是万岁爷的连襟，更得尽一份孝心，已经预备了不少中国西洋的珍玩珠宝，只是送礼的人太多，显不太出来。不知在哪儿听人说，河南陈州府下辖的项城一带，出了几株万年灵芝草，夜晚祥光万道瑞气腾腾，是千年难见的仙草奇葩，便找了个会鉴赏草药的先生，派人送到那儿，挖掘仙草，给老佛爷祝寿用。其余并无他意。

“胡大爷，您琢磨琢磨，老佛爷的事，谁敢耽搁？她老人家十月初十的万寿，今儿都三月了，我们主子为了这个才赶紧叫我来请您帮忙。这趟镖您可千万甭推辞，您的名号我知道，江湖上赫赫有名。再者我保证，咱们这都是‘明镖’，绝没有什么夹带，载大爷也用不着啊。这保的人呢，您放心，不是女眷，是个精通堪舆、懂草药奇花的年轻先生。陈州知府大人，是我们载大爷的包衣出身，我们主子早有信过去，叫他好好接应招待。您诸位爷只要把两箱寻找灵芝的家什工具和这位先生送到陈州府就得，既不用跟他下县，也不用等他回来。只要您诸位拿着回执平平安安回来，除了原定的五千两银子，我们主子还有外赏。话说到这份上，胡大爷，我想您绝不会叫我坐蜡！”说完他起身又是一揖。

十一

胡大爷思索片刻，这理由确实说得过去，看看宋大榜、徐老二期待的目光，默算了一下，终于点了头：“好说。乌爷，您回去转奉载大爷，这趟镖我老胡接了！订金我们收下，明儿请把箱子和人送来，不过按规矩，咱们还得签个文书，另外我们还得照一眼验验，该走的程序一点不能出差错。您也多包涵。”

“那是那是！大规矩一点错不得，这个我懂！那请预备吧。”乌爷办妥了差事很高兴。胡大爷尽自心里还有点嘀咕，却不过情面，又想多赚点银子补贴补贴大家伙，所以还是叫人去请来文书先生，几人签字画押，写清了来往的日期和押运的物件、人，这才算定下。

胡大爷很会对付这种人，叫徐老二封了三百两银票送给乌管事做回扣，还叫了桌酒菜，让众人吃喝一番，等候第二天验货验人。

转过天来，载大爷府上送来两箱贴着封条的棕木大箱。乌爷乐呵呵笑道：“您诸位瞧一眼，绝没啥夹带。”

宋大榜处事稳妥，赶忙叫小伙计打开箱盖。众人观瞧，第一箱是一堆打着洋字码精光闪烁的钢锹、铁镢、钢杵和绳索，有些上头还贴着仿佛密密麻麻的藏文经符。看似普通的家伙什，胡大爷入眼心里就是一沉！他点点头，又示意开了第二箱，里头是几件看不明白的西洋家什，一个三条腿的支架，还有个硕大的半圆仪器，底下又是棉花裹着的一些水银镜子似的玩意儿，众人都看不明白是啥东西。

“这都是找灵芝草的？”胡大爷疑惑问。

“没错，胡大爷。”乌管事一面比画一面介绍，“那万年灵芝乃是天降奇珍，灵性非常。我们公爷怕出纰漏，特意从外洋进口的洋家什，钢口好着呢！这些洋家什专门用来在山泽野地里寻风找宝，无论雨雪天还是隐秘在人迹罕见的地方，都能用这些家什寻到呢。您瞅，这就是用来测日影的，那个是测……”

“哦，这就好。”胡大爷点点头，“盖上吧，封条贴严实喽！乌爷，您说的那人呢？”

“来了，小罗先生，赶紧进来吧！”话音刚落，小冯挑帘，由打外头进来个人，瓮声瓮气冲众人作揖行礼，等瞧清楚了，众人无不肚里暗笑。

这人最多也就二十出头，马竿儿一样又瘦又高的身材，穿一身崭新却颇不合身的熟罗大褂，小帽白袜布鞋，高颧骨小黄脸，趴鼻子扁下巴招风耳，嘴巴上有几根黄鼠狼胡子，懒洋洋打了个哈欠，两只手留着半尺长指甲，一边呼噜眼角边上的眼屎，一边赔笑道:“乌爷，咱啥时候启程啊?”

小冯头一个撑不住，捂着肚子乐了，心说:这是打哪儿请来的这么位“活宝”，还精通堪舆，善观医药花草，瞅这模样，随便从哪个大烟馆揪出一个来都比他体面。

“急什么呢，快来见见！这位是胡大爷，镇威镖局的总镖头。先请他给你相相面。”乌爷嗔怪道，“你小子，昨儿又耍了个通宵？早叫你戒了，这趟路不近呢！要是办砸了差事，你可小心！”

“明白，小的明白！”小罗先生打着哈欠微笑，“乌爷，咱是有师承的，您就把心搁在肚子里好啦。胡大爷，小的就是您要保的那人，您甭给我相面，那是我的专长，我伺候您就得了。”说罢他打千问安，把众人看得想笑却不好意思，都瞅活宝一样打量他。

胡大爷示意他坐了，笑问:“这位小罗先生，没出过京城吧?”

“您圣明！打小就跟着师父在四九城混饭。”

“嗯，这是实话。可我得先跟您说明白，您是‘客镖’，虽说是个男的，不过这上千里路程，走的又是旱地，行动坐卧，都得按我们行里的规矩，吃喝拉撒，也得听我们的，一路之上风尘仆仆，可不比在四九城自在，您可受得了哇?”

小罗欠欠身赔笑:“那不要紧，我也是江湖门里的，随行就市，随遇而安，受人之托忠人之事，苦也吃得，罪也受得。我们乌爷说了，一路之上都听您支派。若有疏忽，随您处罚便是!”

胡大爷心里越发疑惑:这人看着年纪不大，却头脑敏捷口齿伶俐，江湖口儿也很熟悉，瞅模样打扮，说贵不贵，说贱又不贱，书卷气里夹杂着不少市井油滑，到底是干什么的呢？斟酌良久，看他实在不像什么歹人，胡大爷只得接了这个从没前例的“客镖”。

讲说定规了，乌爷告辞而去。胡大爷传饭，上的全是实打实的饭食:红焖条子肉、爆炒里脊、凉拌粉丝、炸丸子、小酱菜、热腾腾的大馒头、熬得黏糊糊香喷喷的小米粥摆了一桌。他笑着让道:“没啥招待您的，咱们路上饥餐渴饮,吃不着什么,这顿您得吃饱了!你们也坐吧!"

行里的规矩,日常徒弟不能跟镖头师父坐一桌吃喝,只有临行这顿和回来的洗尘宴可以。当着小罗先生,几人落座。小罗也不含糊,鸡爪子似的乌漆抹黑的手左捞一个大馒头,右夹几块条子肉就往嘴里塞,吃得满嘴流油,烫得他只咂嘴咂舌直吸冷气,一顿饭旁人没怎么吃,全看他张牙舞爪好塞饿死鬼一样耍热闹了。

胡大爷派人要皇历来看近几天出门的好日子,谁知小罗先生大喇喇摆手:"甭看啦,胡大爷,今儿就是好日子!"

"啊?"众人一愣,却听小罗笑道:"我啊,就是干这行的!早掐算过啦。咱们这次是正儿八经去给老佛爷办寿礼,又是载大爷的差事,满是福气托着呢!再说,我吗,多少念过点书,读书人不在乎什么黄道吉日黑道凶日,趁早赶路就得。"

胡大爷看了看宋大榜,心说这人不是个懂奇花异草、精通堪舆的吗,怎么还会看阴阳八卦?张嘴就是干这个的?他心里越发疑惑,脸上却不带出来,吩咐预备行李启程,自己到底看了看皇历,果然今天就是适宜出行的好日子。他想了想叫来小冯嘱咐:"孩儿,你跟我多年,第一次出远门。逢山开路遇水搭桥都不必你管,只记住,一定看好了这位小罗先生!"

小冯眼珠儿一转,早已明白,点头道:"放心吧,师父,交给我了!"他第一次跟镖,又是这么大的买卖,异常兴奋,除了一身衣服,只在小小的行李卷里,带上了那只小匣子。这边大小伙计早已收拾齐整,胡大爷为首,带了二徒弟徐老二骑马前行,后头八个押车的彪形大汉,四个骑马四个押车。两辆镖车一辆装货,一辆专请小罗先生代步,由小冯跨辕。霎时车辚辚马萧萧出了永定门,顺着大道一路南下。

一路走的是大道,伙计们各处"喊镖"也就过来了,倒也平顺,并没有遇上什么危险,因此大家都很轻松。这一日过了柘城,看看离陈州府还有六十多里地,众人更是欣喜。胡大爷面上轻松,却还提着心呢,每天依然谨慎,守着"陆路三不住、进店三要诀"的老规矩,晚行早宿,打尖住店来往,都亲力亲为。徐老二忍不住赔笑道:"师父,您老也太小心了。这不,再有一天多的路程也就到了陈州,来往平安,诸事吉祥。有啥事叫徒弟们跑跑就得了。"

胡大爷缓提缰绳摇摇头："老二，你这话像是生瓜蛋子说的！咱爷们走南闯北这些年，万无一失，守的就是一个'小心谨慎'。我总觉得，这趟镖有点太顺当。"

"顺当了不好吗？"

"嗯，话虽如此，还是小心为上！前头是王家洼，你先去看看王家老店在不在，去准备准备！"

"是！"徐老二提马先行。一袋烟工夫，众人到了王家洼。镇子不大，徐老二在王家老店门口恭迎，众人赶车进来。掌柜的笑脸相迎，一面预备了跨院，一面吩咐店伙计打水递茶。此时正当傍晚，小冯手脚不停，伺候着小罗先生下了车，洗漱喝茶。俩人都很年轻，小罗先生又是个见多识广、嘴皮子利索的人，一路之上很喜欢小冯的敦厚诚实，因此俩人相处得很好。

吃完饭，天可就黑下来了。胡大爷亲自在店内店外、厨房厕所巡视一番，并无异样，也就放了心，又嘱咐小罗先生住在北屋东里间，小冯在他床前打地铺，自己住在西里间，徐老二在正屋值夜，其余人等分别住了东西厢房，里外警戒森严。鼓打二更，这才睡下。

小罗睡不着，跟小冯聊得热闹，说道："小兄弟，甭看我不起眼，你也不起眼，瞅你面相，日后可是一位豪杰呢！"

"罗先生，您到底干啥的呀，一会儿懂花草，一会儿懂堪舆，还懂相面？"小冯瞅着窗户纸被夜风吹得一鼓一鼓，心神警醒问。

"嗐！"小罗打了个大哈欠笑道："问这个干啥！其实我呀，啥都懂点，就是不精。师父传下来的技艺，你还别不信，以后你的前途，就在习武上。"

"我们都是习武的呀，我老师胡大爷更厉害。"

小罗嗤笑道："人跟人不一样，命跟命更不一样啊，习武的也分三六九等。你若不信，瞧着吧，不到二十年，你必然得名满天下。"小冯扑哧一笑："您就别蒙我啦，我听街上算命的先生说过这路话，什么骨骼清奇筋骨超群，都是瞎扯。不然我还干这行？"

"怎么你还不信？！"小罗呼哧一下坐起来，正颜厉色说道，"我早掐算过，今儿就能验证！"

"啥？"

“今儿是个逢五九的煞日，咱们必然遇凶，不过有惊无险。”

“啊?!”小冯一翻身也坐了起来，惊问，“那得赶紧跟师父说啊！您怎么不着急呢!”

“着急？我着急有什么用?”小罗优哉游哉躺下笑道，“有你们在，我才不急。再说，既然有惊无险，我这手无缚鸡之力的都不怕，你怕啥？天塌下来有大个子顶着呢！你可别跟他们瞎咧咧去！这一路累的，还是睡觉要紧。”不大会儿，他就打起了呼噜。

小冯见小罗先生神神道道，忒不着调，想了想，等他睡着，偷偷起来到西里间跟胡大爷说了。胡大爷闻言摇摇头笑道：“这个小罗，也不知是哪里请来的，瞅着正儿八经又疯疯癫癫，我知道了，晚上小心就是。睡去吧。”

小冯回了屋，越想这事越心惊，他倒不是怕惊险，也不怕小罗的乌鸦嘴说得准，只是第一次走镖到此，听说有“惊险”，不禁为师父和镖局担忧。他忽想起带来的那只小匣子，偷偷打开，取出那根青铜片摩挲一番，等到快四更天才迷迷糊糊睡着。

小罗的呼噜声一阵阵传来。正睡得香，小冯翻了个身，朦胧中，就听房顶上传来一阵细微的响动，粗听如狸猫爬，细听又似清风拂过，立即睁眼往上看。妈呀！就见屋顶上没了块瓦片，露出几点亮光，一只三角眼正盯着他呢!

“不好！有贼啊!”小冯大叫一声，一个鲤鱼打挺起来握拳大喊。没等他跑出去呢，床上的小罗早吓得魂飞魄散，咋咋呼呼说：“妈呀！真来了贼啦，别出去，先保着我!”说完他一骨碌滚到地下，一头钻进了床底。

小冯哭笑不得，赶忙拉门，却听正屋里二师兄徐老二高喊：“里面待着！看好了客镖!”“蹭蹭!”只见两道人影飞似跃出门槛，正是气定神闲背着手的胡大爷和徐老二。

小冯不敢怠慢，提溜着青铜片，看看小罗在床下抖成一团，便趴在窗棂上往外细看。胡大爷威风凛凛，丁字步摆开阵势，徐老二手执一对精铁打造的判官笔，小心翼翼围着院落四处查看。

“咦?”小冯纳闷，这么大喊声，东西厢房里住的人怎么没出来呢？连客店里的掌柜和伙计也一个不见。

胡大爷背着手扫视了一番，捋捋胡须，提丹田气，冲着北房屋顶拱手抱拳，喊道："在下是京城镇威镖局总镖头胡万胜，久历镖行，行走江湖，会过三山五岳的朋友、五湖四海的豪杰！路过宝方，不敢搅扰，不知尊驾是哪路的豪杰，何处的英雄，夜探此地，又蒙晕了我的伙计，有失远迎，何不请下来会一会！"说罢他警惕地扫视房上。

片刻，房顶上"嗖！"一声跳下一人，如清风扫叶，稳稳当当站在院中。徐老二刚要往前，便被胡大爷拦住。只见此人身高五尺开外，瘦长条，黑色绢帕罩头，一身夜行衣，背后背着一柄家什，露出两只晶光四射的三角眼熠熠生辉，带着狡黠狠辣。他抱拳咯咯一笑道："不敢，都是江湖上行走的，不敢报名。久闻八卦万寿刀胡万胜的鼎鼎大名，今儿特前来说几句话，讨教几招，还请胡大爷不吝赐教！"

"哦？"胡大爷微微一笑，"赐教不敢当。好汉，你我远日无怨近日无仇，怎么深夜闯入？既是说话，何不大天白日来会，又为何用蒙香蒙晕了我的伙计们？既是江湖朋友，按江湖规矩，前三天我们已经四处'喊镖'，各地的豪杰朋友也没出手，尊驾为何又在此现身？"

"呵呵呵，受人之托忠人之事，现而今这年头，讲什么规矩？再者我也不要你的镖啊，咱也不用说什么'切口'。实说了吧，我呢，是受人之托，请你们带着镖原路回去！"

"嗯？"徐老二一愣，"回去？尊驾好没道理！自立镖行以来，哪有这个规矩！"胡大爷闻言也是心中一震：自古保镖的遭遇盗匪山贼，或是被劫杀，或是被抢镖，从没听过盗匪不劫镖，叫原路返回的！他不由皱眉大声说："好汉！我们镇威镖局数百年来，可没这个规矩！您说受人之托忠人之事，我们当然也是如此。"

"不用怕，不叫你们白跑道！"那人从怀里掏出一把簇新的银票晃了晃，"这是一万两，恒利的票子，见票兑银，专给您诸位的盘缠和赔偿，您诸位打哪来就打哪回去，咱们两清。您就当没见过我，我也没见过您。若是不然……嘿嘿，在下可要无礼了！"

胡大爷见状就是一愣：真他娘滑稽，怎么劫道不仅不劫镖，还给保镖的送银子?！这是啥事！此事晦暗难明，必然跟镇国公载大爷和此行大有关系……他想了想断然摇头道："好汉的心意我领了，只是千金易得，一诺难求！我们镇威镖局数百年的名声，不能毁在我胡某人手里，好汉，若您是胡某，想必也不会因为这一万两银子，毁了百年信誉和名声吧！"

那人竟点点头，笑道："也罢！不愧是胡万胜，果然有担当！只是我若办不好差事，也算失了信誉，您叫我怎么办？"

徐老二气势汹汹插话："该咋办咋办！尊驾画个道，我们跟着便是！"

"好爽快！"那人嘿嘿一笑，"既然你们镇威镖局高手如林，声名赫赫，我今儿就要请教请教。说好了，我若胜出，你们必须原路回京；若是你们赢了，我跪地叩首，二话不说立马走人，怎么样？"

话说到这份上，按规矩只能动手比武看输赢喽。胡大爷见他一人，说话又很隐晦，知道他志不在劫镖，也不在乎其他伙计晕不晕，当即一使眼色，按捺不住的徐老二早飞身窜了过去，势如猛虎挥动判官笔就扎。

徐老二很自信，他号称金刚夜叉，身强体壮，本来适合用长兵器，却因性格阴骘，出手狠辣，特意学了这手判官笔。这对判官笔，一尺二寸长短，精铁打造，看似短打，其实沉重，笔头又尖又细，后头粗圆，笔身中有一铁环，套在手指上可旋转飞旋，短小精悍。判官笔要起来，专打人的三十六路大穴，穿、点、挑、刺，呼呼生风，扎着就死碰着就残，令对手闻风丧胆。

胡大爷也很自信，徐老二这对判官笔，在直隶京畿一带没有敌手，一亮出来准叫江湖上各路人马退避三舍，这二十多年，败在其手下的不计其数，所以只静静瞧着，那人怎么应对。

徐老二飞身冲到那人近前，快如闪电一招穿喉过锁直封他咽喉。那人咯咯一笑，微微后撤，徐老二顺势转手就是一招白猿献果，哪知那人淡然不惧，右手伸到背后"嗖！"一声，众人连带屋里偷瞧的小冯，只见半空中冷飕飕白光一闪，"当啷"一声脆响，精铁打造的判官笔竟然成了两截，掉落尘埃！

徐老二大惊失色，张着大嘴一愣神呢，就觉胸前一阵剧痛，"砰！"被那人单掌推在胸前，身子早飞出去一丈多远！

"啊！"胡大爷虎目圆瞪，倒吸了一口冷气，纵身接住口吐鲜血的徐老二，稳稳放下。那人嘿嘿笑道："金刚夜叉徐老二，不过如此！胡大爷，您老还是亲自来吧！"

胡大爷又惊又怒，竭力按捺自己的不安。按本领说，徐老二算得上能顶门立户的徒弟，其武艺仅次于大徒弟宋大榜，在江湖上也是有一号的人物，出师多年，也见识过不少战阵，如今竟只一招便被打成重伤，可见来人的功夫强悍。他伸手摸了摸，徐老二神志不清，胸前中了铁砂掌，这也常见，只是那人背后的兵刃厉害。他不由起了戒心，冷冷说道："好汉，出手不凡！既然你不讲规矩，别怪胡某无情了！"说罢他伸手从腰间缓缓抽出了跟随自己多年的一柄精钢宝刀，摆了个托刀架势，大喊一声："请！"

话音未落，胡大爷纵身向前，左手单掌提起，右手一招顺水推舟，直奔那人脑袋而去。那人也不敢怠慢，伸手拽出兵刃，来了个举火烧天，"当啷"一声夹住，拧腰挥拳，两人左右开弓，打在一处。

好嘛，屋里的小冯看得头皮发麻，惊心动魄。只见二人你来我往，拳脚挥动，一个好似猛虎下山，一个好似怒龙闹海，四处杀气腾腾刀光闪闪。胡大爷使出了八卦万寿金刀，按着乾坎艮震巽离坤兑，身形晃动，掌风凛冽，刀影重重，犹如一条矫健的长龙将那人密不透风围在当中。那人不急不慢，一会儿用六合刀，一会儿用梅花刀，扫、劈、斩、挡，左右挥舞，与胡大爷势均力敌，只是刀法根本比不得胡大爷的凶猛刚健。那人手里的刀也奇怪，夜光下蓝瓦瓦冷飕飕寒光四射，细看又夹杂着无数红蓝黄绿光焰，幽光闪闪熠熠生辉，映得四周斑斓缤纷，令人眼花缭乱。

不到二十回合，胡大爷越来越占上风，左掌拨草寻蛇，打得那人一晃，右手一招青龙出海，直奔中宫，谁知那人不慌不忙也不躲，竟似挺胸而接。胡大爷刀锋离他胸口也就几寸，他右手刀闪电般竖向对着胡大爷刀狠狠一削，就听"当啷！"一声，胡大爷百战成名的精钢宝刀竟然被齐齐斩成两截！

"啊?!"小冯大叫一声，连哆哆嗦嗦在一旁观战的小罗也吓了一大跳。胡大爷登时一怔，那人顺势一招白云盖顶，直砍胡大爷脖子而来。胡大爷往后撤步，那人又一招腰斩白蛇，逼得赤手空拳的胡大爷只得连连后退。眼看刀光闪烁，小冯忍不住了，可他一向没有自家用的兵刃，手里一紧，握着那二尺长短的青铜片，大叫一声，从窗户跳了出来，对着那人来了个连环脚。

那人毫不含糊，听背后风声，看也不看，顺势往后就砍。小冯落地，见他刀锋凛冽，不敢相迎，只得左右躲闪，拿青铜片当尺子用，左右挥动。那人大笑道:“哈哈哈哈,威名远扬的镇威镖局竟然连毛孩子也用上啦!你手里拿的是什么玩意儿?从粪坑里捡的搅屎棍吗?怎么,胡大爷,你们要群殴我啦?”

胡大爷最讲规矩,也最爱面子,他已然看出,这人功夫高不过自己,可他手里乃是一柄切金断玉的宝刀,今儿自己的钢刀被斩,已然是落了下风,小冯这孩子不知轻重冒冒失冲了上来,手里还拿着个乌漆抹黑的东西,再听那人嘲讽,更是又羞又恼,大喊道:“小冯!滚回去!看好了客镖!”

“不!师父,此人仗着一把刀欺辱咱们,我跟他拼了!”小冯一面大喊,一面挥动青铜片。他功夫虽不高,毕竟年轻力壮,又初生牛犊不怕虎,拳脚也灵活,跟那人对打了十来回合。那人咯咯一笑:“小毛孩子还挺狂!今儿老子要你一只胳膊!”说话他左脚踢中小冯右腿,疼得他连连吸气倒地不起。那人见状一招力劈华山,直砍小冯的右臂,小冯惊慌间缩了缩手臂,用青铜片遮挡,胡大爷飞身上前,已然晚了,连屋里的小罗先生也捂眼高叫道:“完喽!”

小冯一闭眼,只听“当!”一声金铁交加铿锵脆响。嗯?自己胳膊尚在!他睁眼一瞅。啊?那人却怔住了。原来那人寒光闪烁无比锋利的宝刀大力劈砍,却没有斩断小冯手里毫不起眼的青铜片,竟被这乌漆抹黑的青铜片牢牢挡住了!

几人大惊,那人似乎极为震怒,眼中冒火并没换招数,大力往下。回过神来的小冯立即针锋相对,忍痛起身,用青铜片猛力回应,一刀一片死命互怼,竟是势均力敌!胡大爷惊讶地大喊:“小冯,注意身形!他的刀厉害!”他自己按规矩,不能随意上前偷袭。

那人不可思议地瞅着小冯手里脏兮兮的青铜片,猛然回刀,大叫“看刀!!”,却连招式都没有,挥刀力劈,仿佛要把它碎尸万段。小冯一惊,握着青铜片往上就架。“当!当!当!”那人拼全力连砍三下,金铜交加火星四射,震得众人耳中嗡嗡直响,小冯手里的青铜片依旧安然无恙。那人手上的宝刀,到了第三声响,竟发出了一丝哑声!

那人脸色大变,头上的玄色绢帕被冷汗湿透。那人纵身跳出一丈远近,颤抖的手摸着自己的刀,惊慌失色看看小冯,又看看胡大爷,阴狠笑道:“好厉害的家什！不愧是数百年的镖局，暗中果然有高手！在下不服！不过今儿算我败了！胡大爷，说实话，不是这位小兄弟挺身而出，恐怕您也赢不了。哎，青山不改绿水长流，咱们早晚会再见！到时候再讨教！”说完他插刀回鞘，冷冷瞅了瞅气喘吁吁的小冯，阴阴一笑，一纵飞身上墙，快如闪电轻似狸猫，飘然不见……

十二

小冯拿着青铜片还要再追几步呢，胡大爷断喝道：“穷寇莫追！今儿这人也算给咱们留了面子，不然……哎！”说罢他救起徐老二，又让小冯进东西厢房，用冷水浇醒了中了蒙香的伙计。众人不敢再睡，都聚集到正房问安。

镖客们技艺颇多，除了武艺还都懂些医术，连带做饭、缝衣服、剃头都是必备技艺，为的是怕走到荒山野岭没有客栈，生活不方便。胡大爷更是精通此道，给徐老二服了内用的散瘀活血的好药，又给小冯按揉了受伤的腿，训斥了一遍一众伙计，坐在椅子上，愀然不悦。

众人都不敢来劝，半晌还是小罗先生赔笑道：“胡大爷，老爷子！您甭不高兴，人家半夜来，咱们一没丢镖，二没损失人口，这就不错了。我啊，还跟小冯说呢，今天有惊无险，看看，小冯，是不是我说准了？”

小冯知道师父心里不痛快，不敢答话。胡大爷摇头哽咽道：“小罗先生，我并没有不高兴，我是庆幸！幸亏小冯出手相救，想我英雄一世，行走江湖数十年，差点就栽在这里，一着不慎，能不警惕吗！你说得也对，只是没丢东西，没损失人，可丢了人呐！”众人闻言无不悚然。

小罗先生却笑道：“这就是您的心病啦，老爷子，这都什么年头啦，您还说丢人？现而今这年头，有钱有权的早不要脸啦，您还当是以往呢，都那么‘温良恭俭让’‘仁义礼智信’？您不瞅瞅，这些大人老爷财主东家们，满嘴仁义道德，一肚子男盗女娼，哪一个不是跟城墙拐弯似的脸厚心黑。越不要脸，那权越大，钱越多，众人越奉承，反过来又都学青楼里的婊子们，既想舒舒服服做婊子，又大张旗鼓在外头立贞节牌坊，呵呵呵。脸皮不厚不成呀，这'温良恭俭让''仁义礼智信'又不能当饭吃，成天念叨这些，难道大家都去喝西北风？您呐，甭搁在心里啦。"

胡大爷闻言长叹几声，小冯乖巧地递上热茶。徐老二已然醒来，听小罗说得实在不像话，说道："甭提这个了！师父，徒弟琢磨着，这人来得也太蹊跷了！干这行多年，从没遇见过这种怪事。莫非……"

"成了！"胡大爷一使眼色，"你好好休息养伤吧，这事以后再说。今天亏了你小师弟英勇。小冯，你手里的兵刃到底是什么宝贝，怎么从来没听你说过呢？"

小冯不敢怠慢，赶紧把那青铜片递过来。众人围拢过来，瞪眼观看，不禁哭笑不得，原来是一根二尺长短、锈迹斑斑略带弯曲破烂不堪的青铜片！想打趣，又碍于胡大爷在场，不敢说笑，师兄弟们忍不住挤眉弄眼捂嘴直乐。

胡大爷一脸肃然捧过来，上下打量半晌，饶是他见多识广久历江湖，也看不出这是什么玩意。小罗先生也皱眉咂舌道："哎呀，这、这是个啥玩意呢？按说我在京城，跟着师父也走过不少宅门府邸，见识过不少好东西。还别说，方才那贼人手里的刀，看模样外形，绝对是件宝贝，连斩两种兵刃，世所罕见。可这黑不溜秋的玩意，竟能跟那宝刀对战，丝毫不落下风，实在难得！"

小冯见众人在场，不好开口说此物来历，只胡乱说是捡来的。众人啧啧称奇一番，也就搁在脑后。只是胡大爷叮嘱道："这东西虽然不知是啥，必不是凡品，你可好好保留！"小冯唯唯称是。第二天，众人收拾行李，连日赶路，到了陈州府，跟知府交割了镖箱和小罗，拿了回执，速速回京。

临别之际，小罗拉过小冯苦笑道："小兄弟，你们是走了，我这为难差事可来了……唉，也不能跟你细说，咱们有缘再见吧！记住我的话，日后你必是一位英豪呢。"

小冯笑笑跟他拜别。一路无话，回到京师，乌爷果然又送来三千两银子，说好了多出的五百是载大爷的外赏。胡大爷尽自心中疑惑此事多有内幕，碍于规矩，不干己事不多嘴，只得收了银子，摆酒宴庆祝这单大买卖圆满做成。

本以为这年老佛爷万寿大典，普天同庆，连藏地布达拉宫大活佛也入京觐见，叩祝万寿，京城热闹得犹如鲜花着锦，烈火烹油。哪知万寿节刚过一个月，万岁爷、老佛爷两宫暴病欠安，不几天就接连驾崩，大庆改了大丧。三年后，风雨之中的大清国终于寿终正寝，民国成立。

等到民国二年，实在撑不住的镇威镖局终于关张。此时，街面上才风言风语地传说，当年镇威镖局护送的那趟镖，内中大有玄机：原来当年袁宫保统帅北洋新军，又掌管外交邮政练兵财政等事，大权在握，很被满洲亲贵所不满，也不知是谁密奏天庭，说其人有帝王之相，祖坟占据龙脉，必须严加铲除，不然亡大清者必是此人。老佛爷本就对其深为忌惮，听了这话，更是胆战心惊，于是密令镇国公载大爷以寻找灵芝草上贡为名，派了京城最有名的精通堪舆的人物之一，小罗先生，前去陈州府项城县，秘密查勘袁某人的祖坟，铲除龙脉。

哪知这绝密的消息被人泄漏，袁宫保久有不臣之心，便派人暗中阻拦，虽后来阻拦不成，但河南毕竟是他老家，袁某人又用了高招，叫朝廷的计划落空。只是可怜了那位小罗先生，在当地遭遇不测，生死未卜。

别人听闻此事，全当街谈巷议，可胡大爷一听犹如晴天霹雳。这事儿可是真的！如今袁宫保已然做了大总统，此人又是阴鸷狠辣的枭雄，万一细究起来，自己及徒弟们的身家性命可保不住喽。于是便向东家告老，悄悄带着宋大榜、小冯等几个嫡系弟子，回到了老家沧州大有庄，一面务农，一面以教授武艺为生。

沧州，自古以来便是畿辅重地、武术之乡。华北各路拳脚功夫，几乎全发端于此，门派众多，豪侠云集，高手如林，加之当地人朴实豪爽，刚直勇猛，颇集燕赵慷慨豪侠之风于大成。与齐鲁、直隶其他名城大郡不同，此地几乎家家习武，户户练功，村村有拳会，镇镇有武师。千百年来的彪悍刚强威名远扬。不说别的，即便大明南七北六十三省及大清内地十八省份，哪一路豪杰侠客、武林英豪，都不敢在此显摆，镖行尤为忌惮，民间俗话：镖不喊沧州。

这话不是瞎说，但凡南来北往的镖车、黑道白道的货物、绿林豪杰的来往走动，无论水路旱路，一旦入了沧州地界，保镖的必得降下镖旗不准喊镖、黑白两道必得拜会本地高手、绿林豪杰们也绝不会随意在此作案动手，如若违反，无论你是三山五岳的豪侠还是大江南北的镖客，必得在此折面子栽跟头。就连大名鼎鼎的金镖黄家，有御赐的龙旗，吃遍八方，路过此地，都悄然而过，何况其他？

因此，胡大爷回了老家，除了早年间置办下的百十亩地，自种自吃，加上他功夫好，名头大，来请教学武的后生晚辈络绎不绝，所以生活还算优越，日子也过得并不寂寞。

这一年三月初三，春和景明，沧州关帝庙前，又举行了三年一度的武林大会。这武林大会在此地举办已久，据传大明年间便大兴于世，为的是切磋武艺，以武会友。起初是沧州本地的豪杰英雄聚会，后来声名远播，到了康熙年间，不少三山五岳五湖四海的武林高手也不远千里前来参与。资格老的来会友，功夫高的来比试，年纪小的来学见识，竟是各取所需。因此一直流传至今，各路英豪之士一起来此，何止千百，连沧州本地做小买卖，开客栈、饭馆、旅店的也跟着沾了大光，每年逢到会期，各家爆满，人头涌动，竟比过年还热闹三分呢。

武林大会，按老规矩先祭了忠义伏魔大帝武圣人关老爷，在关帝庙前空场子里摆下了切磋擂台，由本地德高望重的绅士、武林大家、官府各派两人为年班轮值的首领，主持大会，那些愿意上台比试比试武艺的，先期报名挂号，呈递名单记载在案，分出内、外、拳、腿、器械、轻、硬各类比试方式和规则，确定以武会友，只亮武艺，不得伤人害命，然后再由首领分出先后，轮流比试。

最后得胜者，由参与者及各家商户集资给予每人团花银牌一面，披红挂花，游街一日。众英雄轮流与各路来的豪杰一起痛饮，城内外大庆三天，一起欢乐，也算当地百姓们喜闻乐见的大热闹之一。

话说这年大会，依旧热闹非凡，甭管外头洋枪洋炮多么厉害，老中国的百姓们，还是喜欢老中国的功夫，五湖四海的豪杰也是民国后头一次来往，众人热热闹闹，台上打得凛冽凶狠，台下豪情依旧。胡大爷作为一代豪杰，威名赫赫又是衣锦还乡，不仅被请来与会，还特意被选为武林大家的首领主持之一，高坐在坐南朝北的席棚里观战，高大的小冯作为关门弟子，侍立在侧。

小冯已然二十出头了，几年的工夫又长高了一大截，人高马大体魄雄壮，成了响当当的硬汉子。胡大爷回乡之际，不少徒弟另谋出路，只有他和几个师哥忠心耿耿跟着师父回了家乡，天天跟着练功习武，打拳踢腿，闲时下地干活，不仅练出了一身的好武艺，连庄稼活也得心应手，里里外外跑腿支应，也慢慢都熟悉起来，成了胡大爷晚年身边第一得意的弟子。

如今上了年纪的胡大爷，把忠厚敦实的小冯视为儿子一般，不仅亲自指导他的功夫，就连一直秘不示人的八卦万寿刀法，都开始偷偷传授。有的徒弟偷偷嘀咕：老爷子就是宠冯大个！胡大爷听了也是一笑了之，从不计较。

武林大会开到第三天，这一日正是器械比试，各门各派使出各式各样的刀枪剑戟斧钺钩叉鞭锏锤抓，带尖的带刺的带棱的带刃的，五花八门令人大开眼界。等午后比完了，胜出者使的乃是当地有名的杨家祖传的杨家枪法，一条丈八钢枪耍得上下翻飞，影影幢幢，进退如龙，稳重如虎，合而为一，散扎如万点梨花，冲天破空，令人目不暇接，左右扫如游龙钻云，风雨不透，千变万化，精妙绝伦。

杨家枪当即便成了第一，哪知半道杀出个程咬金，刚要颁布银牌之时，台下有人大喊："杨家枪不过如此，我看，连看台上那位胡大爷的八卦万寿刀，也徒有虚名呢！"众人闻言哗然，台上的杨师傅怒目而视，连席棚里的胡大爷也是一愣：这当口，竟有人胆敢"砸场"?!

却见台下"噌"跳上一人，身形瘦长，五十出头，一身蓝细布短打扮，黄面皮三角眼，唇下短须，背后露出刀柄，面露嘲讽瞅着杨师傅，忽地一转头，盯住了胡大爷。

"嘶……这人好面熟！"胡大爷暗自纳闷：自回来在家住了好几年，见过本地、外来的江湖朋友也多，没记得有这么个人，若是当年在外保镖时的仇敌，也断然不敢跑到沧州来寻仇，这是谁?

略沉吟，胡大爷忙小声问一旁的乡绅主持："诸位爷，台上这位很眼生，不知是哪位高手兄弟?"乡绅笑道："胡大爷连他也不认得？只因您久在京城，才回乡不几年，不知道他的底细。这人，确是咱们当地的一位高手呢。"

原来这人是沧州城外王家庄人，大号王亦奎，也是武林世家出身，只是他从小顽劣，不被父兄所爱，专喜欢打架斗殴，好勇斗狠，被他爹点评"不尊武德"，便不教授他武艺，任他玩闹。奇怪的是，此人年轻时便离家远游，不知在哪里得遇异人，传授了他一身好武艺，加上他天资聪颖，十几年后回家，竟将他父兄打败,夺了家产,将家人赶出本地,自立门户,也开了一门“王家刀法”,教授弟子。

本来这种行为很被沧州人士所不齿,也有仗义出头的前去挑战,不料一一被其打败,连同他父兄也不敢再上门讲理,而随着武林逐渐式微,老王的高超武艺,确实拿得出手,镇得住场面,因此知道他内情的多是敢怒不敢言,不知道他内情的都被他的武艺折服,这几年投在他门下的竟也络绎不绝。

“老王脾气很怪,性格阴鸷,平日里不喜欢与同道来往,武林大会也只是常来看,不参与,不知道今年为何突然出手。”乡绅小声道,“不过胡大爷,您少小离乡,跟他也不认识,他今儿怎么会突然冲您来了呢?”

胡大爷点头:“是啊,我这也纳闷呢。”说话间他站起来,冲台上的老王抱拳拱手:“王师傅,久闻尊驾大名,您今天上台,跟杨师傅是否比试?或是跟胡某有什么过节,咱们会后再说,如何?”

“呵呵呵,我跟谁也没仇没恨,只不过闲得慌,上来玩玩。喏,杨老头不是第一吗,我就先会会这第一,再跟你说话!”一转脸,他不理胡大爷了,单指着杨师傅冷笑道,“老听说你这枪法沧州第一,我头些年忙别的,没工夫搭理你,今儿咱们比画比画,我倒要见识见识!”

台下杨师傅的徒弟们不干了,嚷嚷着不合规矩。老王带来的几个徒弟却喊:“什么规矩?!赢了就是规矩!”两下里一冲突,席棚里的几位首领,只好安抚众人,给老王挂了号。台上的杨师傅早按捺不住火气,大怒道:“好你个老王,今天特意来找我的麻烦!你也不四两棉花纺(访)一纺(访),我也不是好惹的!来,咱们比画比画!”

说罢,杨师傅一顺大枪,一招白蛇吐信起式,直奔老王的咽喉,精铁的枪头晃一晃白光闪闪,没等老王后撤,反手就是一招燕子归巢,扎他的两臂肩胛,往前一进步,又是一招狂风摆柳,颤巍巍电光火石散扎出二十四点,正扎他二十四路大穴!

杨师傅真不含糊,枪法使出来登时吸引了所有人的目光。这一通猛攻,寒光点点冷气飕飕,把老王逼得连连后退。老王也不是善茬,左躲右闪上蹿下跳,好似狸猫,脚下生风,来枪被他一一躲过。

“好俊的轻功!”小冯不由嘀咕一句,却生了狐疑:这人身法怎么越看越熟悉？刚一愣神工夫，就见擂台上的杨师傅一招凤凰三点头，正扎老王的膻中、华盖、天突三穴，力道劲猛。老王身形晃动，躲开两枪，眼瞧第三枪就要扎在他的天突穴上，众人没等惊呼呢，老王快如闪电背后抽刀，斜顺枪尖朝外一劈！

“当！”杨师傅枪尖竟被一下削断。老王抬腿飞踢，“嗖！”一声断了的枪尖打了几个飞旋直刺杨师傅咽喉而去！众人忍不住惊呼，“啊！”地大叫起来。杨师傅大惊失色，此时怎么躲避都晚了，只好一拧脖子，锋利的枪尖擦皮肉而过，一丝鲜血顿时飞溅出来！

全场的人都傻了眼，空气仿佛被冻住了！杨师傅这支大枪，并非一般花枪，乃是用三十斤精铁打造而成，就前头一尺长的枪尖都不知在炉中锻炼多少次，精铁如白雪，日日擦拭，今日怎么会如此不禁打？

再看老王，他嘿嘿冷笑着快步进攻，手里那刀在阳光下也看不清是什么打造的，五色毫光迸射，耀得人眼花缭乱，逼得杨师傅连连后退。老王突然一招凤凰展翅，杨师傅手拿秃枪当铁棍用，顺势抵挡，不料“砰”一下，竟又被削去一大截。大惊之余的杨师傅冷汗直流，扔了枪杆抱拳叹息：“王师傅刀法精绝，在下认输！”

“哈哈哈哈，认输就对了，看你年纪不小了，又血染衣襟，今日放你一马，赶紧滚回去再练几年！”老王擎刀在手，丝毫不在意下台惨然离去的杨师傅，一转身冲着席棚里的胡大爷叫道，“胡万胜！杨家枪不过如此，你今儿敢不敢上来，在老少爷们面前亮亮你的八卦万寿刀啊？”

台下的老少爷们哄然吵吵起来，有的骂老王小人得志，有的赞他刀法超绝，有的朝席棚里的胡大爷那儿张望，都在想老王怎么跟素不相识又都是乡亲的胡大爷撞上了。胡大爷脸色阴沉，也有些恼火，一旁侍立的小冯却不可思议地揉揉眼，不是看老王，而是跟众多老少爷们一样，死死盯住了他手里的刀！

十三

只见这柄刀，通长三尺有余，刃长二尺七寸多，厚一寸五分，刀身冷森森幽蓝如碧空春水，寒光四射，刀身开双血槽，贯穿通体直到刀尖，刀根吞口下浮雕了一条五爪金龙，狰狞可怖，刀背上还窝着一条五爪游龙，龙爪、龙身、龙头、龙鳞全是黄金铸造，刀镡刀柄把箍上也是黄金铸造的镂空浮雕八宝吉祥花卉纹及海水云龙，金光闪烁栩栩如生。龙身上密密麻麻镶嵌了璨如星辰的红蓝宝石，龙眼则是黄豆形状的大东珠，刀柄上还裹着已然陈旧的明黄丝带，把柄后头垂着明黄丝半尺长的珊瑚穗子。整把刀庄严规整，豪奢大气，工艺精美气势恢弘，盈盈融融笼罩在一片熠熠生辉的霞光瑞彩中，一入眼便知道是难得的宝物。

“好嘛，这是啥刀啊！我活了半辈子也没过！”

“看，快看！那宝石，全他妈是真的！那么大个儿，得值多少银子！”

“宝贝！难得的宝贝啊，一水儿的金子，可没听说老王有那么大的财力，打哪儿做的这刀？”

小冯略一思索，登时悚然大惊，附耳道：“师父，这、这不是那年咱们保镖去河南陈州府，半道儿上遇见的那……”

“别说了！”胡大爷浓眉一挑，目光炯炯，早已心知肚明。当年之事如此机密诡异，多年都没想闹明白底细，今儿老王竟公然出手挑衅！江湖人，挣的就是这口气，要的就是脸面，如今众目睽睽，被老王当场挑衅，再不出手，岂不毁了一世英名？

想到这，胡大爷不顾小冯劝阻，顺手抄起案上自己佩刀，纵身下了席棚，上擂台，冷笑一声：“王师傅，你我并无冤仇，可数年前那件事，你做得忒不地道，差点毁了我们镖局名声！如今你公然挑衅，到底为何？！”

“哈哈哈哈！老胡，告诉你，我什么也不为！就是看不惯你假模假式一本正经的模样！”老王大笑，“那次你不听我良言相劝，你倒是保住了声誉，却害得我丢了饭碗，少了重金，不能在京畿行走。俗话说拿人钱财与人消灾，我丢饭碗又丢钱，不是你那小徒弟用个破铜片子，哪还有你的命？！你说无仇，我偏要杀杀你的威风，叫你名声扫地才能出我这口恶气！”话音未落，他宝刀出手，“刷刷刷”几刀杀了过去。

胡大爷怒气冲冲，不想此人竟如此无耻，立即拔刀在手，眨眼间两人杀在一处。慢慢地，众人虽不知俩人仇恨底细，却看出了门道：胡大爷身形稳健，刀法凛冽，杀气腾腾；老王闪展腾挪，下手狠辣。两人根本不是比试，而是都下了死手呐！

按比武规矩，多少年也没出过这种事啦，一般比试都是点到为止，除非比试之前，签下生死状才能下死手。所谓生死有命各安天命，民国以来便被禁止擂台之上杀戮。如今猛不丁出了这么个场面，众人连鼓掌叫好都忘了，无数眼珠儿直瞪得老大，连眼都不敢眨，瞅着二人激烈对打。

三十回合不分胜负，按功夫，胡大爷高出不少，只是实在忌惮老王手里那把宝刀，不敢随意磕碰，怕万一刀被削断，就落了下风。这就限制了他的功夫。而老王却盛气凌人，全挂子刀法招招出手，全是杀招。等打到五十回合，老王趁胡大爷略微慢了下来，一招斜切，胡大爷收刀不及，只得转刀刃，以刀背抵挡，“砰！”一下，手里的钢刀顿时被削成两截！

老王咯咯狞笑，反手就是三刀挥出，胡大爷躲开两刀，最后一刀避之不及，眼瞧着要被砍中，他万般无奈，双手一合，“嘭！”将宝刀牢牢挤在双掌内！

“啊！”众人惊呼，连席棚里的诸位首领也勃然大惊，都纷纷起身。老王声势大振，劲力猛增，胡大爷不敢大意，脸上慢慢见了汗，那宝刀入手冰凉，冷飕飕犹如春冰，刀尖也慢慢刺了过来。

千钧一发之际，人群里突然响起一声嘹亮的喊声：“福生无量天尊！两位暂息雷霆之怒，贫道愿化解两位恩仇！”话到人到，“噌”一声，由打擂台下跳上一人，快如闪电飘到两人身边，也没看清他如何动作，就听“啪、啪”两掌，老王和胡大爷双双跳出一丈远近，呆呆愣住了。

只见擂台上站着个老道，身材瘦小，须发皆白，面如古铜，头戴玉簪，身穿粗布道袍，脚穿白袜麻鞋，看不出岁数，微笑瞅着俩人。台下还有个少年道童，正向上张望。老道笑道：“童儿，你先回去备茶。”

“是！”道童转身离去。老道轻叹一声，说：“两位都是高手，此武林大会，乃是我中华武林一比高下，以武会友之处，多年以来，并无杀伤害命之行，如今二位要整个鱼死网破吗？”

“咦？你这个杂毛老道从哪儿蹦出来的！敢管你家王大爷之事，也不怕风大闪了舌头！就凭我手里这把宝刀，别说杀一个胡老大，就是连你一块儿杀了,也不费吹灰之力!”老王表现出了从未有过的惊怒,方才眼看自己就要得手,不知这老道用的什么武功,竟将自己给轻轻推开了。

“道长,胡某有礼了!不是胡某鲁莽造次,老王多年以前与我有旧怨,此人心性险恶,刁钻狠辣,胡某不得不应对。”

听完胡大爷怒斥,老道微微施礼:“贫道稽首了。俗话说冤家宜解不宜结,二位都是本地有名的武林人士,正为众人之表率,何必做必死之争?贫道愿两下化解,不知二位意下如何?”

“滚你的蛋!老杂毛,大爷今儿就叫你试试‘化解’!”老王使出十分精神,冲上来就是几下杀招。老少爷们议论纷纷:“好嘛,这老道哪来的?连胡大爷都不一定能赢过老王手里的宝刀,老道这回可完喽!”

见刀锋来得又急又快,老道须眉不动,身子弹簧一样“嗖”一跃而起,迅如鬼魅,围着老王只转了两圈,就轻轻停下。再看老王,他“啊!”地大叫一声,呆若木鸡!他手里的宝刀,不知何时竟到了老道手里!

众人茶呆呆不知所措。见多识广的胡大爷心下大骇:方才一推之力,只觉老道内力高深,却不料他有如此技艺!仔细一想,却实在不知他是何方道人。

老道笑说:“王师傅,你也不必性急,这宝刀乃至尊之位才能用的宝器,非常人可用,你执迷不悟,恐怕有一天会丧命于此刀下啊。”

“你、你到底是何方神圣!既然知道此刀底细,还敢来捣乱?我、我不服!”老王心服口不服地大嚷道。

老道摇头笑了笑,肃然持刀,突然出手,一招横扫千军,再一招海底捞月,就势舞了起来。只见他脚下异常沉稳,手中宝刀劈扎撩砍带拉截推斩翻压似空谷浩气连绵不断,滔滔不绝,汹涌绵密。霎时,老道换了刀法,轻灵飘逸,迅猛刚烈,转而又朴拙大气,浑然一体。一盏茶工夫,老道把太极刀、梅花刀、横刀、五行刀、乾坤六合刀各路刀法演绎一遍,末了,脚下换步,竟使出了胡大爷的八卦万寿刀,惊得众人连同王、胡两位咋舌不已!

等老道收了功,胡大爷先拜服在地喊道:“不敢动问道长大名!在下心服口服!愿听道长指示!”老王也满头大汗半跪道:“佩服!道长真高人!”

“二位请起!”老道笑道,“这只不过是俗世刀法,我还有几路刀法,请二位品评。”说着话他唰唰又舞了一阵，其招式奇正相合，阴阳相对，影影幢幢，变化无穷。霎时，老道收刀，笑问：“如何？”

饶是在场高手如林，竟无人知道老道所用何种刀法。这下老王、胡大爷深深折服，更不敢相争。老道把宝刀递还老王，说道：“且随我来。”说着，老道领着俩人下了擂台。小冯紧紧跟随，遥遥而去。

走了半晌，来到西城外一处所在，原来是一座小小道观，上头一块横匾，写着“天宁观”三个颜体大字，只有两进院落。前殿拜过三清，出来个俊秀的道童，请几人进后院丹房用茶。

落座细谈，原来老道道号玄清，年过七旬，一直在此久修，身边只有一位小道童伺候，从不轻易出门，虽然香火不旺，但也足以生活。老王眼珠儿一转，恭恭敬敬赔笑道：“道长功夫出神入化深不可测，不知师承何处，有多少年的修为？”

玄清道长微笑道：“寻常小技，何足挂齿，不过早年在江湖上行走，机缘巧合，见识多罢了。武艺，本为强身健体所用，以德为本，如好勇斗狠，争强好胜，功夫再好也失去了原有深意。二位都是高手，如今年岁也不小了，何必为以往的恩怨互相仇视？看在贫道的面上，二位还是合息了吧。”

胡大爷见老道如此高人，又如此谦虚正直，深为敬佩，当即答应。老王知道老道功夫远在自己之上，不得不应了，却不断打探老道的来历和功底，却都被玄清道长一一岔开了话题。小冯恭恭敬敬侍立在门外不敢乱插嘴，却发现玄清道长的道童很有趣。

这人看似十七八岁年纪，长得清秀瘦削，来来往往烹茶做饭倒很伶俐，只是说话有些结巴，声音也闷声闷气的。小冯实在，便帮他一起做饭打水烧茶，俩人一会儿就熟悉了。

半晌，屋里玄清道长嘱咐：“准备素斋，请二位吃饭。”小冯和道童更加忙碌。老王的几个弟子，被打发到观外街面上吃去了。不大会儿，一桌清淡素菜预备好，被端上桌。

玄清道长笑道：“贫道这里一向素斋，今日跟二位有缘，请不要嫌弃。”王、胡二人自然求之不得，连连答应。众人落座吃饭。菜过五味，道长说：“贫道素日除了练习武艺，也喜欢下棋，今日有缘结识二位，也给二位化解了恩怨,日后若不嫌弃,请二位一定常来相会,做个朋友吧。”

老王笑道:“愿意愿意!我今天见了道长的功夫,才知道人外有人天外有天,还想特意跟道长学习一番呢。”

“不敢当!其实武林各门各派的功夫,多少都有些相同源流,互相切磋一二还好。王师傅,可借你的宝刀一看?”

老王赶忙递过宝刀,众人这才仔仔细细欣赏了一番。连胡大爷都暗叹不已,指点道:“不是我当面奉承,王兄这把刀,我行走江湖几十年闻所未闻,当年就觉得不俗,不知王兄从何而来?”

老王脸一红,嗫嚅道:“这、这连我也说不清,是当年一位贵人送的。他没说,我也不好问,就觉得此刀锋利无比,华贵非凡,用起来确实顺手。道长,不知您怎么看?”

玄清道长从上到下抚摸了几遍,半闭了眼仿佛自己回忆着什么,半晌问道童:“永明,你来看看。”

小道童接过刀仔细打量一番,摇摇头又点点头,结结巴巴说:“确、确实是件宝物,看不出来历。”

“这就是了。”玄清道长指点道,“此物非世人所能用,乃至尊佩用之物,看钢火,也有近两百年远近,只是不知何日流落民间,被王师傅所有。善哉善哉,王师傅,这刀您还是保存起来的好。俗话说财不外露,再者也是当年御用的物件,钟灵毓秀,神化莫测,常人福运不足,托不住它的灵气,真若是伤损了,恐怕还有灾殃呢。”

“呵呵呵呵,道长说得玄之又玄,我不这么看。现而今皇上都没了,宫中的宝贝那么多,一两把刀算得上啥?我还指着它扬名立万呢。”老王得意扬扬说,“其实也没那么多忌讳,咱们习武的人阳气旺,它跟我也有缘,用着顺手就是了,总不会哪一天这刀把我砍了吧?哈哈哈。”

玄清道长缓缓说:“豪杰名利客,都奔大刀头。王师傅,话不能乱说,所谓一语成谶,到那时后悔也晚了。嗯……这是什么?”道长指着宝刀上一丝极细微的痕迹问:“这宝刀上怎么会有细璺?”

“啊?!”众人惊呼。老王一听脑袋都大了,俯下身细细查看,果然在刀身上有道不起眼的细纹,顿时倒吸了一口冷气,想了想,忽然转头瞪着小冯,怒道:"你小子,说你呢!那年你到底用了个什么烂家什,竟把我的宝刀害成这样子?"

小冯闻言一惊,转瞬想起往事,随手便把带的那铜片从腰间拔出,递了过去,笑道:"喏,就是这个!"

老王是大白天第一次看见能跟自己切金断玉吹毛断发的宝刀对战的兵刃,起初还以为是什么家伙呢,接过来一看,登时气得火冒三丈。铁匠炉里打得镰刀也比眼前这长满绿锈脏兮兮的铜片子漂亮啊,这算什么?!

见他生气,小冯偷笑着递给几人轮流看了,别人尚可,玄清道长入眼便是一震,双眸微微收缩,猛地一亮,许久才恢复平静,嘴里喃喃不知念叨着什么,片刻才说:"恕贫道直言,此物连我也看不出它的来历,只是细查,应该是三代之前的宝物,上有龙纹凤篆,玉符金錾,遍体灵秀,宝光内蕴,迥非凡间之物。小冯,你这物件从何而来?"

众人哑然失笑!这么个破铜烂铁,怎么会是宝物?还是"三代"之前的?老王大不服气嗤笑道:"道长,这您可看走眼啦!凭我这双眼,普天之下见过的神兵利器多不胜数,连胡老兄在内,也算个行家,练武之人嘛。就这么个小铜片子,您说是宝物?还'龙纹凤篆、玉符金錾',哈哈哈。说句不敬的话,在哪儿呢?我咋瞧不出它的好处?"

小冯倒吃了一惊,知道玄清道长高深,便捡着能说的,把铜片的来历一说。胡大爷对众人笑道:"这话我听过,不过王兄说的也不差,所谓神兵利器,咱们闯荡江湖多年,咋也没听说有这么件东西。"

"不尽然呐。"道长肃然说,"二位虽是武林高手,对各门各派的武功有所探究,只是这兵刃的来历,恐怕还没深入。譬如……"

譬如说中国兵刃,来历久远。当年炎黄始祖与蚩尤大战于逐鹿,蚩尤乃百战之神,冶炼金铜,制作五兵:弓、殳、矛、戈、戟,黄帝以玉为兵刃,做刀、剑、棒、斧,被杀得大败,后由于风师雨师,神龙应龙相助,又有九天玄女传授兵法,再改兵器之质地,才转败为胜,斩杀蚩尤。后黄帝乘龙归天,衣冠葬于桥山,传下大刀赤壁、河球宝符及所制兵刃十二种,散于诸侯,才逐渐流布天下四海,这是兵刃雏形。

其后,三代所制神兵利刃多无传承,自春秋以来,礼制所需,上佩剑,下佩刀，行军战阵各有所用，所以才有剑为百兵之首，刀为百兵之王的说法。然当时人多以做剑为名，如湛卢、龙渊、太阿、干将、莫邪、纯钧、鱼肠、承影等，名震天下，吴王阖闾驾崩，以三千宝剑陪葬于剑池之下，史所明载。然当时宝刀众多，声名不显，以至于后代陶弘景作《古今刀剑录》，多以讹传讹……

玄清道长也真渊博，将历代流传的神兵利刃、各朝各代的宝刀叙说一遍，众人闻所未闻，都听得津津有味。末了他才说："我观小冯这件兵刃，造型奇古，灵气内聚，纹路怪异，非三代以下兵刃所有，虽不知它的来历名称，大家伙可不要轻视。古人所谓：明月之珠，夜光之璧，或暗投于人，或毁于椟，或秘藏于仙山宝地灵丘大泽，不为世人所识呢。且此物数千年来，或许并未出世，一旦风云际会，显露于世间，朽坏至此，才骗过了俗人的眼目。不然，为何连王师傅那柄宝刀也不敌它？这就是明证。"

小冯大喜，忙问："道长，也就是说，这铜片原型是一柄宝刀？只是年深日久，朽坏成这样的？"

玄清道长点点头。小道童永明接过来左看右看了一番，笑道："我、我还真没瞧出来，也就是我师父的眼力高深吧。这数千年前铜做的宝刀，竟比王师傅那使用的还锋利！这可真是匪夷所思啦。"

老王被抢了风头，又羞又恼，冷笑着喝了半杯茶，嗤笑道："就算道长说得是，可我还是瞧不上这破铜片子，哪有那么多神兵利器传世？我看还是我这把刀漂亮华丽，威风体面。"

"这不过是饭后闲聊，王师傅不必认真，今日得见两柄宝刀，奇缘奇遇，二位若有兴趣，今后咱们再切磋。徒儿，送客。"

说声送客，玄清道长淡然起身送众人出来。打这起，胡大爷和老王真的敬佩道长的功夫为人，接长不短来天宁观拜访，三人下棋喝茶，聊天闲话，倒也和睦。小冯跟永明道童处得不错，俩人也成了好朋友。小冯常跟着师父来，和永明一起烧茶提水，谈说街面上的奇闻趣事。

经玄清道长指点，胡大爷和老王的刀法，果然更加精进。切磋比试时，俩人关系看似越发友好。只是天长日久，本性刚直爽朗的胡大爷并没有想到，老王早起了异心，只是碍于武功深不可测的玄清道长，不敢发作。

十四

匆匆数年而过。这一日,胡大爷、老王都收到了玄清道长的请帖。二人带着侍从匆匆而来,却见道长端坐在云榻上,红光满面微笑着。老王忙问:“道长今日为啥下帖子请我们?有何见教?”

道长微笑道:“今日我尘缘已了,要魂归太清,特请二位来告别的。”

“啊?!”胡大爷顿时怔住,惊诧道,“道长正有寿数,怎么说这种话?是不是有哪里不适,我们去请大夫!”

道长摆摆手说:“不必了,人过七十古来稀,我都过了八十,寿本天定,自然之道。只是有一事托付二位。”

“道长请讲!”胡、王两人异口同声。道长说:“你们二位都是武林中的高手,江湖上的豪杰,在我化解之下,和睦已久。我是担心,我归去之后,你们会反目成仇,再起争端呐。”

“这个您放心!”老王眼中雪亮,赔笑道,“我二人已然年过半百,又颇有名气,哪能再做年轻人好勇斗狠的事?只是道长有出神入化的能耐,一旦仙去,岂不可惜?不知您有没有什么……”

“有,”玄清道长目光炯炯看着老王,“我有一卷武功秘籍,从未示人,一旦归去,也怕失传,糟蹋了那些武艺。永明徒儿从小跟着我,此事待我归去后,你们问他就是了。永明徒儿少小便是孤儿,无人教养,望两位看在我的薄面上,日后多多照顾他。”

“这没啥,江湖人管江湖事,这事儿全包在我们哥俩身上!”老王拍着胸脯信誓旦旦,胡大爷热泪盈眶,哽咽点头。道长声音渐低,叫来懵懂的永明嘱咐:“以后这道观和一应之物都交给你了,千万记得:武学之本在于德,秘籍不可传于心术不正之人。他们二位都是我的好友,今后来了,可小心招待,下棋饮茶,就如我在时一样伺候。你可记住了?”

“徒儿铭记在心!”永明惶恐不安跪倒在地叩首急问,“师父!您这是要、要去哪?”

“世事一场大梦,人生几度秋凉,佛家叫涅槃,咱们道门叫羽化,常人说是个‘死’字,世人由来都要走这么一遭,不必伤心。只是你自小跟在我身边,没有踏入红尘,不知人间险恶。小冯来了吗?”

“来了,道长!”小冯赶紧到榻前跪倒。道长微笑指点他说:“徒儿,这小伙子为人宽仁厚道,你今后可多与他交往,切记为师说的话,日后必有你的去处。”说罢,他要过小冯随身带的青铜片,缓缓抚摸片刻,做了个奇怪的手势,吟诵道,“我归太清去,风飘以轻飏,尔于世间行,缥缈去四方……”话音未落,玄清道长竟是含笑而逝。

众人悚然,无不拜伏地上。永明号啕大哭,小冯也陪了一把辛酸泪水。老王更是热心,赶紧叫门人弟子预备丧事,发丧帖子、搭席棚、请锣鼓班子、扎纸铺子、杠房等,却被胡大爷拦住。胡大爷说道:“王兄,道长本为出家之人,此刻脱离尘寰,咱们还是按清净的法子送他老人家吧。”

“这是什么话?”老王阴阴笑道,“难道老兄怕花钱? 这事儿嘛,全在我一人身上,不叫老兄破费便是,再说道长跟我们,亦师亦友,多花几个钱发送他老人家,有什么舍不得!”

永明抹抹泪结巴道:“还、还是听胡大爷的吧,我师父从不喜欢乱糟糟的热闹。”老王闻言,只得作罢。众人按道门规矩,发送了玄清道长。等丧期一过,老王成了天宁观的常客。他原先一个月来两三回,如今却是脚上生了风似的,几天工夫就来一趟,来了还不走,拉着永明问长问短,闹得小道童十分头疼。

小冯也成了天宁观的常客,他是担心永明没了师父,一个人孤单寂寞,便常来陪他干活聊天。他发觉,小道童挺奇怪,看起来傻傻的是个结巴,连自己生辰年月都不知道,可推算年岁,总比自己大点,这些年却一点没变模样。后来小冯见老王常来絮聒,便起了警戒之心,每次老王闯进来,他都跑回去叫胡大爷来坐镇,生怕老王没安好心眼。

胡大爷和老王聚在一起,又恢复了当年不尴不尬的样子。俩人坐在玄清道长的丹房里,聊会天,喝点茶,便在棋盘上你来我往杀几盘,下的是围棋,俩人都是生手,免不了笑谈几句。这一天,老王实在忍不住,下了半盘,便问永明:“小师傅,道长去世已然半年多了,不知当时他临终嘱咐你的话,还记得不?”

侍立在旁的小冯早支棱着耳朵了,闻言朝永明努努嘴,永明却呆呆问:“记得呀!不是嘱咐我要多跟小冯兄弟交往,看守好道观,您二位师傅来了,照样伺候。”

“不是这话!嘿嘿。”老王看了看对着棋盘似乎思索如何下子的胡大爷,对永明道,“我是问,当日道长说,有卷武功秘籍怕失传,要传给我们俩人,你啥时候把秘籍拿出来给我们呐?”

“啊?”永明翻了翻眼皮皱眉,“有这话吗?”

“当然有啊!”老王随手扔了棋子忙道,“我们仨都在当场,听得真真的!你说呢,胡老兄?小冯,你也听见啦。”

“话是有这么句话。”胡大爷抬头看了他一眼,说,“只是道长才仙逝,不急于一时。再说你我的功夫成就多年,秘籍不秘籍,并不要紧。喏,王兄,该你落子了。”

老王撇撇嘴不满道:“这是啥话?练武的还怕功夫太高?!说给咱们的就得给!老说下棋修身养性,我们武林中人讲究的是武功高强纵横天下,成天在棋盘上杀来杀去有什么意思?!”

老王几次三番的索要,把胡大爷也说急了,俩人又是一番争吵。打那以后,老王也就不去天宁观下棋,成天惦记玄清道长临终时说的秘籍,夜夜百爪挠心,发誓要把它搞到手。然而胡大爷威严赫赫,都是本乡本土的豪杰,老王又不好随意下狠手。老王一直觉得道长临终前给胡大爷留了什么话,不禁由嫉生怨,由怨生恨,便暗中谋算,处心积虑等待时机,这一等,就是三年。

这年深秋,沧州地面上忽然传来个消息:日本江户田宫一刀流的大弟子荒木为真,来京畿等地“拜会”中国武林,并比试武艺。消息传开,无论江湖豪杰还是绿林英雄们哗然,都纷纷前去讨教,哪知十几场大战下来,竟是连连败北,听说本就目中无人的荒木更是骄狂不已,盛气凌人。

胡大爷听闻纳闷:去的高手们多是老哥们弟兄,也都是威名赫赫的武林高手,有名的侠客,怎么连个日本人都打不赢?正纳罕其中有什么内幕呢,这天下午，从不登门的老王，带了些礼物来探望。

胡大爷尽自心中不悦，还是迎接出来，见老王衣冠楚楚，笑道："王兄久违了，哪阵风把您吹来了？"

"好风啊好风。"老王显得异常亲热，递过礼物，拉着胡大爷进屋落座。两人寒暄几句，老王笑道："一向久违了，不知老兄是否听说，日本田宫一刀流的荒木为真前来咱们这儿比试武艺？"

胡大爷点点头，斟酌道："也有耳闻，只是这事奇怪，去比武讨教的都是咱们江湖上有名的豪杰，怎么会败在他的手里呢？"

"哈哈哈哈，老兄这就有所不知啦。"老王大喇喇十分得意，"当年我与那荒木，在天津卫见过几面，还算是熟识的朋友呢，他的功夫么，与咱们中国并非一路，其实也差不到哪里去，只是他手里那把刀厉害！"

小冯正侍奉在侧，一听这话，立马支起耳朵凝神细听。原来荒木为真的师祖，就是江户末年大名鼎鼎的林琦山人，跟北辰一刀流的流主千叶周作，并称江户剑道双绝，乃是日本第一流剑道大师。林琦去世后，田宫一刀流便一分为六，由六大弟子分别传承。其中嫡传一派，就是田宫本道无敌流，再传就到了荒木为真的师父，伊藤雅正。

这田宫本道无敌流刀法，本就狠辣凛冽，以刚直威猛、连环劈斩著称，伊藤雅正将其引入"艺术性"，化去杀气，不料其大弟子荒木为真却反其道行之，成了一代高手。

荒木为真，武士世家出身，其父祖都是熊本的武士。维新后，日本武士世家一落千丈，荒木另辟蹊径，拜了长州藩豪族为义父。其人性格狡黠刁钻，阴鸷凶狠，仗着长州藩的威势，在各地学艺，二天流、阴流、镜心流各派都学习过，汲各家之所长，自成一系。后参加陆军，参与八国联军侵华，年纪轻轻便在军前以噬魂旋风斩和阴流十三式，残杀几百清军、义和拳，威震军中，末了才带艺投师，拜在田宫一刀流门下，为顶门大弟子。

他的刀法极为诡异精深也还并不太出奇，更被人所惧怕的，乃是他手里有一柄凶悍恐怖的"鬼刀"！

"鬼刀？"胡大爷深知老王黄鼠狼给鸡拜年没安好心，此刻也被他说的故事吸引，忙问，"什么鬼刀？这刀还附着厉鬼不成？"

老王故意吊胃口似的笑笑:“那可说不清,只是荒木为真威名在外,至少有这柄刀五成的关系呢。我呢,也是受人之托,江湖上都知道老兄威名赫赫,远扬四海,此次荒木拜会各路豪杰,比试武艺,可惜都败在他手里。荒木也早已听闻老兄大名,不知老兄是否有意,跟他比试比试,扬我武威呢?”

绕了半天,终于露出狐狸尾巴了! 胡大爷不露声色,制止了跃跃欲试的小冯,对老王说:“多承王老兄看重,不错,我胡某人在江湖上行走多年,也略有名气。只是如今年纪老迈,家里的烦事也不少,哪能再冲锋陷阵? 我看老兄武功高强,又有宝刀在手,何不亲自跟他比试一番,也壮一壮我华夏武林的气势呢?”一席话他又把球踢了回去。

“这、这个,呵呵、呵呵。”老王端着茶似乎有些尴尬,笑了笑说,“我跟荒木早年熟悉,他那套功夫,我可不一定能接住。嗯……这些年咱们练的功夫还是那一套,但当年玄清道长说留下的功夫秘籍,一直没拿到,那永明小道童实在可恶,若是老兄愿意,咱们不妨去讨来秘籍,武艺再精进一番,或许能跟荒木大战一场。”

小冯一听,怒火上涌:这老小子,还惦记着人家的秘籍呢! 胡大爷淡然笑笑:“远水解不了近渴,再说永明早就说了,不记得道长有什么秘籍交代过。咱们都已年过半百,老兄还是息了这个念头,好好在家颐养天年教教徒弟就是。”

“看来你是执迷不悟喽? 那我若是非要那本秘籍呢?!”老王沉了脸。

“胡某当然不能看你为所欲为!”胡大爷肃然起立,说道,“若你敢任意妄为,胡某可就不客气了! 小冯,把礼物还给王师傅,送客!”

老王气呼呼转身而去,胡大爷却大起戒备之心,立即通知天宁观的永明小心,并派门下弟子四处探寻消息。不几天,武林里的消息纷纷传来,胡大爷这才知道了其中原委:原来荒木早年确实武艺高强,多年前就参加日军,潜伏京畿,给日军传递情报,是有名的中国通。那时正是袁宫保及朝廷“联日抗俄”之际,对其大为优待,老王大概就是那会跟他相识的。

大清灭亡后,荒木回国带艺投师,刀法更上一层楼,依仗日本帝国渐渐在东亚做大,野心膨胀,更是野心勃勃,成天介叫喊“天皇万岁,八纮一宇”,成了个铁杆的军国主义分子。此次他前来中国比武,也是要打压中国的气势，所以才一一出手，接连砍伤了十几位高手，还杀了三位。此后，他更是气焰万丈，放出豪言，说中国武林不堪一击，他打遍京畿无敌手了。

老王呢，此次给他这位日本“朋友”出力颇多，穿针引线迎来送往着实下了番功夫，不少武林同道都是被他的“豪言”所激，才毅然出手，哪知他才是幕后主使之一，这位成天慷慨激昂信誓旦旦叫嚷着“扬我武威”的人，原来是个败类！

伤残的武林中人恨急了老王，他们实在厚道，哑巴吃黄连——有苦说不出。可老王的口号喊得好，着实哄骗了不少不明真相的老少爷们，因此他反而越来越有名气。此次挑唆胡大爷出马，本来也是老王琢磨好的一石两鸟之计。他想一面铲除胡大爷，一面趁机除掉永明，把秘籍拿到手，谁知胡大爷不上钩。老王便四处散播谣言，说胡大爷“盛名之下其实难副，被小日本吓破了胆，胆小如鼠”，这下惹得京畿豪杰们议论纷纷。胡大爷听后一笑了之，并不在意。

只是听闻荒木手里那柄“鬼刀”，着实厉害，切金断玉锋利无比，对战中竟还带着鬼魅凶煞之气，令人胆战心惊，心慌意乱，一个失误便有可能被荒木趁机斩杀，实在了得！因此荒诞归荒诞，荒木和他的“鬼刀”，着实在京畿武林传了很久。后来，又传来消息：跟荒木对战伤残的武林豪杰，终于发现老王才是引来外鬼的“家贼”，不禁大怒，几家会合，打上门来。老王负伤逃走，有人说，他跟着荒木逃往了日本，他的门下弟子们做了鸟兽散。

沧州地面，暂时平静下来。一晃，十二年匆匆而过。

世事沧桑，武林中耆老元勋和豪杰们去世的去世，病弱的病弱，南下的南下，参军的参军，还有些年高老迈的退隐林下，不问世事。沧州的武林大会，在日军发动“九一八”事变那年停止了。七七事变头一年，胡大爷也一病不起，将大部分家业传给家人，一部分产业和练武的院落，传给了正当壮年的小冯，随后去世。

一九三七年九月二十四日，沧州沦陷。当天，小冯带着徒弟帮师母和师兄弟紧急收拾行李，南下避难，自己带着几个徒弟，已然住在大有庄。此时城内外各乡镇，风声鹤唳人心惶惶，大家伙都不知道，这些穷凶极恶的日本鬼子，会如何对付这座千年古城。

三天后，城内尚存的武林人士被大量抓去下狱，各处传来的都是坏消息。小冯忧心忡忡，叫徒弟们有家的回家，没家的关门闭户，严加戒备。

这天晚上出更时分，大有庄四周犬吠不止，一辆插着膏药旗的军车停在庄外，小冯武馆外，响起了一阵喧嚣的叫嚷。

“开门！快开门！！有喘气的没有？太君来拜访啦！”几个小徒弟面露惊恐，瞅着沉稳的小冯。他一身粗布裤褂，丁字步站在院中，叫道：“别怕，开门去！”门被砸得山响，小徒弟刚卸下门栓，外头冲进一队荷枪实弹的鬼子兵，领头的是个六十多岁精瘦的汉奸，别人不熟，小冯一瞅就是一愣！

原来是老王！老王如今岁花甲年纪，打扮得却跟中年人一般，大皮靴、军裤，挎着盒子炮，梳着大分头，腰间挎那柄华丽的御用宝刀，明黄流苏在灯光照射下熠熠生辉。阴笑的老王拿腔作调缓步过来，叫道：“小冯啊，哈哈哈，没想到吧，老子我又活过来了！你师父死了，可老子硬是活着呢，活得还挺好！这些年咱们之间的账也该算算了！”

“呸！你个数典忘祖卖祖求荣的武林败类！走狗汉奸！今儿你的死期到了！我替我师父和受害的乡亲们宰了你！”小冯手执长柄雁翎刀，破口大骂。

“哈哈哈哈，我不在乎，骂吧。有本事把你那破铜片子拿出来，告诉你说，今儿老子的东洋哥们，日本第一刀客荒木大佐亲自来拜访你，要你的小命来了！”说着话，他弓腰曲背，做了个请的手势，暗影里脚步声响，走出个五十出头的日本军官。

这人却穿一身和服，脚下着木屐，面如红枣，一脸凶狠，仁丹胡翘着，浓眉高鼻，腰间一柄长刀。此人中等个头不高，在来的鬼子里，算是巨人。他冲小冯点点头，轻蔑笑着，用流利的中国话说道：“小冯师傅，久闻大名，如雷贯耳！十余年前，我们就该见面的，可惜你师父胡大爷顽固，如今帝国军队所向披靡，已经占领了华北大部分，我们在这种情况下见面，有些不符合礼仪，呵呵。”

“甭来这一套，荒木，有什么招就使出来，我奉陪到底！”

荒木扶着刀柄笑道：“先礼后兵吗。我今天特意没穿军服，以武林的规矩前来请教，你可不要有所保留哦。让我见识见识，传说中的神刀。哦，王先生说得很神奇，说比他那柄宝刀还要厉害。”

“哼！你们俩人一起上吧。今天就做个决断！”话音未落，小冯举刀在手，大吼一声纵身冲了过去。老王见状，抽刀也冲了上来，荒木摇摇头，扶刀站在一边，并不急于上前。

俩人一个正气凛然，一个报仇心切，两柄刀战在一起，刀光闪烁虎虎生风。几招过后，老王大惊，十来年没见，小冯的功夫竟比当年胡大爷还要高一层，加之他正当壮年，力大无穷，一把雁翎刀耍得上下翻飞，杀招迭出，杀气四溢。小冯心里有数，老王手里这把宝刀可怕，便尽力攻他下盘，不跟他对砍。两人打了二十回合，小冯纵身变招，使出了八卦万寿刀，长刀在手宛如游龙，杀得老王连连招架。

几个小徒弟见状，豪气迸发，也各执刀剑冲了上来，跟来的鬼子兵大战。荒木并不出手，只是吩咐：“不要开枪，你们上刺刀。”鬼子兵哇哇乱叫端着大枪冲了上来，院里打成一片。几个小鬼子看似凶猛，可用冷兵器，哪是中国功夫的对手？不大会儿他们就被打得血肉模糊，连连惨叫。

小冯边打，还得边注意荒木，眼瞧鬼子兵实在丢人，荒木眼中陡然划过一丝狠毒。小冯大叫：“徒弟们，快撤！”话音未落，只见荒木身形晃动，“唰”一声白光闪烁，诡异迷离，四周闪出一个个快如闪电鬼气森森的身影，呼啦啦怪风盘旋，打着旋围着几个徒弟转了几圈，血腥扑面而来，亮闪闪的刀光化为白森森的光芒，霎时遮蔽了月光。

“嗖嗖嗖”几下，荒木跳跃回来，还刀入鞘，“扑通通”几声沉闷，方才还生龙活虎的几个徒弟，呆若木鸡歪倒在地，等尸首落地，鲜血喷出，头颅早已搬了家！

“嘿嘿嘿嘿，傻眼了吧?！小冯，这就是有名的噬魂旋风斩！看刀！”老王气焰大盛，刀如飞雪快似流星，小冯又惊又怒，杀气迸发，一个不小心，被老王宝刀斜劈下来，“当！”雁翎刀被削断了。老王正得意呢，小冯早有提防，右掌一变，“啪！”十分力气的铁砂掌结结实实正拍在老王右胸上，打得他惨叫一声七窍喷血，癞皮狗一样瘫在地下。

小冯正要手刃老王，不料阴风陡起，荒木右手的刀早已出鞘，快如飞霜，诡异光芒一道化三道，三道化九道，破空而来！他心知不妙，刚要摸出自己腰间的青铜片，哪知面前刀影散成雪亮一片，霎时笼罩了他的上半身！

“嗖嗖嗖！”小冯只觉得左右肩和胸口一阵剧痛，紧接着腹部被飞起的荒木狠狠踢中，身子“呼”一下飞出几丈远，狠狠撞在地面上，甜腥气上涌，“哇”一口鲜血喷洒满地。

“哈哈哈，中国功夫，不过如此。我很佩服你的勇气，不过小冯先生，你可以做我的徒弟，呵呵呵。”荒木持刀仰天大笑，把癞皮狗一样的老王扶了起来。小冯忍着剧痛刚站起身，就听老王惨笑着说：“小冯，你死期到了。我要亲手宰了你，再去天宁观，那里还有一笔旧账呢！”

“呸！你个狗汉奸！妄想！”小冯猛然想起天宁观的永明小师傅不会武艺，又孤身一人，万一糟了毒手可坏了。他忍痛一把抓起身边的石锁，突然出手朝荒木扔了过去，趁乱纵身飞上围墙，顾不得后头噼里啪啦一阵枪栓声，跳下墙直奔天宁观而去。

十五

丹房里静悄悄的，除了炉子上“嘟嘟”的烧水声，还有云榻上小冯浅浅的呻吟声。烛光摇曳，昏暗的光芒照得屋里暗影重重，窗户纸被风吹得一鼓一鼓，破败屋顶上的衰草残枝，瑟瑟发抖。

永明小道长还是那副少年模样，望着云榻上身负重伤昏迷不醒的小冯，看看桌上的棋盘和两旁的棋子，还有小冯从不离身被玄清道长赞誉为“宝贝”的破铜片和一个小匣子，目光沉稳。他疑惑地打开小匣，里面只有一根紫红色的长刺。

放下长刺，他拿起水杯、勺子，又给小冯喂了几口温水，看了看他身上已然上药包扎好的伤口。半晌，小冯呼吸平顺，永明松了口气。

已经三天了，那天夜里，浑身是血的小冯跳进天宁观，惊醒了他，听小冯断断续续诉说，永明才知道，大祸临头这天终于到来。不过昏过去的小冯并没有发现，永明并不慌张，也不害怕，给他上药包扎疗伤后，便静坐在丹房里，似乎在安安稳稳等待着什么。

“永、永明小道长……你、你怎么还……”小冯身上哪儿都疼，强忍着想起身，却被永明摁住。永明高兴地说道：“冯师傅，你终于醒了。看来师父留下的药还好。”

“小道长，你快走吧！老王那天被我打伤，说不定这几天就来抓你呢！”

“抓我？为什么？”永明笑问。

“还不是为了当年玄清道长临终前说的那卷武功秘籍？如今老王已然投敌叛国，做了汉奸，身后又有荒木撑腰，你跟他这种为虎作伥的败类说不清！那荒木武功高强，刀法诡异，老王也有宝刀在手，你还是赶紧逃出去，留我一个人在这儿，跟他们拼了！”小冯说话间牵动伤口，疼得冷汗淋漓。

“荒木？是不是十几年前听你说过的‘鬼刀’？”

“没错，若不是我亲眼所见，真不相信，那小鬼子的身法、刀法真骇人，他那柄刀，瞅着比老王的宝刀还邪乎呢。你……”小冯见永明丝毫没有要走的意思，十分焦急。永明却问：“别急，该来的总会来的，冯师傅，你身上带的铜片我早见识过，不过那匣子里的长刺作何用处？瞅着很奇怪呢。”

小冯长叹一声，把往事断断续续简短解说一遍。永明想了想笑道：“你还真有福缘。可见我师父当日眼力不错。你知不……”

话音未落，就听外头“咣当当”观门大开，响起一阵凌乱的脚步声。小冯一惊，却被永明按住。他摆摆手笑道：“该来的终于来了，一会儿你可别乱动！”莫名其妙的小冯正纳闷呢，就听外头响起个熟悉而阴冷的笑声：“永明小道长，别来无恙！”木门被人一脚踢开，门外赫然站着人模狗样佩刀的老王、凶狠傲慢一身和服佩刀的荒木，还有四个荷枪实弹的鬼子兵，虎视眈眈。

“啊哈！”老王领着荒木大摇大摆进了丹房，大喇喇冷笑盯着屋里俩人说，“我就猜着小冯逃到这儿，给你通风报信来了。嘿嘿嘿，这样也好，省得我麻烦了，今儿连你一勺烩了！永明小道长，快说吧，当年你师父留下的武功秘籍在哪儿?！交出来，我叫你死个痛快！不然，我一刀刀剐了你！”

“秘籍吗？有是有，可凭什么给你呢？”永明给小冯盖好了被子，微笑问道。

老王哈哈大笑：“凭什么？就凭老子手里这把御用宝刀，就凭老子武艺高强，就凭老子现而今为皇军效劳！瞅见没？这位荒木大佐，是我的东洋哥们，日本第一刀客！就凭这些，要你这小崽子的小命，跟踩死只蚂蚁似的，怎么样，够不够格？”

永明想了想，转脸问：“荒木？你就是被人称为‘鬼刀’的东洋高手？”

“按你们中国礼仪，我该说一句‘惭愧’！”荒木冷傲地点点头，“你们中国功夫不行，已经太老旧、太衰败了，现在我大日本帝国光耀东方，八纮一宇，布国威于四海。小道长，你既然有秘籍，应该拿出来献给皇军，不，献给大日本帝国！我会考虑放你一马的。”

永明天真地笑笑：“那倒不必。不过你说中国功夫不行，大错特错。王师傅，你当年不是会下棋吗？生死离别之际，咱们俩下一盘如何？”

“嗯？”老王一愣，今儿真是太阳打西边出来，这看起来傻呆呆还带点结巴的永明小道士，竟摆起架子来了！难道他也看不起自己？老王不由恼羞成怒，青筋跳动。

永明并不在意，抓起小冯那破铜片玩耍。老王过来一把掀翻了棋盘，大吼道：“好你个小牛鼻子！还敢充大个儿？今儿我先杀了你！”

“慢！”永明笑着指点，“你看。”老王细细打量，登时一惊，原来棋盘下面写着一行大字：王亦奎有反骨！这显见是玄清道长生前的笔体。

“真他娘的见鬼啦！玄清这个老杂毛，死了还他娘作妖！看老子不先宰了你，再把他尸体挖出来挫骨扬灰！”老王一伸手“噌”拔出宝刀，慢慢逼近了永明。他被小冯一掌震坏了右边胸肺，吐血包扎过后，右手迟缓了些，可对付永明这么个手无缚鸡之力的小道士，应该不费吹灰之力。

小冯在云榻上急得热汗直流，想挣扎起来对敌，无奈身受重伤，只好眼睁睁看着老王把永明逼退了好几步。永明沉了脸，冷冷地说：“王亦奎，玄清道长的丹房里，可是见不得血的。”

老王有恃无恐狞笑道：“哈哈哈，见不见血是我说了算！你个小牛鼻儿怕了吗？怕了就交出秘籍，我给你个痛快！”说完他又往前走了一步。永明面无表情，随手抓起了几枚棋子，每个手指缝里夹住一枚，只盯着他问：“你可想好了。”

老王瞧见永明这动作，当即一愣。他毕竟也是武林高手，见多识广，听说过那些绝顶高手,内力深厚,可随意用竹木纸棋落叶飞花,当作飞镖射出,指哪打哪弹无虚发。可永明这么个蠢笨的小道士,哪里会用这种功夫?他不禁冷笑一声,举刀便砍。

永明冷笑一声:"敬酒不吃吃罚酒!"他随手一甩,就听"啪!啪!啪!"几声脆响,烛光晃动,几枚棋子犹如离弦之箭,力道千钧爆射而出。老王汗毛一炸,"哎哟!"一声惨叫,左眼一黑,剧痛传来,当即鲜血喷涌而出,一枚棋子竟射入了他的眼眶!

其余棋子结结实实击中了后头四个鬼子兵头顶的百会穴,有俩当即脑浆流出倒地而死,剩下俩杀猪似的倒地嚎叫不已慢慢没了声息,只有射向荒木的那枚棋子被他急速躲开。大惊失色的荒木瞠目结舌,茶呆呆瞅着貌不惊人的小道士。

"你、你到底是谁!怎么会这种功夫?!"心胆俱裂的老王剧痛难忍,捂着喷血的左眼张牙舞爪冲永明而去。

永明冷笑道:"秘籍。""什么?你说什么?!"老王两眼发黑,嘶哑着叫喊道,"不、不可能!怎、怎么会……你……"

"当然可能。"永明眨眼闪到老王身旁,在他手腕上轻轻一拍,老王大叫一声,顿时手骨碎裂,宝刀落到永明手中。永明看了看多年前被小冯青铜片划出细细细璺的地方,双手一折,"哐!"一声脆响,这柄切金断玉传世百年的宝刀,早已断成两截,前头刀尖掉落在地,华丽的刀柄下那半截刀刃,被永明轻轻切入了老王的咽喉!

"心术不正,作恶多端,不可救药。你自己的刀,砍死你自己,所谓一语成谶,正是如此。"老王瞪大了右眼,不可思议地感受着冰凉的刀刃切入自己咽喉,凉飕飕直入大脑。临死之际,他咧嘴大喊:"不可能……"

永明冷眼盯着荒木,却对濒死的老王说:"我就是那卷'秘籍'。我因出生时便有异象,被父母所弃,后被师父抱养,却因身体骨骼异常,一直长不大,可我的记性很好,有过目不忘的本事。师父发现后,从小教我武艺,并将世所罕见的秘籍珍本,叫我一一背熟,铭记于心,并严令不许外露,假装结巴,跟他老人家修道练武。这些年,我所知道的所有武功秘籍早已融会贯通,久练成功。所以师父临终前的嘱托,是有所指的。师父解化于你,虽不成功,也是机缘定数。而胡大爷当日年过半百,很多武艺也无法再练,只有小冯师傅,年富力强,仁义厚道,是师傅所选定的传人,但因胡大爷在世,你又虎视眈眈,我才不传。如今胡大爷仙去,日寇侵华,即便传艺,也得先除掉你这败类!王亦奎,你现在可以死而无怨了。”老王大叫一声,当场死去。

“原来如此!”荒木大为紧张,“唰!”一声抽刀在手,咆哮道,“中国人太狡猾了!为了一个目的,竟然隐藏这么多年!良心大大坏了!好吧,你这高手既然眨眼间杀了这么多人,我也要你见识见识,我们大日本帝国真正的刀法!看招!”说罢,他身子一拧陡然飞旋起来,屋里烛光登时熄灭,平地起了阵凛冽的旋风,“呼啦啦”阴风涌动,寒气逼人,四壁纸窗被朔风吹破,阵阵腥风血气夹着光灿灿白闪闪的刀光冲了过来。

说时迟那时快,永明道长身形晃动,手执小冯那把青铜片,脚下如棉,又像弹簧,软绵绵空灵飘逸,一招拨云望日,再一招青龙出水,再一招腰斩白蛇,面对荒木丝毫不落下风。那青铜片在他手里,虽然短,却变成了神兵利刃,刀如猛虎,身似游龙,神出鬼没,千变万化,气势磅礴,游刃似水。两人交手三十回合不分胜负。小冯早已撑起身子,看傻了眼。

月华如水,照耀着屋里盈盈一片。只见荒木气怒交加,行如鬼魅,闪电般的旋风斩一招招使出,满屋刀影重重叠叠,化为无数长短不一、绵绵连连的光影,排山倒海般汹涌而出,把永明小道长围在中间,戾气森森杀气腾腾。恍惚中真似有无数张牙舞爪的厉鬼蹿蹦跳跃,厉声嚎叫,震得人心摇荡,神魂不安。

到了五十回合,金铁铿锵交加响声大震,荒木见还不能取胜,只好咬牙使出了阴流十三式最为骇人的燕飞、猿回、虎跃、龙渊,快速变招,招招奇形诡异,奇绝毒辣。刀光闪烁中,煞气腾出十几尺,所到之处,哔哔剥剥,屋里的家具器物无不被斩成碎片。他又在嘴里念念有词,丹房中陡然腥气阴风暴涨,影影幢幢里,荒木身前身后竟如分身法一样,一而二,二而三,幻化出五个无头血尸,身形飘浮晃动,凄厉嚎叫,前后左右一晃便是六个影子,影随刀光转,刀光领影子急速进攻!

小冯在云榻上忍痛躲开了一波波狠辣锋利的刀影。他早听师父说过,大唐时中原剑仙能练出气贯长虹、无形无质的剑气,百步之外可破空穿墙杀人于无形，随着唐朝灭亡，早已失传，不料今日看来，荒木的刀法却有几分相似。只是剑仙之剑气，神妙庄严，光明澎湃，气势雄浑，荒木这刀法，却阴邪诡诈，幽深莫测，刁钻毒辣。如此耗下去，只怕永明道长有什么闪失！

急切中，小冯猛然瞅见桌上匣子里，当年老刺猬送他的长刺，回忆起老刺猬所言：日后大难临头危急之时，可以救命，不由灵机一动，大叫道："永明道长！快用桌上的长刺，破它的'鬼刀'！"

"不妨不妨，我手里铜片很顺手，多跟他过几招，咱们也见识见识他的东洋第一刀法！"说着话永明又是几个回合，闪到桌前拿起长刺笑了笑，对荒木喊道，"你这'鬼刀'，怕今日要陨灭于此，看招！"

一声看招，永明甩手将长刺射了出去，正凶狠的荒木不知他扔来什么玩意，左右开弓连环几刀，却并没有斩断什么。那长刺看似坚硬，飞到空中又软如发丝，晃然一闪，霎时散成一片片尖利的小刺，发出盈盈紫光，正击中荒木身边的几个鬼影！

"嗷！"凄厉痛苦的嚎叫震得人心胆俱裂，几个鬼影登时如身遭烈焰的鹅毛，忽大忽小扭曲挣扎，片刻化为乌有。荒木心知"鬼刀"已破，顿时乱了章法。永明小道长呵呵一笑，右手持铜片，嘴里庄重念道："道可道，非常道；名可名，非常名。无名，天地之始；有名，万物之母。故常……"刹那间屋里罡风大起，煞气重霄。"破！"永明抖手，那青铜片快如闪电急速射向荒木。

大惊失色的荒木早已心慌意乱，眼瞅着一个物件如弩箭直射胸前，躲闪不开，咬牙用手里的宝刀在胸前一格，"当！"屋里的罡风煞气陡然暴涨，忽地起了阵巨大的龙吟虎啸怒吼之声，以雷霆万钧之势力击中了荒木！巨大的震动引得丹房内外地动山摇，荒木肉身早已被击碎成无数，血肉模糊的肉块纷纷"噼里啪啦"掉落在地，那柄硕长的东洋宝刀，也被削断成两截，掉落尘埃。

龙吟虎啸之声在半空中飞旋环绕，形成了一个巨大的漩涡，七色祥光闪烁迷离，层层瑞彩纵横交辉，围着天宁观足足一袋烟工夫，才盘旋升空，直上斗牛。不大会儿，天宁观猛然起了场大火，烧了一天一宿，片瓦无存。

那天夜里，沧州城里城外四里八乡的乡亲父老和刚刚进城的鬼子，都看到了这离奇诡异的天象。过后老少爷们都议论纷纷，有的说是日本鬼子惹怒上天，老天爷降下灾难；有的说是天宁观的神仙显灵，震慑日寇；还有的说神仙出世，要铲除这些东洋鬼子兵，赶他们下东海喂王八，形形色色的小道消息长了翅膀一样传播在大街小巷，极大打击了日本鬼子的嚣张气焰，振奋了民心。

而最令鬼子恐怖的是，当天夜里去天宁观“参观”的日本第一刀客荒木大佐、他的中国朋友武林高手王亦奎，还有四个荷枪实弹的卫兵，随着那神奇的天象和神秘的大火，全部消失不存，再无踪影。这件事，也成了令当地鬼子兵闻风丧胆、谈虎色变的奇闻，一直久久流传……

十六

细雨绵绵，佳肴美酒，昏黄的屋里暖意融融，吕掌柜不紧不慢的语调，随着酒樽已空，佳肴半残，停住了。“当当当”条案上紫檀座钟接连敲了七下，一段惊心动魄的往事在他絮絮讲述中，听得几人或是惊诧，或是欣喜，或是不安，终于归于平静。

老马仿佛在回忆着什么，端着酒杯默然无语。韩二爷惊得咧着大嘴“哦哦”连声，夸张的脸颊急剧抖动，连烟灰掉了都不知道。吕掌柜微微笑道：“得嘞，承蒙二位爷不嫌弃，听我念叨了一下午的闲嗑。唉，我是商人，可更是个中国人。您两位说，这刀既然有如此来历，我还能随便卖吗？所以二爷，不是小的不识抬举，这里头含着的故事学问，令人沉思呐。”

韩二爷一震，想起当年自己跟着日本人屁股后头干的那些事，不尴不尬，脸色发红，看看老马不说话，小声问：“吕掌柜，你这口才，可比天桥说评书的不差！好一张利嘴啊。嗯……只是我不明白，当年既然天宁观起了一场大火，烧得片瓦无存，这两柄刀，怎么还好端端的摆在这儿？永明道长和小冯师傅去哪了，是惨死在道观里，还是逃出去了？那小冯师傅手里的青铜片，到底是个什么宝贝物件呢？”

“酒凉了，顺子，来温温酒。”吕掌柜笑吟吟招呼。老马一摆手，抬头问：

“大家都有酒了，就到这吧，有茶请赏一杯。二爷问得不错，吕掌柜再给念叨念叨。”

老吕赶紧叫小顺子撤去残席，上了香茶，神秘笑笑，瞅着俩人说：“这、这我也说不上来啦，哈哈，其实知道不知道，都不足为外人道。”他抖了个机灵。韩二爷一瞪眼：“咋？瞧不上爷们？我早听说过，你们古玩行别的不说，做买卖就靠一张巧嘴，能把死的说成活的，专会编故事骗人！编得上天入地五迷三道，把你们手里的货说得神乎其神。不怕东西假，只要能把故事说圆了，大把的钱赚到手！最他娘混蛋！”

老马扑哧乐了，吕掌柜一惊，赔笑道：“哎哟，我的二爷，当着马大爷的面，我敢懵您二位爷?！三百六十行，行行有规矩，那些江湖买卖口儿，都是老辈传下来的，不这样，我们吃谁去？您说是啵，嘿嘿？故事嘛，真真假假，虚虚实实。《石头记》不是说吗：假作真时真亦假，无为有处有还无。可咱这东西顶真！不瞒您二位爷，这是七八年前，我们东家叫人送来的，当年就定规了：修补好了，搁在店里存着，但绝不能卖。总有一天，会有人来取呐。受人之托忠人之事，难道我老吕在这行干了小三十年，连这点规矩都不懂？见利忘义，行里的大忌。”

“呸，再卖弄嘴皮子，可别叫我啐你。老吕，你说说，这两件东西都有啥说法？二爷我也听听，出去显摆显摆。”

“二爷，您细听呐。”吕掌柜喝口茶润润嗓子，笑着说：“架子上头这把刀，乃是大清乾隆朝钦定御制的‘大阅宝刀’，据《大清会典》《皇朝礼器图式》所载，是乾隆十三年，乾隆爷钦定样式，由造办处精工打造，锋刃夹钢，配装各色宝石珍珠，可切金断玉，吹毛断发，是宫中第一流的宝刀。按规矩，此刀等级最高，是万岁爷在校阅八旗大军、御驾亲征、钦命大将军大征伐、凯旋之日午门受降、款待外藩各国使节等国家大庆大典时，御用佩戴之刀，其地位超越宫内一切宝刀，是至尊至贵之刀。咱们常听闻的宫中著名的尚方宝刀，如遏必隆刀、神雀刀、小神锋刀、锐捷刀、素光刀、苍龙刀、宝腾刀种种宝刀，虽都是御制御用，其等级与大阅宝刀相比，有天壤之别。当年此刀除了一柄样刀，剩下的两柄存大内，一柄存圆明园，一柄存奉天故宫，一柄在太庙，可谓稀世之宝，刀中之皇。”

“是吗。”韩二爷咧嘴咂舌，拿起大阅宝刀细细打量说，“按你这么说，真有点像！”

“像？二爷，您就开眼吧！我专门找了行里的老先生和大学的先生讨教过。由打前清到如今这些年，宫中珍宝流失在外多不胜数。圆明园那柄，被英法洋鬼子抢到欧罗巴洲，听说现存法兰西国京城巴黎，什么军事博物馆；奉天故宫那柄，没了下落；太庙那柄刀，据说当年张大帅喜欢，给拿回家了，小日本占了东三省，那刀也下落不明。大内就剩了两柄，一柄大概还在，咱们见不着哇；咱老百姓能见着的，就这个！您说，是不是宝贝？”吕掌柜说得唾沫星子横飞，这种行话对他来说，张口就来，听得韩二爷直愣神。

“那这柄东洋刀呢？”老马微笑倾听，忽然插了一句。“这当然也有说头啦。”老吕双手捧起来得意显摆：“不是我吹嘘，您瞅瞅，这可是正儿八经的日本古刀，比这柄大阅宝刀，还早一百多年呢。”

“一百多年！”

“没错您呐。”见韩二爷不信，吕掌柜瞪大眼郑重其事说，“这是日本元和五年打造的，按咱们这儿年头算，是大明万历四十七年，比乾隆爷是不是早一百多年？且此刀来历颇深，咱们这儿没人懂这个，我还专门跑了一趟天津卫，请专做日本庄买卖的高人鉴赏过，那人眼珠子都直了！原来……”

原来这柄东洋武士刀，非比寻常，乃是日本德川幕府初期，由江户第一流的锻刀大师岗琦精一制作。岗琦精一，出身锻刀世家，其八代高祖岗琦五郎，全名岗琦五郎入道正宗，便是镰仓幕府时期，制作出大名鼎鼎的日本第一妖刀“村正”工匠村正的师父。

日本锻刀行业，传承千年，历代所出名刀，数不胜数。然而流传于世又真正存在的“妖刀”，只有“村正”一家。跟中国工匠不同的是，日本历代工匠和锻刀师傅，每有出品，必将自己堂号、姓名用錾金法刻在刀具上，以保证质量，传名号于永久。所以大名鼎鼎的“村正”妖刀虽为工匠村正所做，用的锻刀法，却完全传自师父岗琦五郎。

岗琦五郎，是镰仓幕府时代深受幕府将军、大名及高级武士喜爱崇拜的第一锻刀师，他为人木讷敦厚，谨慎诚朴，品行良好，不仅自己制作了很多名刀，还收了不少徒弟。其中一个名叫村正。村正初来的时候，勤快谨慎，天长日久，岗琦五郎发觉他心术不正，险恶多诈。而村正因岗琦没有将锻刀秘技之一“玉钢淬火水温调控法”传授给他，便心怀不满，私下偷取秘技，被岗琦发现，大怒之余，一刀斩断了他的手腕并被逐出师门。

村正破门后恼羞成怒，发誓以打败师父岗琦所铸之刀为目标，以此邪恶之心锻刀，并追求“血祭邪法”成刀，自此村正成为凶恶不祥的代名词。村正为了扬名立万，狠下功夫，他制作的战刀，摒弃一部分旧法，成品坚固耐用锋利无比，不仅可削铜剁铁切金断玉，还杀人不见血，又能血祭怨灵随刀摆布，年深日久，便有了“妖刀村正”的称号。其中以一柄“妙法村正”最为有名，据说用刀时能招引怨灵，惊敌之心，破敌于无形，当年名闻日本列岛。

而岗琦五郎坚守本心，其锻刀之法，历久不变，加之声威远震，一直为幕府将军、大名效劳，因而他的成品，多留“岗琦五郎入道正宗”大名，后世子孙，绵延相传。

到了室町幕府末年，随着幕府衰败，岗琦家族也盛况不再，为了重振家门，岗琦五郎的八代嫡孙岗琦精一，潜心学习锻刀法，并不辞辛劳，向各地锻刀师请教。多年后，他学成一身好技艺，继往开来，成了岗琦家族的中兴祖。德川幕府初年，因为偶然的原因，岗琦精一结识了加贺藩主、在德川幕府出任执政官的前田利常。前田利常很欣赏他，并命其锻造了十几柄精品刀，进贡给德川将军，因此岗琦精一受到重赏，成为幕府将军专用的锻刀师。

元和初年，幕府将军偶然想起“村正妖刀”，便下令岗琦精一也制作一柄相同的“妖刀”。岗琦精一大惊，为了守住祖先的锻刀法和名声，不敢应承。将军震怒，将其下了大狱，还是前田利常出面说情，这才放了他一马。无奈的岗琦精一只得答应制作，参考了当日村正使用的“血祭邪法”锻出此刀，据说锻刀时阴风恻恻鬼气森森，吓死了几个小徒弟。

将军按旧规试刀，先取死囚尸体摆在地上，举刀猛劈，每斩断一具，称为“一胴”，当年“三胴”以上可称宝刀，而“村正妖刀”，可一次斩断五具尸体，号称“五胴”。

这柄刀将五具死囚尸体一刀斩下，尸体豁然被斩断，其刀还入地一寸，刀身不沾血，可见锋利无比。将军大喜，以为此刀能跟“妖刀村正”平分秋色，便亲自提朱砂笔，在刀身上写上“五胴”，赐名“鬼刀”，收藏于内库，时常取出把玩。天长日久，便引来不少离奇传闻，幕府看守库房者传言：此刀制作时本就掺入邪法，杀气过重，又有“五胴”之威，夜半时分，常有怨灵恶鬼环绕喧嚣。后代将军闻言，以为不祥，多不再取出。

而岗琦精一制作此刀，耗尽心血，又违背祖训，使用“血祭”，痛心疾首，便立志不再锻刀，将锻刀行传给了徒弟们打理，自己去寺庙出家为僧了。后来年深日久，德川幕府腐朽不堪，将军内库中的“鬼刀”离奇失踪，明治维新以后，才显露于世。不知何时传到了荒木手里，当年侵华战争时，被小冯手里的铜片击断，残留至今。

吕掌柜一口气说完，喘息连连，“咕嘟嘟”喝干了两杯茶才说：“这事儿听着跟讲故事一样，我当时在天津卫也傻了。可人家说得言之凿凿，怕我不信，还说了此刀鉴赏的方法：瞅见没，‘长久再兴堂’就是岗琦精一的堂号。这上头錾金的花纹，又称‘五七桐纹’，是幕府大将军专用的，仅次于日本天皇的‘十八瓣八重表菊纹’。

“如按旧制，日本皇室、宫家、大名诸侯都有‘家纹’以分类别等级，德川家的家纹，是三叶葵花纹，但这‘五七桐纹’，乃是镰仓幕府之前的天皇龙袍上御用的纹饰，后特下旨赐给保卫皇室忠贞不贰的执政大将军，又称‘执政纹’。所以，德川幕府将军仿照前代，不用自己三叶葵花纹，特意命岗琦精一将此纹路錾于刀上。

“更重要的是，岗琦精一锻造此刀，违背祖训，心里惭愧，只好在名字上做了手脚，以遮羞赎过。他在錾刻堂号名字时，只刻上了‘岗琦精锻作’，少刻了一个‘一’字。这也是明证。”

韩二爷听得一愣一愣，赞叹不已：“好刀好刀！妈呀，我说吕掌柜你憋着宝呢，这两柄宝刀，果真不凡。”言下大有不舍之意，他一会儿摸摸这柄，一会抱抱那柄。奇怪，老马静静听完，却很沉稳，只顾喝茶。

韩二爷把玩了一番，皱眉疑惑：“老吕，你说的可都是真的？”“二爷你怎么还不信？我把老底儿都给您交代啦。”吕掌柜苦着脸摊开双手。

“那不对！这两柄宝刀威名赫赫，举世闻名，都是稀世国宝，我方才问你了，小冯手里的那青铜片子，是啥玩意，竟能连断两刀？永明道长当年折断大阅宝刀，也不全是他的功力，大阅宝刀不是早被小冯的铜片给硌出了细垦？日本刀我见过，坚硬无比，凭他那个铜片能击断？我看，你还是编瞎话，呵呵！”

吕掌柜急得满头热汗，刚说了一句“那我可说不清，那东西谁也没见……”，就听一旁沉默的老马缓缓说：“吕掌柜没说瞎话。”

“嗯？马大爷，您、您怎么知道？”吕、韩二人异口同声。老马并不答话，起身思索着说：“当年小冯奇遇，捡到的青铜片，并非铜片，玄清道长早已说过，那是一柄更加贵重，来历久远的神兵利刃。”

“啥神兵利刃？再神，不过是青铜的吗，能跟人家日本人的玉钢比？”韩二爷打了个哈欠，皱眉远望，似乎看见自己的几个保镖过来了。

老马肃然道：“你怎么知道咱们中华祖先做的，就比不过小日本的？吕掌柜必然听闻过：器物自出现以来，三代以上为神器，三代以下，为珍宝。这个神，不是神仙的神，而是当年所做器物，用天地阴阳自然之成法，鬼神玄冥莫测之秘技，其成品神光内蕴，上通九霄，可引日月光华，集天地灵气；下及九幽，可镇伏邪魔，驱奸邪厉鬼。这便是三代以上神器与三代以后珍宝的不同。”

韩二爷一脑袋糨糊听不懂。吕掌柜闻言惊诧，拱手作揖：“佩服佩服！莫非马大爷也是同行？可看您不太像啊。”

老马微笑摆摆手，缓缓说道：“有刀名鸿鸣，传自上古，乃黄帝采首阳山之铜所作。创之时，受法于九灵之丘，用阴阳之候，三才之木，四海之水，五阳之精，八荒之土，合水火之齐，取刚柔之和，日月之光，三载乃成。成时雷霆大作，神鬼夜哭，黄帝定服章之美、礼仪之大，佩之以玩赏。后传数千载，至汉孝武皇帝，刀长三尺五寸六分，古韵盎然，迥然非三代物可比。武帝爱重东方朔，解刀赐之，朔曰：‘此乃重宝也，一雌一雄，雄者黄帝时化为飞鸿，入云中而没，非臣下所敢配。’武帝大笑而罢。”

吕掌柜大惊失色，冷汗直流，浑身颤抖问：“您、您说那青铜片就是……”。

“不错，那青铜片正是失传数千载，上古时，大圣轩辕黄帝所制十二种神兵利刃之一的鸿鸣刀。”老马肃然拱手，“吕掌柜，言而有信，一诺千金。我今天来取这两柄刀了。这些年，辛苦您了。”

吕掌柜瞠目结舌，一屁股瘫倒在椅子上，深深喘息，不可思议颤声问：

“您、您，难道您就是……”话音未落，就听店外几名大汉醉醺醺叫道：“二爷！二爷！我们回来啦，您老在哪呢？这雨也小了，车在外头，您赶紧回府吧，南京那边有加急电报。”

忍气吞声早已按捺不住的韩二爷，闻言登时大喜，高叫道：“都他妈死哪儿去啦！快进来！这儿有个小子敢跟二爷耍横，把他给我抓起来，送宪兵队！”他一边叫，一边顺手抄起乾隆爷大阅宝刀，狰狞大笑恶狠狠对着老马砍了下来！

吕掌柜吓得大叫一声钻进了桌底。老马冷冷瞪着韩二爷，刀锋眼瞅着离他还有一尺多，只见他轻身闪过，左手薅住韩二爷脖领子，轻蔑说：“你小子敬酒不吃吃罚酒，给我在这儿吧！”老马一掌拍在他手腕子上，疼得韩二爷“嗷！”一声，宝刀落地，被老马接住。老马拽着他左右开弓，反复十几个大嘴巴，抽得二爷眼冒金星，疼得死去活来。

眨眼工夫，几个大汉冲了进来，见状大惊，还没等往前冲呢，便被老马三拳两脚打得满地打滚，惨叫连连。末了，老马从怀里掏出个红布小包扔给战战兢兢的吕掌柜：“吕掌柜，这是两柄刀存在您这儿的辛苦钱，留着吧。青山不改，绿水长流，他年有缘，咱们再见！”

吕掌柜偷眼一瞧，妈呀，里头是明晃晃的四根金条！老马顺手用黄绫子包裹两柄宝刀，夹在腋下，看几条大汉在地下滚来滚去哭爹叫妈，冷笑着回身拽起韩二爷：“今儿得给你个厉害，不这样你不长记性。你听好了，吕掌柜的铺子，不许你再来捣乱！我常在京城走动，知道你的底细，若是你还不长记性，小心你的脑袋！”说话间他一步一步提溜小鸡子一样把韩二爷提到门口，往上一扔，二爷“呼”一下起来一丈多高，接着老马挥手两掌，正拍中他的两胯，“嘎嘣嘎嘣”脆响。韩二爷杀猪般的惨叫刚喊出口，就被老马一脚踢中小腹，跟面袋子似的飞出了门槛，摔在湿漉漉的泥地上，再也不动了。老马出门而去。

吕掌柜抱着金条冲出门槛，见四处细雨霏霏，老马早已不知去向，只剩下灰蒙蒙黄昏细雨之下，空荡荡的街面上，一座座老铺面依然矗立在那儿，上板的上板，关门的关门，宁静中透着冷寂萧瑟……

后来，吓破胆的韩二爷成了残废，不几年就疯死了。死后连他叔叔韩大爷都没管他，被人扔到京城外乱葬岗子，被野狗吃了个精光。

街面上渐渐有人传开，说吕掌柜靠编瞎话，骗了人家四根金条，着实发达了；也有人说，那天出手打残韩二爷，赠金取刀的，就是当年大难不死的小冯，永明道长救了他之后，传授给他一身绝世武功，他回来取刀留作念想；还有人说，那柄神奇出世的鸿鸣刀一直在小冯手里，历经岁月沧桑，依然流传于世，尚在人间。

正是：

古戍饥乌集，荒城野雉飞。何年劫火剩残灰，试看英雄碧血，满龙堆。

玉帐空分垒，金笳已罢吹。东风回首尽成非，不道兴亡命也，岂人为。

唐经记

引　子

绢寿八百，纸寿千年。

——古书画鉴赏俗语

端冕中天，垂衣南面，山河一统皇唐。层霄雨露回春，深宫草木齐芳。升平早奏，韶华好，行乐何妨。愿此生终老温柔，白云不羡仙乡。

——洪昇《长生殿·定情》

如是我闻。一时，佛住王舍城耆阇崛山中，与大比丘众万二千人俱，皆是阿罗汉，诸漏已尽，无复烦恼，逮得己利，尽诸有结，心得自在……

——《妙法莲华经·序品第一》

一

光绪三十年，正月刚过，冷峭的朔风依然在京城四野肆虐，灰茫茫的山川田野毫无新绿，一派冷寂萧索。四九城的老少爷们守着“春捂秋冻”的老规矩，裹得严严实实，街面上花花绿绿的贴纸和福字，尚有新年的余温。

民间如此，可朝廷里的诸王贝勒、宗室亲贵、文武百官丝毫没觉得冷，反而蠢蠢欲动，都憋着劲儿呢。尤其是内务府衙门里大大小小的奴才们，都鼓着腮帮子翘首以待。

为啥？今年正是大权在握的慈禧老佛爷七十万寿。老话说人到七十古来稀，大清立国以来，活过七十岁的主子有几个？不趁这机会热闹热闹，老佛爷心里也懊恼。内务府是皇室最嫡系的包衣家奴，伺候主子们吃喝拉撒，跟肚里蛔虫一样，既跟主子贴心，也知道主子所思所想。更重要的是，他们也想大捞一票。

内务府发财的路子颇多，虽然洪杨之乱以后，皇室收入一年不如一年，可架不住内务府有高人，主意多。只要有个说得过去的“题目”在主子那里“恩准”，什么大婚、大丧、大典、大庆，随便弄个几百万银子还不跟玩儿似的。

尤其是庚子之乱以后，内务府天天哭穷，好些年没办过“大差”，大小奴才们嘴里都“淡出鸟”来了。这群黑心烂了肠子“饿”了好几年的奴才们，终于等到了老佛爷七旬万寿这个千载难逢的“大题目”。再者说现而今万岁爷被软禁在瀛台犹如囚犯，丁点儿做不得主，头些年那些爱发议论、成天介左一本右一本跟乌鸦聒噪似的劝两宫国难当头要勤俭节约、为国为民的清流党、书呆子们，也被乾纲独断精明老辣的老佛爷，杀的杀，罢的罢，流放的流放，横扫一空。此刻朝廷里这些大人老爷，都是懂事儿听话的，谁还敢瞎咧咧？因此大家伙都铆足了劲儿，要八仙过海各显神通，大捞特捞一番。

上上下下左左右右心里都火炭似的巴望了好久，题目有了，可出题的人却迟迟不发懿旨，这可叫满朝文武丈二和尚摸不着头脑，犯了难。

据宫中李总管传出来的消息说：不是老佛爷不想热热闹闹过七十万寿，只是最近有些忐忑不安，心神不定。原来年高倦勤的慈禧老佛爷不知是打哪听来的消息，她自己逢十的大寿，跟大清国运犯冲，一旦大操大办，大清国有大灾大难！因此老佛爷对办不办七十万寿大典，着实拿不定主意呢。

这话一传出来，跃跃欲试的众人顿时心凉了大半截。明摆着吗，能说这话的，必然是高人！因为这话一点儿没错，仔细回想，自打咸丰爷归天，凡是遇到老佛爷逢十的大寿，大清国准得出事：她三十岁生日，曾文正公率中兴名臣们刚平定了洪杨之乱，老毛子就变着花样连骗带诈，割走了大清西北四十多万平方公里国土；四十岁生日，小日本因为琉球一事找上门，明里暗里坑了朝廷一把不说，到了年尾，她亲儿子同治皇帝一命呜呼。

到了她五十岁生日，中法战争爆发，大清辛辛苦苦筹办多年的福建水师全军覆没，来了个“不败而败”，贻笑天下。六十万寿更甭提了，朝廷使出吃奶的劲头，预备了一千多万两银子，要给她筹办一场足以比拟乾隆爷八十万寿的大典，哪知小日本又打上了门，这下不仅连苦心经营多年的北洋水师全军覆没，日本鬼子一路打到了山海关，万寿大典无奈泡了汤，末了连台湾省、澎湖列岛也被小日本割走，还赔了日本人两万万三千万两白银，闹得大清灰头土脸颜面尽失。

不少人传说：大清入关之际，惹怒西山十妖，这群妖精都是久修的真灵，绝不肯善罢甘休，所以轮流变化，投胎转世祸害人间。老佛爷的真身，便是西山十妖里的千年狐狸精，专门重用奸佞，残害忠良，闹得九州大乱，四海不宁，来倾覆大清天下。

这种说法尽自在民间悄悄流传，也有那好事的拐弯抹角上奏天庭，老佛爷闻言更是又惊又怒，加之逢十大寿的忌讳，把那过生日的心气泯灭了一大半。她不发话，下头的奴才们不好张罗，便有懂事儿的几位王公大臣领头凑了一份重金送给了李大总管，请他代为说项。

还不错，李总管收了钱真给办事，到了二月初，懿旨终于下来了：既然诸王贝勒、内外王公大臣多次吁恳举办万寿大典，忠心可嘉，不好推辞，只得恩准，不过要以六十万寿大典标准办理，不许过于“奢侈华丽”，一定要“庄重俭朴”，钦此。

内外王公大臣得了旨意，登时欢天喜地兴高采烈，都放下手头的政务，狗屁颠儿地到处搜罗金银锦缎、奇珍异宝预备上贡，以表忠孝之心；内务府的奴才们更是欣喜若狂手舞足蹈，见天地查会典、找成例、调阅旧档、开单子、算银钱、预备公事和采办头目，忙得人仰马翻，不亦乐乎，越发比过年还热闹。

王德如风，民德如草。上头这风一传开，好嘛，这初春的冷酷的天气也转暖了，京城里爱看热闹的老少爷们都舒展开了身子，露头露脸，跟着喜气洋洋，欢欣鼓舞。四九城打扫得干干净净，各处张灯结彩，除旧布新，净水泼街，黄土垫道，一色鲜花着锦、烈火烹油。像平日里爱看菜市口砍头杀人一样，老少爷们也铆足了劲儿，预备着"恭与盛事"，共同欣赏这幕千载难逢的大热闹。

京城如此，各省各府因给老佛爷预备七十大寿，那些贪官污吏劣绅爪牙宵小们，正事不干，借着万寿大典名义，一窝蜂似的四处搜山检海，挖地三尺，巧取豪夺，横征暴敛，敲骨吸髓，大肆扰民，不知多少商民流离失所倾家荡产，闹得各地人心惶惶怨声载道。这些事儿，朝廷自然视而不见充耳不闻。

俗话说乐极生悲，本来普天同庆的大喜事正热热闹闹筹办呢，平地一声雷，震得惊天动地：老毛子和小日本在大清东北开了战，两下里打得你死我活难解难分！老佛爷七十万寿大半又泡了汤，气得她龙颜震怒，可又不敢得罪虎狼，只好下旨"局外中立"，把王八脖子一缩，眼不见为净，装起了和事佬。

外省各地见状也不敢再张罗，只得偃旗息鼓冷清下来，把搜刮来的奇珍异宝车来载量运到京城，说几句吉祥话，算是交了差。只是四方有识之士气愤难平，特大书一联，"恭祝万寿"，写的是：

今日到南苑，明日到北海，何日再到古长安？叹黎民膏血全枯，只为一人歌庆有。

五十割琉球，六十割台湾，七十又割东三省！痛赤县邦圻益蹙，每逢万寿祝疆无！

此联一出，震动全国，四海皆知。这"一人有庆""万寿无疆"本是历来颂圣佳句,不想这位高人改动了一下顺序,便成了辛辣讽刺之话,简单明了通俗易懂,上至读书士子,下至商民百姓家喻户晓。朝廷下严令查办,可传话的人太多,上哪儿查去?

京城自然也不例外,老少爷们议论纷纷,想看看“大热闹”,不料真出了“大热闹”,不由感叹:真是人算不如天算! 那年头,说话做事规矩大,忌讳多,可议论这种话的地方也有,一个是宣武门外北半截胡同的京城八大居之一的广和居,冠盖云集,朝官士庶喝酒聊天的最佳场所;再有一个,就是京城士子书生雅游之处的琉璃厂了。

“来点佐料,您诸位说,啥叫‘祝疆无’?”琉璃厂西街的郑家老豆腐摊上,吃客云集,五十来岁的掌柜老郑忙得满头大汗,一面给热气腾腾的大碗里雪白如玉的豆腐上添佐料,一面跟客人们聊天。这也是京城做小吃的规矩:再忙,也不能冷落了照顾生意的老食客。

老郑的老豆腐,南城闻名遐迩,尤其在琉璃厂一带,鼎鼎有名。原来这处地界,是文人雅士们常来常往的地界,等闲的饮食买卖,绝不能在这里掺和。所以琉璃厂东、西街面包括串货场,只有卖茶的,没有卖吃食的。要买吃食,必得出了这条街,往宣武门、北半截胡同来寻。

老郑这豆腐摊子却不然,打他爷爷那辈,便在此摆摊做买卖,跟琉璃厂西街隔着大概十几步,搭了个小棚子,里头都是散座,粗木的桌椅板凳,粗瓷粗锅,守着琉璃厂做买卖,已然三辈人喽。而言谈举止都文雅的来客,非常喜爱这小摊,并不为这老豆腐的味道多么独一无二,图的是个方便。

虽然就隔了十几步远,可老郑心里有数:他不算琉璃厂的人,人家里头的人,都是识字有学问的,连伙计们说话都会说之乎者也,岂能不敬着点?尽管有人劝他到街里去摆摊,他这小摊守着本分,几十年没挪窝。来往的文人雅士、客商和掌柜伙计们,每当逛累了,肚子饿了,便溜溜达达到这儿,要一碗老豆腐,再配上点油炸果子,芝麻烧饼,大口大口吃下去,是相当痛快的享受。因此郑家老豆腐,成了琉璃厂一日不可或缺的生活调剂,或许在古色古香的钟鼎礼器、古墨书画的大雅中,老郑的老豆腐,就是绝不能缺少的油盐酱醋带点烟火气的“佐料”呢。

“我说郑爷,您问这个干啥? 您呐,做好了您的老豆腐就得!”说话的是宝古轩的小伙计柱子，虎头虎脑，正往嘴里扒拉老豆腐。老郑摊子上的食客，最多的就是各家店铺的大伙计小伙计，有时候铺子里的饭吃腻了，便来老郑这儿换换口味。埋头大吃的小伙子多，热气腾腾的棚子里更显得热闹。

老郑憨厚笑笑："这不是闲聊嘛。我听见好些个逛琉璃厂的老爷们说这话，也没闹明白什么意思。芝麻酱？来，自己搁。"

"这个事，我也听我们掌柜的说了，这话是打上海传过来的。上海您知道在哪吗？那可是大码头呢！"有个伙计擦了擦满头大汗笑道，"写这对联的绝对是高人呐。为嘛呢？"他神秘兮兮扫了眼众人，"这用的是嵌字联，把老佛爷的年岁和那年发生的祸事给写一块儿，妙手天成，真叫人佩服！不过，咱们还是少说为妙，多吃饭，少说话，哪朝哪代也不惹祸！"

几个小伙计闻言直乐，忍不住纷纷议论，把肚子里那点墨水和听来的小道消息往外抖搂。柱子呼噜呼噜吃完一碗，又朝老郑一递："郑爷，您再赏一碗！""得嘞！还是多搁辣椒？"

柱子点点头，冲其他几人挥了挥拳头嗤笑："你们瞎嘚嘚什么呀！忘了铺子规矩啦？其实老佛爷万寿，大人老爷们吃肉，咱们琉璃厂跟着喝的肉汤最多！您那油炸果子再来两根，对，要大个的。为嘛呢？"他吭哧咬一口油炸果子，说："一来凡朝廷大典大庆，谁不上咱儿这买各种如意上贡？平日里各铺子里那点货，不趁这机会清一清？二来外省督抚大人们进京朝贺，不得给军机、内阁、部院大人们送点节敬？这也得来咱们这儿找寻。三来给宫中进贡，那礼单打头的都得有历代名人书画文具，叫'雅礼'，京城里也就咱这儿有。今年别的铺子我不知道，我们宝古轩可出手了一批货呢。办不成万寿大典，咱们琉璃厂也算少喝不少肉汤呢！"

"柱子这话没错。我们雅汇堂也这样，那头保德堂卖的字画古墨最多！都是仿的，什么吴道子、宋徽宗、张萱、李成，全是大名头，瞅着都吓人。反正老佛爷也看不懂，也不爱这些，扔到库里不定烂成什么样呢。"

众人七嘴八舌喋喋不休正说着，柱子吃完两根油炸果子，却看着自己手中的青花大碗一怔，仔细瞅瞅又想了想，立马起身赔笑："郑爷，瞧我这脑子。我师哥还在铺子里等我呢，他守铺子出不来，想您这老豆腐好几天啦，我想再买一碗，端回去给他吃完，再把碗给您送回来，成吗？"

老郑忙得七手八脚，头也不抬地笑道："成啊，你小子怎么客气起来了？咱都是老街旧邻，大家伙都是老照顾主，这点事有啥不成？赶紧的，我给他盛满喽，快端回去，趁热吃！果子烧饼要不要？"

"再来俩烧饼吧。"柱子笑嘻嘻地把烧饼揣进怀里，小心翼翼接过碗捧着，冲众人点点头大喇喇地说，"诸位先吃着啊。"说完他转身就走。刚走了几步，就听有人中气十足喊道："柱子！干啥去？站那等会儿！"

二

柱子一瞥，心里就是一紧：妈呀，他怎么来了！这当儿，由打街里晃晃悠悠走过来一位。这人身形瘦小，抹子眉，枣核脸，招风耳，脑后垂着根拇指粗细的小辫，乍一看四五十岁，离近了才发现，也就二十七八，长得老相，可一双晶光四射的瑞凤眼顾盼神飞，鼻梁高挺，架一副圆咕噜咚水晶眼镜，薄嘴唇挂着淡然微笑，一身宝蓝绸大褂穿在他身上，跟道袍似的迎风摇摆，双手抄在袖子里一脸玩世不恭。

摊子里的伙计们纷纷点头招呼，那人看也不看柱子，直奔老郑："郑爷，今儿我可来晚了，您看着给掂对？"

"哎哟，吴掌柜！您快坐，我还琢磨呢，您今儿可真来晚了。还是老样？一大碗老豆腐，佐料都要多加辣椒，再来一根果子，一个芝麻烧饼？您来可是给我增光添彩啦，您说，八大堂八大楼八大居，您哪儿不能吃？专爱我这老豆腐，哈哈。多咱来了客人我一说您常来，好嘛，人家都羡慕呢。"老郑笑吟吟赶忙端来一大碗热气腾腾的老豆腐，"您先吃着，佐料您自己加。"

"得嘞，忙您的郑爷！"吴掌柜见了这碗老豆腐，好似孩子见了久违的糖豆，接过来先深深吸了一大口热气，微笑道，"郑爷，您说这话我爱听，可您说的也有不对。为嘛？萝卜白菜各有所爱呐。八大堂八大楼有什么好吃？坐在那儿拿拿捏捏假模假式酸文假醋，您瞅您这老豆腐，雪白鲜嫩，烂软如绵，酱豆腐汁、韭菜花、卤虾油、芝麻酱、酱油汁，五颜六色香气扑鼻！就这卤汁，必得用张家口外的草地上的蘑菇，打雷时微微拱起立马采摘，再回来熬制，这才叫口蘑卤汁，等蘑菇钻出地面再用，那叫蘑菇酱！就这份讲究、口味，又哪里是八大堂八大楼能比的？吃着您这老豆腐，闭了眼一琢磨，咱北京城还是北京城。”

老郑闻言喜得眉开眼笑，伸出大拇指：“还是您吴掌柜的，真行家！真明细！那些怯勺只知道好吃，哪懂这么些讲究。得！我这谢您啦。”吴掌柜笑笑从怀里掏出个锡制扁圆酒壶，自己抿了一口递给老郑：“郑爷，来一口！”俩人老朋友一般，一口酒一口老豆腐聊得热闹。

老郑感慨，琉璃厂这些大掌柜二掌柜里，就是面前的吴掌柜最平易近人，平和正直。此人瞅着其貌不扬毫不出众还带点“滑稽”，可着实不简单呢。

吴掌柜，山东人，大号吴清远，字远飞，祖上也是几代书香门第，到了他父亲这代，逐渐没落，没想到出了他这位奇才。

据琉璃厂的老人说，吴清远小时候就聪明伶俐，智慧超群，三岁识字，五岁读书，八岁能挥笔写文章，只上了几年私塾，却下笔千言，倚马可待，小小年纪便被称为“神童”。更有趣的是，山东乡间书籍文墨并不多，吴清远从小却好古成风，好学成器，十来岁时，除了跟父祖下地干活，便是四里八乡搜寻古书字画，得到只言片语也如获珍宝，带回家一一订正收藏。他到了十四五岁，便学业大成，大凡经书典籍、诗词歌赋、稗官笔记、野史文集一一烂熟于心，默记成诵，除此之外，佛道内典、诸子百家、星象堪舆，甚至阴阳五行、测字相面也多有涉猎，年未弱冠便是当地赫赫有名的“小先生”。

满腹经纶、博学多才的吴清远十六岁中了秀才，不到二十便中了举人，等父母乡亲期待他科考连捷时，他在京城参加会试名落孙山以后，竟然不再考试，摈弃八股文，跟一个同年好友，做起了古董买卖！这可叫他的恩师及一大群师兄弟们大跌眼镜。别人不晓得，琉璃厂的老人们倒是知道一二。

原来吴清远虽然走的是正途路子，然并非死读书只会应试的书呆子，天资又过于聪颖，又饱读诗书，性情恬淡洒脱，不拘小节，耿介正直，不免沾了些“名士”气息，看不得官场中那些见利忘义、蝇营狗苟的腌臜事。他常以五柳先生、东坡居士自居，来京应试那年，跟京城有名的周大学士的儿子周公子意气相投，成了莫逆之交。

周公子也是以“名士”自居的书香大家子弟，平日里也好古成风，风流潇洒又爱京戏，俩人十分相得，便结为兄弟。周公子提议，既然都是好古之人，不如在琉璃厂开个铺子，做买卖在其次，有了自家的铺子，便可收集古籍书画，跟五湖四海的文人雅士来往交流，很是方便，再者兄弟们可以一起做些喜欢的事业，岂不是一举三得？

吴清远自然求之不得，便由周公子出资做东家，他亲自主持，在琉璃厂西街开了家“格古堂”，这铺子名字，是从《格古要论》撷取而来。周公子是个甩手大掌柜，除了呼朋唤友来聚会清谈，兄弟们一起看戏喝酒、欣赏书画，任事不管，全交给了吴清远。年纪轻轻的他，便成了琉璃厂最年轻的掌柜。起初有些老人还窃窃私语，都觉着周公子和吴清远俩人纯粹是年轻人瞎胡闹，跟票戏一样，开个古玩铺子做古玩行的“票友”，哪知年纪轻轻的吴清远在琉璃厂这几年，凭着渊博的知识、广博的见闻和独特的鉴赏眼光，做了几件漂亮买卖，着实叫众人刮目相看。

加之他虽博学多才，可从不拿大，不矫情傲慢，说话办事总透着平和谦厚，更令人敬佩。

老郑喝了几口酒，赶紧忙活去了。吴清远酒量不大，被面前的老豆腐热气熏得心里发痒，雪白的豆腐，醇香的美味，一勺入口，热乎乎绵软软，暖意十足，加上酸、辣、咸、麻各种佐料的味道融合一处，轻轻咽下去，口舌生津满口留香，舒坦！

柱子端着碗木头杆子似的站在一旁，腿都麻木了，可丝毫不敢动弹，也不敢说话。行里规矩大，但凡做伙计，即便升到大伙计，也绝不敢跟掌柜的呛呛，即便不是自己家掌柜的，只要是一个街面上的，掌柜的一张嘴呵斥批评，伙计们也得乖乖听着。

连一起吃老豆腐的各家各户的伙计食客也纳闷：吴掌柜脾气虽有些古怪，可并不是爱生事捉弄人、板着脸严厉教训人的主儿，今儿怎么拿捏上柱子了？

老郑早就看出了端倪，瞅着柱子委屈胆怯的眼神和手里凉透了的老豆腐，知道吴清远方才话里有话，只是不明白他为何发作柱子，怕是里头有什么忌讳。半晌老郑才擦着手笑问:“吴掌柜,还添点什么不?”

“又是酒足饭饱呐! 不必了,郑爷,您今儿这老豆腐比前几天还香!”吴清远笑笑,回身招手,“柱子,你过来。”柱子这才如闻大赦,颠颠跑过来一鞠躬:“吴掌柜,您、您叫我。”

吴清远瞅瞅他:“知道我为啥叫你站住不?”柱子一哆嗦:“吴掌柜的,有什么做得不到之处,您多指教。我不知道。”

“哦? 不知道?”吴清远沉了脸,“你也是在铺子里干过多年的伙计了,聪明能干,若是今儿一时鬼迷了心窍,早说早了,郑爷也不是外人,若是执迷不悟,我叫你掌柜的来,你小子能兜得住吗?”

柱子闻言,汗珠子可下来了,两手哆嗦着直颤。这下周围铺子的伙计们也傻了,纷纷停了吃喝,只往这儿瞧。半碗茶工夫,柱子实在受不了吴清远的目光,咽了口唾沫,结结巴巴说:“吴掌柜,是、是我冒失,犯了小,您、您饶我一回!”说着话他把那只盛满老豆腐的青花大碗往老郑面前一搁,打躬作揖:“郑爷,今儿小的我对不住您! 给您赔罪!”

“嗯?”老郑也傻了,这都哪儿跟哪儿呀,平日里都是老食客,说说笑笑处得都像好朋友,怎么吴清远几句话,把柱子吓成这样? 他是实在人,赶忙阻拦:“别介别介,爷们,都是老街旧邻,老照顾主,有啥事不能说开? 我卖个老,比你们大,看你们爱吃我的老豆腐,就像看自己孩子们一样,吴掌柜,柱子,这到底为啥? 你们别跟我一个不识几个字的打哑谜啊。”

老郑一说这话,柱子低头顺眉像做错了事的孩子一样指了指那只大碗:“这、这碗,是古董。我刚才心里一、一迷糊,就想捡漏儿,拿回去收着,等再见了您,说摔了,赔您几个钱,这东西我就、就自己眯了。”

“啊? 古董?”老郑不可思议地拿起来上下左右看了一番,突然大笑,“哈哈哈,你这孩子看错了啊,这就是我打杂货铺里买来的,两个钱一个,多买还白饶了好几个,你愿意要,这里还有的是呢!”他指了指堆得老高的碗笑道:“我说吴掌柜怎么抽不冷子说这话,原来你想要我的碗呐,拿着吧,拿着回去用,都是小孩子,到京城来混饭吃,不易啊,快拿着。”

柱子懵懂了,瞅瞅老郑,又看看会意的吴清远,不敢接碗,眼圈一红冲老郑鞠了个大躬,匆匆跑了。众人不解,都低头吃饭。吴清远摇头笑道:“郑爷,您啊,这么做可不对。这是成化青花,至少值一百两。那小子眼力好,却贪心。捡漏无所谓,在行里也是常事,凭的就是眼力嘛,可兔子都不吃窝边草,打您这儿捡漏还不说明白,是有才无德,太不讲交情。我点他几句,就是叫他知道规矩。”

老郑笑眯眯点上京八寸烟袋,缓缓说道:“您说的都是正理,我还能不懂? 我虽不识几个字,还不知道你们行里这些人的能耐? 老话说什么人什么命,守着多大的锅吃多少饭,老天爷都是定规好的。我们家三辈在这儿摆摊,就爱干这个。看见这些人都爱我们这老豆腐,高兴,能赚口嚼裹儿,有俩闲钱就不错。您说,这碗值一百两也好,二百两也好,有了它我也富不了,没它我也穷不死,还不得全靠手艺过活? 人得本分,知道自己几斤几两,不本分又没那个命,不擎等着遭报嘛。孩子们年轻,脸皮子浅,一时犯小不为大错,一时糊涂吗,所以我刚才拿话遮掩过去,若是您一揭破,这孩子伤了脸面一时想不开再寻了短见,岂不是我的罪过? 您说是啵?”

吴清远一时没说话,老郑以为他不爱听呢,哪知片刻他起身冲着老郑作揖,伸大拇指笑道:“仁者之言,仁者之风! 我得给您作揖!”一番言语唬得老郑连连摆手。吴清远拱手道:“郑爷,这话就是现而今的读书人也说不出来喽。这么着,我替他做主了,这碗您留着,等他来了,就说我的话,送他,全了您这份心。”说罢他拿出张银牌递过去。老郑一瞅“一百两”仨字就是一惊,忙推辞,俩人缠磨了一会儿。吴清远陡然发觉包裹油炸果子的纸堆里有张字显眼,细细一扫便说:“您甭客气! 这么办,那张纸您递我,对,那张。”

老郑莫名其妙,取过来一看,是张皱皱巴巴的破宣纸,上头横七竖八乱糟糟画的不知是啥,疑惑道:“这也是古董?”

“算是吧,您拿着这银票,算是碗钱,心里不落忍,再加上这张纸就得啦。剩下的就当我来吃老豆腐的,咋样? 郑爷再推辞,可就显得矫情了。”老郑看看手里明显新鲜的纸,只是不信,拧不过吴清远,只得收了银票,把碗藏起来,等着柱子再来。

柱子毕竟年轻,回去以后,心惊胆战惶惶不可终日,到底被他师父刘掌柜看出来了,逼问之下,说了实情,气得刘掌柜大怒,狠狠骂了他一顿。刘掌柜先去老郑摊上赔了不是,老郑把碗塞给他说了原委,闹得刘掌柜更是坐立不安，自己徒弟办了这么件糟心事，还欠了吴清远一个大情分，咋办？只好再往回找补，于是他从紫檀博古格里找出本册子，用红布细细包裹好，来格古堂拜访。

格古堂一拉溜三间，东间安置着柜台，靠山墙一溜博古架子，西间小客厅，后头还有个小院。几个伙计正招呼客人呢，见刘掌柜气色腼腆匆匆而来，笑问："刘掌柜的，有什么事？"

"你们掌柜的呢？我特来拜访！"

几个小伙计相视一笑，说："在后头堂屋里看书呢，您自己进去吧。"刘掌柜一怔，这时辰看什么书？他知道吴清远平日里潇洒不羁不拘小节，又见小伙计们怪笑，便心里有数：吴清远可能在做什么可乐的事，便匆匆进来。

刚进院，就听堂屋里隐隐传来戏文声："……劝千岁杀字休出口，老臣与主说从头：刘备本是靖王的后，汉帝玄孙一脉留。他有个二弟汉寿亭侯，青龙偃月神鬼皆愁，白马坡前诛文丑，在古城曾斩过老蔡阳的头。他三弟翼德威风有，丈八蛇矛惯取咽喉，鞭打督邮他气冲牛斗！虎牢关前战温侯……"入耳浑厚嘹亮，颇有杨老板的韵味，刘掌柜紧走几步正要推门，屋里陡然变了调："操你娘了个腿，老不死的！你他娘算个什么玩意儿，你说你折腾个屁！不把大清国折腾完喽你个老东西就不死心是吧……"

刘老板吓了一大跳，以为自己耳朵出了毛病，贴在门上一听，里头果然是吴清远，一会儿唱几句京戏，一会儿破口大骂，连唱带骂，声调时大时小，时而激昂时而低微，也不知道正跟谁较劲。

等了半晌，里头唱骂声不绝，刘掌柜实在忍不住，轻轻叫道："吴掌柜？吴掌柜在吗？"屋里声音戛然而止，响起一阵窸窸窣窣收拾桌椅声，片刻回道："谁呀？谁在外头？"

"是我！宝古轩的老刘！"门一开，吴清远微笑迎了出来："刘老兄！哪阵香风把您吹来了？快请！"俩人进屋分宾主落座，刘掌柜偷偷四处踅摸，吴清远笑道："敢情您是来看热闹的？"

"不是不是。我方才仿佛听着您在屋里又唱又骂，以为有客人呢。原来就您一人？""可不是就我一人！"吴清远递过一杯茶，早知他的来意，摆摆手："您是为了柱子那事来的吧？甭提，都在街面上做生意，小事一桩，那孩子机灵勤快，平日瞅着不错，今儿犯了小，您看在我和郑爷面上，饶他这一回吧。”吴清远便把方才的事说了一遍，刘掌柜羞愧难当，拱手道：“今儿可叫您看了笑话！若不是您，他把郑爷那碗弄回来，我也得狠罚他！干咱们这行，最忌讳心贪，有了歪心眼黑心，眼力再好，也是祸害！”

“甭说这个啦，您带的什么，叫我瞧瞧，哦，我这儿也新淘换来一张小画，请您瞅瞅。”吴清远心里有数。刘掌柜轻轻打开带来的包裹，取出一份册子搁在桌上笑道：“没别的，不能叫您白花银子，这是头些日子，俩老公偷偷送来的，您瞅着合适，您留下，当我酬谢您的。”

吴清远定睛一瞧，心中一动。面前是一本经册，黄绫面封面，华丽大方，上头靠左有题签，一行端楷小字：“赵子昂书道德真经。”轻轻翻开，纸张微微泛黄，一色端楷圆润劲秀，遒媚婉丽，流动生风。吴清远不禁点头赞叹：“是子昂的真本！好物件，刘老兄又得一件镇店之宝。”翻过来看后封尾页，里头一颗朱印漫漶不清，他仔细想了想点头说：“这部经，应该是供奉在大内天穹宝殿，专为玉皇大帝和三清祖师供养的，好，落到咱们手里，也算物有所归，不介叫太监们贱卖给挂货铺，那些不识货的还不委屈了它？您送到我这儿来，是让我鉴赏，还是……”

“当然是送您的！”刘掌柜诚挚拱手道，“不然，柱子干的这事儿传出去，我们宝古轩的牌子就砸了。请您收下！”吴清远自然严词拒绝，俩人推让半晌，他说：“不瞒您老兄说，赵子昂的书法，我这儿也有，没您的好，您这部至少也得五六百银子，我受之有愧。再说，我喜欢魏碑和李北海、东坡居士、徐文长、板桥先生的法书，变化万千，自成一家，跟赵子昂不是一路，您给我算是所赠非人。哈哈，您的心意我领了，这经文您拿回去，我这儿刚淘换来的也有一幅字画，请您鉴赏。”

刘掌柜见他说得头头是道，便道谢收起来。吴清远便从抽屉里取出方才从郑爷摊子上要来的皱巴巴的破宣纸，舒展开铺平，用镇纸压好，又取出自己写的两副小对子搁在两边，哈哈笑道：“刘老兄，您请看。”

刘掌柜瞪大双眼，上下左右一瞧，只见破宣纸上画着一只又大又丑满洲女人穿的花盆底鞋从天而降，既瞧不出笔法，也看不出风格，歪歪扭扭还是大新货。花盆底下面，歪七扭八用隶书写了几句话，他小声念道：“老夫避脚实堪哀，竭力经营避脚台。避脚台高三百尺，高三百尺脚还来！”下头也没有落款名号。刘掌柜摇摇头刚想说话，又盯了一眼花盆底鞋，勃然大惊，登时直流冷汗，惊愕道：“娘呀！这、这是谁这么大胆？敢情是嘲讽老佛爷！兄弟，你太冒失了！现而今是什么年头？你、你不要命啦！这玩意还不赶紧烧了！留着是大祸害呐。”

“哈哈哈哈，”吴清远潇洒大笑，“刘老兄，这字画不谈笔法气韵，可做得多好！烧它干啥？我还想留着传代呢！”

“可真有你的！老弟，你博学多才人尽皆知，可这脾气秉性，实在是……唉，咱兄弟关上门在家里说，若说这老太太也够狠的，没了这老太太还真不成，看来这字画绝非常人的作品，你可真得当心！”刘掌柜咋舌不已，又看那两副小对联，碗口大的魏楷，挥洒如意笔力雄健，点画峻厚精神飞动，写的是：天子万年，百姓花钱；万寿无疆，百姓遭殃！

吓得刘掌柜一屁股瘫在椅子上，瞠目结舌指着吴清远：“你、你，可真吓死我喽！赶紧收起来，收起来！老弟，幸而如今不是康雍乾三朝，不然就凭你写的这些字，那就是灭门之罪。你这儿有酒没有？赶紧给我来点压压惊。”

吴清远瞧他胆战心惊，不禁大笑，拿出酒壶俩人喝了一通。刘掌柜这才稳住心神，熏然说：“唉，好端端的七十万寿，老毛子和小日本一交战，办不成喽。咱们的生意自打庚子之变到如今，这才刚有点起色。难呐！”

吴清远不以为然：“守着四九城这一亩三分地能有多少好物件？贵重的呢，不是藏在宫内王府，就是在各位大人老爷先生手里，尤其是‘上谱’‘著录’的，能到咱们手里？您以为都跟内务府赵小山似的，仗着官身，辛丑年发了一大笔横财？咱们还得出去四处走走，各地踅摸，乡野山林里，不定有好物件呢。不过也别叹气，您瞅着吧，就这些主儿，靠着大权在握、铁杆庄稼骄奢淫逸，不定什么时候就塌了架，到时候当铺和咱这行，准能兴旺几年。”

“哟，老弟，这话可小点声！”刘掌柜摆摆手，“大清是万年的江山，哪有你说的这么快？我仿佛听见前辈说，什么十帝在位九帝囚，还有一帝在幽州。这么算，大清国至少有二十位万岁爷，有这话没有？”

吴清远扑哧一笑：“怎么没这话？这事我也听了一耳朵，是顺治爷那朝的事，顺治爷亲政那年，哲布尊丹巴呼图克图大喇嘛进京朝贺……”

这位黄教大喇嘛非比寻常，也是黄教大活佛之一，历代转世，掌控漠北、漠西蒙古诸部黄教，据说神通广大，能知过去未来之事。朝贺已毕，精通佛法的顺治爷在瀛台赐宴，二人相谈中，顺治爷问道：“大喇嘛，听闻你能知过去未来之事，今我大清定鼎中原，尚未一统寰宇，不知我朝国祚如何？大喇嘛可否指教一二？”大喇嘛闭目凝神片刻，缓缓言道：“我身不缺，我国不灭。”

顺治爷疑惑问：“大喇嘛神通广大，转世无穷，必然金身无缺，既然不缺，莫非我国有万世之业？”大喇嘛想了想，说：“十帝在位九帝囚，还有一帝在幽州。”顺治爷默算国祚，以为能传二十代，远过历代，不由大喜，遂命人秘记……

刘掌柜静静听完笑道：“是啊，十九加一，可不是二十代吗？算起来，如今光绪爷才九代，还早呢。”吴清远摇头说：“也不能这么说。真人谶语，天机因缘，往往在只言片语中含有深意，比如‘我身不缺，我国不灭’这话，大有玄机，只是殊不可解。如今光绪爷虽是第九代，可真应了‘九帝囚’这话，我看，没有咱们想的加减年头那么简单。今儿聊多了，我得出去照应生意，刘老兄，咱们改日再谈吧。”

刘掌柜忙起身告辞而去。本以为吴清远说出门踅摸古董是说着玩呢，这乱麻纷纷的年月，最安逸舒服的就是北京城，再说虽然明发谕旨不再举办万寿大典，可满朝文武依然不敢怠慢，暗中的恭贺、送礼一直忙活得热火朝天。没想到几天之后，琉璃厂的人都听说，吴掌柜换了便装，背着褡裢，一个人潇潇洒洒出了京城，到外地寻幽览胜、寻觅珍稀古物去了。

三

且说吴清远出京，一路往西南而来，穿州过府，晓行夜宿，遍游直隶山川，这一日，来到了正定城。正定乃是直隶一座千年古城，古称常山郡，后改真定府，大清雍正年间，因避讳世宗雍正爷的名讳，改称正定府，下辖一州十三县，历史悠久，历代为燕赵之地的名城大郡，古迹众多。

吴清远经过这么多地界，褡裢里还是空荡荡，并无一物。其实他受不了京城的热闹，跟周大爷告了假，出来游历一番，顺便收点古董古物。哪知各地古迹甚多，历经岁月，大都年久失修，各处民生凋敝，沿途也并没有什么古董珍奇宝物，那些零零散散的普通物件，他又瞧不上眼，因此出京半个多月，仍然一无所获。

虽是风尘仆仆，远离了京城热闹繁华，吴清远心里倒是畅快许多，也不在乎收没收东西。正定府三街八巷倒是很热闹，街面上熙熙攘攘，人来人往。这一日是庙会，众多大红大绿的大姑娘小媳妇儿和裹脚的老婆婆，都带着香果，往城内东门里街隆兴寺进香许愿。

吴清远住的客栈，正在东门里，离得也近，早上洗漱一番，一面吃早点，一面问店小二："这里有什么古迹去处？"

店小二一看就是个精豆子，赔笑道："爷，您算问着了！咱们正定府，那是寺庙古城，您是京城来的吧？不敢瞒您，咱这儿的寺庙，连北京城都比不上呢！"

"哦？"吴清远咬了一口当地有名的香喷喷的驴肉火烧笑问，"何谓寺庙古城？怎么连北京城都比不上呢？"

"那是的呀，咱们这儿，城内城外遍布名寺古刹，打小我就听老人们说，正定古庙数不清，唐修寺，宋修塔，元明庙宇夸一夸，九楼四塔八大寺，燕赵第一不掺假！您就说不远处的隆兴寺吧，那是隋朝开皇年间修的，宋金元明历代多有增建，辛丑那年，老佛爷和万岁爷回銮京城，还特意赏了一万两银子，又赐了御笔匾额呢。这是头一个有名的，还有天宁、临济、开元、广惠、崇因、洪济、镇海、太平，都是隋唐以来的古刹大庙，这是说城里的。城外呢，有观音寺、三圣、文殊、同庆、兴国也来历不凡。这说的还都是有名的呢，现而今坍塌无存的还有上百个，您若是想游览一遍，没两三个月跑不过来！"这小二口齿伶俐，掰着手指如数家珍滔滔不绝，说得吴清远起了兴头，笑道："隆兴寺我早有耳闻，《日下旧闻考》说，京城西苑三海里的阐福寺，就是乾隆爷仿照隆兴寺修建的大庙，今日倒要去开开眼，顺便再去城外走走。"

小二笑道："那可好，一瞅您就是知书达理的先生，您四处看看，就知道我说的一点没假。不过这天瞅着阴沉，您可早点回来，别刮风下雨淋在外头，再说城外晚上也……”说到这，他一皱眉猛然收住话头，一笑，说：“我们这儿晚上有给各位老客预备的酸辣汤、烫面饺子、马家卤鸡、崩肝儿、熏肉、缸炉烧饼，您早回来烫烫脚，吃着喝着歇歇，岂不舒坦？”

“你这小二哥好口才，好，我逛一逛就来。”说着他起身背了褡裢，随手赏了小二几个铜钱，匆匆出了客栈，往隆兴寺而来。

这处隆兴寺果然是敕建古刹，中为大庙，东为僧舍，西为行宫，三路延伸，巍峨雄壮，气势磅礴，山门上一块闹龙宝蓝金匾是圣祖爷御笔：敕建隆兴寺。一路走进来，桂殿禅宫，金碧照耀，苍松翠柏，草秀花香，高楼凌空，飞檐陡峭，宝鼎香烟红雾环绕，舍利生辉金身璀璨。吴清远在正殿进了香，一路瞻仰了戒坛、慈氏阁、转轮藏、御碑亭、御书楼，进了大悲阁。

因辛丑年老佛爷下旨赏银重修，大悲阁里焕然一新，巍峨高峻的楼阁上一块金字大匾：大慈大悲，就是她的御笔。正中供奉的，便是铸造于北宋太祖开宝年间，高达四丈九尺的千手大悲菩萨金身巨像了。金身遍体贴金，形态神妙古朴，瑞化无穷，璎珞衣带颇有晚唐风韵，堪称国宝。

花了一上午工夫，吴清远兴致勃勃地才算粗粗游览了这一座庙，中午随意在街上吃了点饭食，下午又游览了临济、天宁、开元等古刹，有些古刹早已破败，只留宝塔巍峨，青砖残旧。他感慨一番，看了些历代石碑，瞅瞅天色还早，想起店小二说的城外还有古庙，便出城寻幽览胜。

城外风景与城内迥然不同。起初走出二三里地，挨着城关的地界，车马辐辏倒也热闹，再走出四五里，就到了郊野。四野一马平川，星星点点有春耕的农人们在田地里辛劳，沧溟天空下，村落隐约，荒山萧索。再往前行，灰蒙蒙黝紫的杂树丛林一片片与天际相接。近处道路没了官道，灰土夹杂着细碎石子拧成了一条条千百年来的车辙印，树丛中荆棘杂草乱蓬蓬肆意生长，鸟雀草窝高悬，不时有扑棱棱惊起的鸟雀乌鸦，盘旋飞舞，在乱石荒山间鸣叫。一簇簇荒坟裸露出来，怪石杂树，显得格外凄凉。极目之处，一片片淡淡雾气冉冉而升，飘荡于猎猎带寒的春风里，只有脚下草旮旯里顽强生出的一丛丛碧草，给这荒野寂寥增添了些许生气。

吴清远不知走了多远，回头早望不见城厢，前头连个村庄也不见了。四周不是密匝匝野树林，就是荒丘乱石。他左转右转，果然找到几座坍塌不存的寺庙，看看风化的石碑，有隋唐，也有宋金，都成了砖瓦遍地、蛇鼠成窝的废墟，不禁凭吊叹息一回，看看天色不早，转身想回城，可再也找不到来路了。

天边的太阳懒洋洋如红丸子一样缓缓西坠，惊鹊鸣枝，面前的荒山野林好似成了大迷宫，一转弯又是一座小丘，匆匆过去，小丘变成了乱石小溪，绕来绕去，天色越发黯淡。吴清远慢慢冒了冷汗：这是迷路了，咋办？他想找个人问问吧，哪知四野并无人家，连个樵夫牧人也一个不见。

又过了一会儿，天边呼啦啦涌来大团大团的乌云，四下山风朔朔，草木拂动，眼瞅着天就黑了。吴清远有点慌，摸了摸褡裢，里头装着些从正定街里买来的零嘴，身上内兜里还带着几张银票，可在这荒山野地，没人家没客栈，想找回城连个道路也没有，自己又是个手无缚鸡之力的，万一碰上强人、野兽，那可坏喽！他又瞎转悠了几圈，九霄中大团的黑云慢慢遮蔽了星月，冷风呼啸吹得他连连寒战，云层里隐隐传来了雷电声。

“坏了！要下雨。”吴清远如热锅上的蚂蚁似的心急如焚，悔不听店小二的话，这当儿可怎么办？正急得团团乱转，忽听汹涌而来的朔风大作，吓得他闪身躲到一棵大树后头，喘息了片刻，抬头一看，地下青石条崩裂，逶迤而去，仿佛是条道路。

“轰隆隆……”天空上传来阵阵巨大的闷雷声，他不敢再耽搁，深一脚浅一脚顺着歪歪扭扭崎岖不平的青石道路，一直往前，想着即便不能回城夜宿，也得在大雨来临前找个遮风避雨的落脚之地。吴清远急匆匆赶路，脚下一滑摔倒在地，好容易起身，却发现前头密匝匝野树盘根，枯藤盘绕，一簇簇乱草荒枝，悬崖高耸，峭壁巍峨，藤萝密布，薄雾淡淡，早已不见了青石路，更不知身在何处。他又惊又怒，忍不住连连跺脚，眼神一瞥“嗯？”却见密丛丛乱草野树藤蔓深处，隐约显出一角飞檐。

据他的见识，那处所在，定然是山野中的宫观庙宇，进去或能借宿一宿。他忙紧紧腰带，望着飞檐钻进了密林。空气又潮又湿，吴清远抹了一把热汗，一袋烟工夫，借着九霄云中一阵阵雷电忽明忽暗的光，终于找到了这处所在，喘着粗气抬头一看，登时心里凉了半截！

原来面前乱石野树中，是一座早已荒废的大庙，山门三间坍塌了一大半，门墙东倒西歪，朽木残砖零落，碎瓦遍地，门前道路接上了方才的青石路，只是七零八落酥裂崩坏，密密麻麻的藤萝野花从中钻了出来。单檐歇山顶的山门下斜挂着一块鼠吃虫咬的泥金巨匾，金色剥落满目凄凉，隐约五个大字：敕建大历寺。

“大历寺？”吴清远站在残垣断壁蛛网狼藉的山门里琢磨，“没听店小二说起这座庙啊，看这模样足有几百年了，确是一座古刹。”他不敢乱闯，往里观瞧，殿阁坍塌，长廊倾颓，地面苔藓乱草凄迷，蓬蒿满径，歪梁断柱，荒草丛丛。他想了想，壮着胆子喊道：“请、请问有人在吗？”声音回荡片刻，他又问：“请问，庙里有人吗？”

连喊三声，他这才张望着进来。这倒不是因为他胆小，吴清远虽是文人出身，生性却坚毅顽强，豁达大方，加之耿介正直，并不怕什么。只是听当年行走过江湖的朋友说过，大凡荒山野岭远离城镇的古庙宫观，多有玄机，即便有僧道出家人，也务必小心谨慎，万一碰上绿林豪杰，还能对对“切口”，如果遇上些邪祟凶魔就麻烦了，不是有句老话：日落山，鬼进庙吗？

吴清远小心走了几步，连喊了几声没人应答，便沉住心，刚走到坍塌不存的大雄宝殿前双掌合十要礼敬一二，就听身后阴沉沉传来一句：“这位先生，何故闯到此地来了？”他猛一转身，奇怪，院里出现了几个破衣腌臜、面黄肌瘦的和尚！

这几个和尚枯眉丧眼，神情萎靡，僧衣褴褛，簇拥着为首的一个老和尚，老和尚冷脸盯住吴清远上下打量。吴清远疑惑不已，也不敢细问，忙说明来意，并说：“诸位师父，天色已晚，我在此借宿一夜，绝不敢打扰师父们的修行，明天一早就走，到时奉上几两银子，算是给诸位的香油钱，请行个方便。”

几个和尚没精打采不言语，都看那为首老和尚，他却撇嘴摇头：“不妥不妥。此地不是好来处，还是请先生赶紧走，再找借宿之处吧。”

吴清远闻言心里一沉，忙作揖道：“俗话说，佛门乃方便之门，与人方便与己方便。诸位既然在此修行，也是得道高僧，此时天色已晚，又将有雷雨，怎么把我往外赶呢？还是请行个方便，明天我一早就走。”

央告了几遍，那老和尚唉声叹气只是不答应，言语中仿佛有什么话不好说出口，闹得吴清远也烦了，只好往砖地上一坐，耍赖道："我是走不动啦，诸位师父要赶，就把我扔出去，你们平日里不是把'慈悲'二字挂在口头，莫非还要动粗吗？"

老和尚琢磨了半晌，叹息道："这位先生，你可错怪我们啦，荒山野岭又遇风雨，你在这儿住一宿倒也无妨，只、只是……"老和尚结结巴巴："只是怕你有什么闪失，我们不好承当。"

"嗯？"吴清远笑道，"这里是深山古刹，又是佛门净地，还有师傅们在，怎么会有闪失？再说我一向心正胆大，不怕什么邪乎事，师父就答应了吧！"

"也罢。"老和尚摇头闷闷不乐说，"你随我来。"说完老和尚也不管他，只领着几个和尚往后面就走。吴清远放了心，背着褡裢随后而来。穿过三层坍塌零落废墟大院，直到第四层院里和尚们站住，老和尚挥手叫他："先生，这里来。"他随手一指第五层院落："这里头的藏经阁是庙里唯一可住的地方，先生如不嫌弃，在里头住一夜，明天一早赶紧走吧。只是有一言嘱咐。"

"请说。"吴清远一瞧，院里也是梁柱倾颓，破砖烂瓦遍地，古树藤萝蔓延，连个插脚的地方都没有，荒草野径深处，一座面阔五间三层的高阁耸立，梁柱半塌，蛛网环绕，飞檐斗拱歪歪斜斜，摇摇欲坠。

老和尚忧心忡忡："这里住是住得，不过先生孤身一人，切记，一定要在第三层最高处安歇，晚上无论在阁内听见什么动静，千万不可开后窗，只管安睡。第二，无论有什么动静，别慌别怕，晚上千万别下楼阁，也千万不可在院里走动，明天一早，鸡叫三遍后方可下楼，赶紧离去。"说完他双掌合十致礼。吴清远无奈只得答应，还想张嘴问一句有饭食吗，那几个和尚歪歪扭扭早已陪着老和尚离去。

"真怪！这群和尚好不知理！连顿热茶斋饭也不知送一盘，油灯也不知给一盏。"吴清远嘀咕道。他借着残星晓月阴灿灿的光，踏入院落，低头弯腰绕过荆棘藤蔓参天古树，来到藏经阁前。嗬！门前一股浓重的腥臭腌臜气，熏得他直想吐，阁楼正中也悬着一块金色剥落木质崩裂的大匾，三个颜体大字：藏经阁，后头落款隐约有年代，他踮脚看了半晌，院里实在太暗，也就算了。他走进阁楼，妈呀，底层空荡荡，堆满了乱石碎砖，尘土足有半尺多厚，能没脚面，碗口大的蛛丝密密麻麻绕得层层叠叠，白惨惨很是瘆人。黑洞洞的楼阁空间很大，他东找西找才找到了楼梯口，小心翼翼踩着满是尘土烂泥的楼梯“嘎吱嘎吱”上了楼。

四

第二层楼阁更黑，丁点光亮不见，吴清远有些心慌，摸摸索索摸到了一些碎烂的破木头，上头黏糊糊不知粘的什么，弄了两手腥臭。接着他又上了第三层楼阁，透过塌了小半的屋顶露出的些许星光，隐约能看清了。阁内五间是打通的敞间，东边断瓦残垣，几根朽坏的梁柱，满地狼藉乱糟糟堆着破烂溜丢的木橱木柜，灰土遍布。里头空无一物，门窗桌椅也早已朽烂成灰，还有些仿佛是经书的乱纸被不知多少年的风吹雨打蹂躏成一团团烂纸。靠西比较完整的两间虽然也脏兮兮蛛网遍布，但头上的屋顶还好。正北是一座朽烂的木头佛龛，里面黑乎乎供着不知什么神佛，下头是个三尺高的青石莲花座。佛龛前面一张朽坏的供桌摇摇欲散，上头摆的香花供果早已成灰，五供中的香炉里香灰堆积老高，两旁的蜡扦上插的婴儿胳膊粗的红烛还剩下小半截，黑乎乎不知熄灭多少年。

吴清远忍着恶心缓步走到佛龛前，先合掌礼敬，瞅了瞅不禁失笑，原来里面是空的，不过佛龛下面的莲花座倒是雕刻精细，细看上头浅雕山水鱼龙变化吉祥花果，花纹古朴，刀法大气，栩栩如生，绝非近代之物。他摩挲了一番，叹息不已：这物件至少是两宋年间的，可惜没人认识，在这儿任凭风化。他看见蜡扦，想了想，对着佛龛告了罪，拿起来看了看，是错金白银铸造，异常精致，虽然银色黯淡如铁，但瞅这工艺，也绝不是近代之物。

吴清远不禁纳闷：佛前五供，明朝以来多用黄铜青铜紫铜，名山大庙也不过用掐丝珐琅的，这庙可真阔气，错金白银工艺，只怕宫中御前也不多见，奇怪，这大历寺到底是什么来历?

他正琢磨呢，外头“轰隆隆咔嚓嚓”雷电轰鸣，大雨瓢泼而下，空气中涌进来一股股清新雨气。他暗叫了声“万幸”，肚里“咕咕”作响，赶紧端着俩蜡扦，来到西间，在靠北的地方，胡乱划拉出一块空地，从褡裢里掏出洋火划着，点燃蜡烛。

“噗”火光出现，一缕青烟冉冉直上，带来些许暖意。吴清远取出零食权当晚饭，吃了一顿。他发觉北墙上果然每隔一段距离，就有一朽烂的木窗，奇怪的是，所有木窗都被木条严严实实钉死，有些木条已然糟烂。外头风雨大作，吹得窗户“吱吱呀呀”摇晃不已，像是要挤进来。

他对这不外行，京城大庙的藏经阁也是如此，因此类阁楼里储存的多是经文经卷，怕火怕潮，也怕年深日久被虫吃鼠咬，每当惠风和畅，天气干爽，庙里和尚们便打开窗户，把经卷透风晾晒，所以藏经阁窗户特多，通风良好。只是这窗户怎么在里头钉死了，如此怎么给经文经卷晾晒通风？也是走了半天山路，又累又乏，精疲力竭的吴清远迷迷糊糊睡着了……

也不知多久，淅淅沥沥的雨声小了，“砰砰……砰砰……”空荡荡幽深静谧的阁楼里，忽然传来几声动静。“啪啪……砰砰……”又是几声，晕晕沉沉的吴清远以为是梦中，猛然一睁眼，身旁幽幽烛火只剩绿豆粒大小，奄奄一息，外头雨声滴滴答答，仿佛停了，可方才那动静十分清晰：“砰砰……砰砰……”

是窗户！吴清远激灵灵打了个冷战，小心翼翼起身，奓着胆子左右寻觅，侧耳倾听。果然，正是离他最近的靠墙的那扇糟烂的窗户外头传来的！窗户是向里开的，原本严丝合缝，此时早已被不知多少年月的风雨侵蚀朽烂了一大半，虫吃鼠咬出一个个小洞，上头横七竖八还钉着些木板，也早已朽烂成灰，剩下几片孤零零贴在上头。朔风凄雨丝丝侵入，阴风惨惨，吴清远小心把眼珠儿搁在小洞上往外观瞧，幽暗深邃，实在看不清外头是什么。

“啪啪……砰砰……！”外头敲窗声越来越急，越来越猛，破窗上头尘土飞灰噼噼啪啪直往下落，此刻吴清远也有些胆颤：荒山野地古庙废墟又是暗夜风雨，怎么会有人夜半敲窗？再者，这藏经阁至少两丈多高，怎么会有人……“哎呀！”吴清远登时毛发森然，倒吸了一口冷气。俗话说：疑心生暗鬼，这事儿越想越令人心悸恐惧，他忽又想到那老和尚阴沉沉的话语，叫他千万不可夜半开窗，莫非这庙里真的有鬼?!

想到这吴清远已然方寸大乱，甭说他，就是真英雄大豪杰此时也得慌神，他赶紧背起褡裢，端着蜡烛就想下楼，一转念，又想到老和尚说，夜半千万不能下楼乱走，登时急得冷汗直流。他嘴里嘀嘀咕咕念佛，悄悄走到楼阁外平台栏杆处，偷眼往外观瞧：天际中若明若暗，一个闪接一个闪，金蛇闪烁在云层中急速飞蹿流动，雨势虽小，但打得四周藤萝野葛古树“沙沙”作响，黑云惨雾中，不知隐藏着什么凶魔。院里起了层薄雾，萦绕四处朦朦胧胧，并无什么异状，可他再往前头院子远眺，就一眼，吓得他瞠目结舌魂飞九天！

原来前院不知何时，显出一簇簇奇异的光亮，有的如碗口大小，有的如脸盆大小，有的如茶杯大小，赤橙黄绿青蓝紫，五颜六色怪异璀璨，或高或低或大或小，明灭不定，闪烁迷离。这些光亮三三两两布列满院，仿佛漫天星光摇曳闪烁，周围战战兢兢拥挤了数不清白乎乎阴惨惨的影子，或飘或立或爬或蹲，院子上头红黄蓝白黑五色烟气冲霄而上，汹汹滚滚，环绕肆虐。等吴清远看清了才知道，哪里是什么光亮和烟气，乃是一只只千奇百怪的苍狼恶虎、花豹野猪、长蛇毒蟒、饿豺黑熊，加之无数叫不出名儿的山精水怪魑魅魍魉，正在雷电烟雨中仰天伸脖，瞪大怪眼，吐气喷烟，张牙舞爪，四肢挣扎呢！而飘浮不定的影子也是些没了头颅、四肢残缺的孤魂野鬼凶煞邪祟，正跟着这群怪物躲闪什么。

咂舌不已的吴清远咬紧牙关不敢出声，赶紧“噗”一口吹灭蜡烛，蹲在栏杆前瑟瑟发抖。他心中大骇：自己堂堂一个掌柜，咋阴差阳错闯到这个邪魔窝来了！这下外头可没了生路，如何是好？

他正忐忑呢，忽见一条盘踞在钟楼废墟的巨蛇在雨中抖抖身子，两眼金光直射，“嗖！”一声冲天而起，在云中蜿蜒，下头怪物各色眼珠光芒大盛。霎时，“咔嚓嚓！”几道迅猛刚烈震天动地的霹雳巨雷由九霄中轰然而下，击中巨蛇，几道火光炸得半空一片光明，巨蛇当场被炸成齑粉，灰飞烟灭。前院的怪物邪祟登时偃旗息鼓不敢乱动。

吴清远这才明白：原来这些怪物在“渡劫”，而凶杀恶鬼们则是在“避劫”。故老传闻寺庙宫观虽有灵气金身，可若是荒废，年深日久，金身灵气消逝，山野中精怪丛生，有些道行的便潜身于此，躲避天劫，再潜心修炼，聚山川日月精华，日益精进，以得道果。只是今儿这事千载难遇，往前院跑肯定葬身怪物之口，咋办呢？

后头敲窗声又急又猛，也定然不是常物，吴清远可犯了难，奇怪的是，他发觉前院的怪物凶魔魑魅魍魉，似乎对藏经阁这座院落颇为忌惮，任凭如何拥挤，也绝不踏进来一步，有几个幽幽鬼影刚靠近后院门槛，登时惊得四散飞奔，躲到别处角落。咦？莫非这里被下了什么驱邪的“禁咒”？他正胡思乱想，“砰！”一声，后窗钉死的木板四散分离，木窗“吱呀”开了……

吴清远一激灵，不敢再看，赶忙走到西间后窗处，四下一划拉，却没有应手的家什，只好端着错金银蜡扦当兵器，哆哆嗦嗦瞅着。洞开的后窗“呼啦啦”涌进来一股带着水气的阴风，吹得人寒毛直竖筋骨悚然，那风打着旋儿越涌越多，阁内烟尘大起飞灰盘旋，呛得他捂着嘴不敢出声。好半晌，窗口并没动静，吴清远紧握蜡扦，缓缓走过来，左右观望，夜雨凄迷中，外头黑黝黝山峦耸立，黑压压碧沉沉起伏不定，如狼踞虎蹲无声流动。朔风呼啸，飞沙走石，天际中层层黑雾压得很低，空旷寂然令人心颤。

吴清远疑惑，到底是什么敲窗呢？他收了目光，往下打量，还没等低头，阁下“砰砰”作响，“嗖！”一个白惨惨紫溜溜的脸孔，正跟他打了个对脸！老天！一屁股瘫在地下的吴清远这才看清，哪里是什么“人”在敲窗，原来下头有个瘦骨嶙峋，皮肉焦烂，红头发，紫脸膛，双目如碗口，巨嘴獠牙的活尸，正张牙舞爪弹簧一样直上直下地蹦来蹦去，要跳进来呢！

活尸张着血盆大嘴，浑身筋骨如铁，也不知是哪年哪月修成魔体，并不惧怕雨中雷电，爪如钢钩，乱抓乱舞，一下蹦比一下高，大脑袋已经到了窗口。吴清远吓得连连喊叫，活尸听了发出“咯咯嘎嘎”凄厉怪笑，引得四外阴风大作，鬼气森森。这下可坏喽！吴清远遍体冷汗，心急如焚。如今前院有怪物挡路，后窗有活尸闯入，要害自己，真是叫天天不应，叫地地不灵，如今竟连个逃路都没有，难道真要丧命于此？

他哭喊着用尽力气，把错金银蜡扦狠命砸在活尸脑门上，哪知“叮当”一下，竟发出金铁交加之声，看来这东西早已练得刀枪不入水火不侵，这可如何是好？吴清远急中生勇，仗着手脚灵活，把破木头烂纸团点燃，朝活尸狠砸狠捅，都不见效。眼瞅着活尸快蹦出半截身子了，吴清远大叫一声：“没想到我吴清远饱读诗书，今日要死在这里！真的是天意吗！”

那活尸像是听懂了，“嘎嘎咯咯”笑得更是狰狞，两只利爪已然能伸进窗户了。就在这千钧一发之际，心灰意冷的吴清远耳轮中猛听一阵“嗡嗡……”声，由打青石莲台下头，轰然透出一道碗口粗的红光，那红光初是一道，迎风而化，一而二，二而三，三而六，刹那分出数百道耀眼红色瑞光，照耀得阁内亮如白昼！那光盈盈融融纵横交辉，闪耀一片，眨眼间瑞光变色，又化作橙白绿青蓝紫，七色光芒盈空而化充满阁内，透射屋顶，直射斗牛！阁内香风大起，毫光迸射，彩雾纷纷，隐隐约约透出几句吟唱声，说的是：“如是我闻。一时，佛住王舍城耆阇崛山中，与大比丘众万二千人俱，皆是阿罗汉，诸漏已尽，无复烦恼，逮得已利，尽诸有结，心得自在……”

那声音越来越大，越来越响，宏大仙音佛乐响彻空明，霎时交汇如滔天海浪，轰然横扫一切。窗外的活尸听了登时慌乱起来，捂着耳朵龇牙咧嘴眼冒黑血。吴清远惊喜交加，听出这唱的是佛教内典《妙法莲华经》，知道是机缘轮转，我佛保佑，赶紧跪地叩首念道：“祈求我佛护佑，脱离险境，转危为安，小人必当虔心供奉我佛！”

念了几遍，他起身跑到青石莲座下，循着瑞光四处摸索，不知触动了哪朵石雕莲花，“哗啦”声响，青石莲座露出个四方洞口，七色瑞光正是从中散出。他小心翼翼伸手进去，掏出一只五色辉煌、古色斑斓的黄铜泥金匣，上头的镀金铜锁已然剥落，掀开一瞅，万道金光轰然爆出，映得四周红黄交错，原来是一卷二尺多高、杯口粗细泛黄纸色的经卷！这经卷中间拦腰扎着五色古锦，古韵盎然，旁边还有个细纸卷，不知是什么。

吴清远入眼便知是宝物，情急之下来不及细看，赶紧念诵几句，拿起经卷，眼瞅窗外活尸越蹦越低，知道它惧怕了这件佛宝，哪能容它再去害人，便手执经卷，照准了活尸大脑袋，狠命砸了下去！

那活尸也是倒霉，正要蹦跳逃离，哪知被砸在脑门正中，“嗷！”一声凄厉的鬼哭狼嚎响彻四野。窗外半空中瑞光大作，红雾腾腾，七色瑞彩“轰”一下围住活尸，龇牙咧嘴还在挣扎的活尸身上顿时燃起熊熊大火，五色光焰轰然炸响，片刻间活尸被烧为灰烬，随风化为乌有。

喘着粗气的吴清远抱着经卷瘫在地上大口喘息，全身冷汗热汗出得跟下雨一般，黏糊糊湿润润冰凉难受，再看怀里的经卷，红光瑞彩隐隐不见，只有那五色古锦散发幽幽宝光。半晌，他起身把经卷搁进铜盒，长舒了口气，又到前阁栏杆前瞭望，发觉前院的魑魅魍魉早已不见，院里死寂一片。

此时云收雾散，雨停了，一钩弯月洒落下银光点点，藏经阁摇摇欲坠的飞檐下，残存的铁马叮当作响，恢复平静的院落静静矗立在空气湿润的碧蓝夜空下，神秘而安宁……

“咯咯咯！咯咯咯！”山中不知何处的野鸡咯咯直叫，旭日东升，阳光挥洒。吴清远猛然睁眼，四处一片光明亮堂。已然是上午了，他左右看了看，还在阁内。此时天光大亮，四周看得清楚，灰尘满地蛛网密布。吴清远一头一脸的灰土，全身黏糊糊又湿又凉，背后的窗户果然坏了，窗格上还留有一道道诡异的痕迹。他露头朝外瞅，天高云阔，草木繁盛，藏经阁外头是一座座坍塌的古旧砖塔，离青砖墙最近，却是一座不知何年何月的古墓，荒草萋萋，墓碑断裂，可古墓上赫然露出一个黑森森大洞，光滑深邃，似乎还散发着屡屡腥臭。

昨夜的凶险危急恍如隔世，吴清远抽了自己一个嘴巴，终于清醒过来，这才明白昨夜一切并非虚幻，而是实景！下头窜蹦上来的那具活尸，很可能就是藏经阁墙外古墓中的人物，不知何年入葬，在这山水古刹之地，听经闻道，得了神通，才夜夜出来害人。

前院依然寂静如初，看不出半点昨夜恐怖迹象。他想起昨天老和尚的嘱托，不敢再待下去，背上褡裢，抱着那具古旧的铜盒急匆匆下了藏经阁，小跑着出了大历寺。他忽然想起该与昨日那几个怪模怪样的和尚打个招呼，自己在此九死一生，古刹废墟中凶魔现身，那些和尚如何生存又在哪里诵经呢？细一琢磨，他忽想到藏经阁后头那些坍塌的砖塔，是僧人圆寂后埋骨之处，莫非……，心中不由大骇，不敢再多想，冲庙门合掌施礼鞠躬三次，转身顺着残损山路下了山。

五

惊魂未定的吴清远抱着那只破铜盒下了山，东拐西拐不知摔了多少次，终于遇上了进山打柴的农人。农人问询之下，惊诧道："先生，这里离正定府城足有四十多里地，您咋跑这儿来啦？"说着他顺手指路。吴清远千恩万谢，在路上雇了头小毛驴，骑着驴走了一个多时辰，才回到城内客栈。

回了房，他见自己狼狈不堪，叫小二提水来全身洗漱一番，也不吃饭，抱着铜盒关在屋里呼呼大睡了一天一夜。等他醒过来，才觉得四肢酸软，心神安定，感觉又活过来喽。吃了点东西，关好门窗，他细细回忆了这番奇遇，把铜盒拿出来搁在桌上，戴上眼镜，仔细鉴赏起来。

这盒子二尺多长，半尺厚，黄铜打造，四角包精致的吉祥银花，满面浅浅细雕了八大金刚，八大菩萨，全是古面古身，天衣风带，宝冠璎珞也古朴庄严，大有唐宋风韵，金刚菩萨眼中，俱是小粒猫眼儿、红宝石镶嵌，五色迷离，毫光冉冉。更令人吃惊的是，盒子整体用泥金涂抹，历经不知多少年月，金泥剥落不少，残存的依然厚达几分，星星点点金光盈盈宝气森森。

若说普通的鎏金、錾金、捻金、炝金、镀金、错金等工艺，他也见识过不少，这泥金涂铜工艺，故老相传，元末明初才出世，明中期大盛于世，因耗费过巨，用金奢靡，只有朝廷官造器物才用得，不想自己一番奇遇，竟得到如此珍贵的宝物，可见大难不死必有后福。吴清远用丝帕轻轻摩挲一番，心里早念了几百句佛，单凭他的眼力，可知这盒子年代已到唐宋。

他轻轻打开，只见盒盖内面，鎏金浅雕三世佛祖，高坐莲台，大慈大悲，脑后佛光冉冉，盒内落了不少灰尘，还有少许五色粉末，拈起一嗅，仿佛是各类名香。盒内四周錾刻了密密麻麻的梵文咒语，里头除了那卷二尺高古锦包扎的经卷，还有一道早已发黄薄脆的纸卷。

一入眼，吴清远就倒吸了一口冷气！这道纸卷，微微发黄，厚如棉纸，略显粗糙，那黄色并非天然，烟云流动斑斑驳驳，乃是用黄蘖汁熏染而成，上面有小如米粒大的虫眼虫洞，浅浅灰尘。他心中震惊：这便是历代传闻中，流行于晋、隋、唐、宋时代的黄麻纸喽！从前只在古籍记载中见过，如今乍一见了真物，真不敢相信自己这双眼！

他小心翼翼捧出纸卷，拇指轻轻拈动，生怕让它伤损了。随着纸卷展开，吴清远的眼珠儿逐渐瞪大，只见斑驳的纸卷上，是一笔雍容雄健正书，写的是："敕大历寺方丈怀仁：昔者我太宗文皇帝崇敬大教，弘济万品，典御十方，恭承我佛之威灵，广弥于宇宙，细摄于毫厘。无生无灭，历千劫而不古，若隐若现，运百福而长今。今朕凝心内典，广承大教，贵妃与宫人日书宝藏真经，以广福运，群达济世，善育苍生。功劳福果，是为至大。为供养三宝，朕特命内侍曹怀忠，赍符护送贵妃与宫人虔心抄写之宝藏真经一部，往常山郡真定县大历寺供奉。合天之弘运，祈地之永固，三宝归一，大教永兴，亦为朕与贵妃永永无极之福果矣。尔钦承朕命，务珍重守护，慎之慎之。故敕。天宝五载夏吉日。”落款是个御笔花押。

吴清远晃了晃脑袋，沉醉于盎然古韵之中，捂着怦怦直跳的心脏，好半天才平静下来。原来这是一封唐明皇李隆基御笔敕书，专门为贵妃和宫人嫔妾书写的一部真经送往大历寺供奉而写，细算年岁，已然一千一百余年悠悠而过，千年以上，大唐天宝敕书竟完好存于世间，真是冥冥中自有天佑！

吴清远竭力按捺激动的心情，轻轻扫视“贵妃”“天宝五载”等字样，心脏猛地一停，惊叫道：“莫非、莫非是……”他浓眉紧皱两眼冒光，心里七上八下乱作一团，额头上热汗淋漓。惊喜交加中，吴清远第一次失态了。

心里痒成一片，为了证实自己的推测，他屏气凝神半晌，才缓缓取出那卷二尺高、古锦包扎的经卷，深深吸了口气，轻轻解扣。那古锦乃五色织金锦，历千年光芒璀璨，挂首是羊脂玉双龙如意钩。吴清远提心吊胆解开搭扣，轻轻松开，将经卷搁在铺了自己外褂的炕桌上细看。

触手可及的是深黄褐犹如茶色、略有棉性、一半龙洋厚度的藏经纸，古色斑斓，古朴厚重，吴清远惊得目瞪口呆：这纸张果然比北宋藏经纸犹有过之。经卷首是泥金工笔细描绘的一幅释迦如来说法图，金色灿然，栩栩如生，九品莲台上的如来佛祖慈眉善目，瑞相光明，佛光上有飞天神女，色色精丽，周围围坐着八大菩萨，十六罗汉，众比丘僧比丘尼聆听佛音。后面左首开始则是经文，上下四角界栏，都是五彩泥金夔龙纹，中间每隔两寸，打着泥金竖格，经文就抄写在竖格内，起笔题目写的是：妙法莲华经·序品第一。

整卷经文墨色光泽内蕴，略有斑驳落色，细闻却有檀麝异香之气，乃掺了龙涎、麝香的上等松烟墨。其字迹流畅华美，精致婉丽，秀媚生芳，气韵清雅，骨少肉多，笔势转折生动，点染间略有稚嫩，稍带二王笔意，有几处错字涂抹痕迹，娟秀中亦有雍容，保存十分完整。看到最后落款，吴清远脸色突变，得了疟疾似的颤抖不已，只见是一行小字：“善女子贵妃杨氏玉环为大唐皇帝李三郎书，虔心祝祷我佛，祈愿皇基永固，圣躬康泰，我二人生生世世永享福乐无极。天宝四载秋吉日。”

“天爷！”吴清远大叫一声，脑袋上犹如炸了个焦雷，打得他天旋地转头昏眼花，扑通一下从炕上滚到地下，双掌合十哽咽半晌，却说不出一句话。没错，这纸是唐纸，墨也是唐代宫廷流行的龙麝天章御香松烟，文字也是女子手书……这真的是一千多年前那位闻名遐迩，以“红颜祸水”著称于世，从寿王妃入宫转为大唐贵妃的杨玉环，在被册封为贵妃的当年，专为唐明皇李隆基祈福所亲笔手书的经卷！这旷古奇珍，千年绝品，竟然湮没于沉沉一千余年岁月，又完好无损地出现于世间。这惊天的欣喜、凄美的不伦之恋、诡异的奇遇和早已风流云散的千年传奇，犹如迷离梦幻般盘旋在吴清远头顶，令他神魂飞跃，心旌意驰，难以自持。

熏熏然如大醉后在梦中的吴清远不知过了多久，才慢慢爬起来，赶忙严严实实包好敕书、经卷，塞进被窝里，想了想又不放心，四处踅摸能藏的地方，最后还是搁在枕头底下。他疑神疑鬼又检查了一遍关严实的门窗，想干点什么，又手足无措，呆坐在炕头，不敢笑更不敢哭，饶是他见多识广学富五车内蕴深厚，竟也被这千年奇珍闹得如痴如醉呆若木鸡。

狠狠掐了自己一下，他知道自己根本不是在做梦，晃了晃脑袋，喝了两碗热茶，才定住了心。他想，既然这宝物让自己一分钱没花碰上了，可见是天缘定数。只是这大历寺到底有何来历？大唐定都长安，陪都洛阳，这么贵重的奇珍怎么会流落在此？再者当日那些和尚及精怪到底是怎么回事呢？他想得脑仁疼，眼看到了下午，他觉得预知本地事，还得请教本乡人。吴清远整整衣裳，走到客栈外间，正遇上那日的店小二手脚不停照顾着南来北往的客人。

一见他，店小二很是殷勤，擦桌端茶问询：“吴先生，您这两天怎么了？自打那日碰上大雨在外过夜，回来就瞅着您脸色不好，掌柜的还怕您生病呢，叫我照应着您点，如今看着好些了吧？”

吴清远点点头：“多谢多谢，如今好多了。前天是累坏了，今儿有了胃口，想吃点东西，另外，还得请教小二哥一点事。”

"是啊，谁背着房子走道呢？远路客人就怕生病。这样，我给您预备一大碗肉丝面，卧俩鸡蛋，姜末葱花少许，陈醋少许，再来两盘清淡小菜，如何？"吴清远点头，片刻面、菜上桌，热腾腾香喷喷，他吃了一通，出了身透汗，浑身舒坦多了。这时店小二才过来，赔笑："吴先生有什么事，我能帮上忙一定效劳。"

他递过一块龙洋，吓了店小二一跳，赶忙推辞："谢您的赏！您、您这是干什么？吴先生，若平常事倒也罢了，这犯律法的勾当，我可不干。"

吴清远笑道："你放心，绝不是什么坏事。我想打听一下，上次你说正定各处寺庙古刹颇多，请问，有没有一座叫大历寺的古刹，它的来历是什么，小二哥知不知道？"

"哟！那也不能值一块龙洋呀！我还得谢您！您说哪儿？"

"大历寺，在城外西边。"

店小二鼓着腮帮子想了半天，又数了半天手指头，皱眉摇头道："按说我是本地人，在正定府活了二十多年，这里的庙宇古刹，没我不知道的，可您说的这个大历寺，对不住，还真没听说过，连家里老人也从没提起过。"

吴清远闻言有些失望，店小二年轻心气盛，对此异常感兴趣，片刻赔笑道："您别灰心，我知道有个人大概知道，您不用破费，这一块龙洋，请他喝点小酒，剩下的归我，您稍等，我去找他来！"说完，颇为热心的小二跟掌柜的告了声假，匆匆跑了。

一袋烟工夫，店小二扶着个素衣短打扮的老头，从外头进来，领到桌前指着吴清远笑道："大爷爷，就是这位先生，想打听点咱们这儿的事，我知道您老肚里典故多，人家还要请您喝几杯呢！"老者七十开外年纪，虽是粗布衣裳，却浆洗得干干净净，方面大耳，红光满面，手提一根三尺长的大烟袋，不亢不卑微笑点头拱手："这位先生，我这儿有礼了！"

吴清远一见就知道，这老者虽不大富，也是吃穿不愁家底殷实的人，或许在家族里还是管事的，赶紧起身拱手作揖："不敢劳动您老人家，快请坐，小二哥，多上几个好菜，好酒来二斤，都算在我账上。"

"得嘞！"店小二忙活去了，不大会儿，掌柜的也来了，向老人施礼问好，招呼着送菜送酒，老者很淡然笑道："打扰贵客了，菜无所谓，酒好就成啊。"

霎时，酱鸡、卤肉、牛肉和各种小菜摆了一桌，掌柜的陪了一杯，忙活去了。老者自己连干了三杯，点头说："好酒。这位吴先生，我痴长七十五岁，一辈子在此生活，在正定城也有个小小名号，叫'百事通'，此地风俗民情、历代典故都略知一二。不知先生要问什么？"

寒暄几句，吴清远才知道这老者姓宋，是当地的地保，又是宋家的长辈，德高望重，赶忙陪了几杯，捡着能说的说了一番。宋老者一听就是一怔，半闭了眼似乎在认真回忆着什么，灰苍苍的发辫抖了抖，猛然睁眼问："吴先生，您没记错？是城外西边的古刹，叫大历寺？"

"没错，老人家。我看得真真的，庙宇很大，建在山中，塌陷不少，山门上的大匾写的是：敕建大历寺。"

"嘶……"老者捏着酒杯脸色发白，两眼露出几丝惊恐不安，嗫嚅道，"不该，不该啊！"

"是不是有什么忌讳？"吴清远轻轻问。老者上下左右打量他一番，突然伸出大拇指说道："吴先生真是大福之人啊！"

"嗯？"吴清远懵了，忙问，"这是怎么说？"老者长叹一声，说："不错，正定城西不到四十里山中，确有一座古刹，叫大历寺，只是年深日久，别说我这侄孙不知道，即便正定城里，十个倒有九个半不晓得那庙宇的来历呢！还是我儿时听我祖爷爷说起过，这大历寺非同寻常，乃是……"

大历寺，乃北魏年间建造的一座寺庙，当年北魏天子皇室笃信佛教，在疆域内大兴寺庙宝塔，正定乃燕赵名城大郡，所以城内城外寺庙修筑颇多，大历寺就是当时所建，建筑宏伟，规模浩大。隋朝定鼎，文帝更是应了我佛符命才统一九州，抚有天下，更是踵事增华，在长安、洛阳各处名山胜景大肆修建庙宇，塑造金身。大历寺是古刹，更得看重。大唐兴运，代替隋朝，以太上道祖为始祖太上玄元皇帝，崇信道教，延及武周，又革李唐之命，佛教再兴，大历寺又为北魏古刹，颇得看重，颁赐良田金银，大加修葺。当时香火鼎盛，进香祈福官员百姓络绎不绝。

到了大唐玄宗天宝年间，杨玉环入宫为贵妃，三千宠爱在一身，她幼年时便虔诚皈依，唐明皇为讨其欢心，特下敕命，命各郡州城府，点察名山古刹，有残损破落之处，重加修建，以为贵妃祝福。大历寺为古刹，神异显灵之处颇多，地方官上奏朝廷，明皇与贵妃大喜，特御赐了大历寺一部七宝龙藏经，命永远供奉珍藏。据传，这七宝龙藏，非同凡本，乃是内宫嫔妃女子手抄所成，其中还有杨贵妃亲笔抄写的经卷，连盛装经卷的箱柜，都是满绘龙纹檀香木包金，镶嵌七宝做成，举世罕见。大历寺得了御赐龙藏真经，更是声名远扬，成了当时北方第一禅林。

哪知盛唐之后，唐武宗会昌年间，武宗皇帝极为好道，崇道抑佛，下旨清查天下寺院及土地僧侣人数，命限期拆毁庙宇，僧侣还俗，寺内金身法器全部辇送长安，充实国库，史称“会昌灭佛”。

诏书一下，天下震动，各地哗然，圣命难违，只好遵旨行事。大唐四海之内，名山古刹被毁四千余所，僧侣还俗二十余万，被抄土地数千万亩，金银珍宝金身法器不计其数。关内京畿特被骚扰，大历寺也差点遭此大难。万幸的是，当年范阳、成德、魏博此河朔三镇节度使割据称雄，威势赫赫，朝廷鞭长莫及，三镇节度使并没尊严旨大肆骚扰毁坏名山古刹，当地大德高僧又联名写了奏疏直送长安，说大历寺、隆兴寺等古刹，乃先朝天子敕命所建，尤其大历寺还秘密珍藏玄宗皇帝御赐敕书及七宝龙藏真经，万一毁坏，不仅对先朝天子、宝藏真经大为不敬，还有伤圣德，恳请武宗皇帝开恩赦免。

唐武宗见此，知道物极必反，三镇势大，也不便逼迫过甚，便写了一道敕书，派钦差前往河朔宣布圣意，赦免三镇所有古刹。由此，河朔三镇境内的名山古刹才得以保全无恙。

只是唐末以后，五代纷争，各地战乱灾害不断，民生凋敝哀鸿遍野，年深日久，各处古刹纷纷损毁，城内的还算保全了不少，城外荒山野岭间的寺庙古刹，早已没了香火，修行的和尚们也纷纷逃离，不到数十年工夫，这些古刹被风雨侵袭，殿阁倾倒，房舍坍塌，逐渐湮没于世。北宋之后，就再也没有大历寺的消息了……

宋老者借酒谈古，边喝边谈，足足快一个时辰，才把大历寺的来历原原本本说了个清楚，不仅吴清远听得目眩神迷，连掌柜的和店里一应客人们全听呆了。店小二惊诧道：“大爷爷真好记性！怨不得呢，连我也一点儿没听说过什么大历寺。原来有这么大的名声！”

“你小子才活了多大年纪!”宋老者在烟荷包里挖了几下,打火点烟,深深吸了一口笑道,“这大历寺的来历,连我都是听你高祖太爷说过,咱们城里普通人家,早就不知根底喽。今日吴先生问起来,我才想起有这么回事。”

吴清远惊喜交加,已然确定了宝物来历,脸上丝毫不敢带出来,赔笑问:“老先生,这七宝龙藏真经是什么?方才您听了我的话,惊讶不安,还夸我有福,莫不是那里有什么忌讳?”

宋老者点点头叹道:“吴先生,说句实话。七宝龙藏真经,我也不知道是什么,也从没见过。当日据故老传说,这七宝龙藏真经,除了箱柜都是金银宝石镶嵌,那经文用的笔墨纸张,也是长安大内上贡御用的珍品,连经文的文本,都是唐明皇特命以长安大慈恩寺秘藏的大唐玄奘法师从天竺国取回来的真经为范本,乃稀世之宝。只怕五代宋元早已毁于战火之中了。当日市井以讹传讹,有的说那七宝龙藏里有佛骨舍利子,看一看能长生不老,有的说里面还有唐明皇李隆基的御笔敕书,还有的说那七宝龙藏都是用赤金板镶嵌七色宝石书文,价值连城,街谈巷议议论纷纷,反正都是些无稽之谈。至于说先生有福,可不是我虚奉承您……”

原来北宋大历寺不存于世之后,那座山中常有怪异发生,据当地农人传言,三更半夜,废墟之内出现五色毫光,光明照天,雷雨之夜,会有五颜六色的云气蒸腾,直冲云霄,也有那好事的,传言山中废墟里有佛宝奇珍,便三五成群,纷纷上山寻觅宝物,意图发财,不料去的人进了山,却从未出来过,竟是失踪无存。更多的则是樵夫农人,有时上山打柴采药,三三两两或是失踪,或是惨死,打那以后,当地的人都说山中有精怪作祟,对那座荒山,视为禁地,除了在山下丛林里打猎砍柴采药,等闲之人不敢深入。这也是数百年前流传下来的老话,以后大历寺消息湮没无存,再也没人谈论了。

宋老者皱眉接着说:“您想,那处禁地不知里头有什么山精水怪魑魅魍魉作祟,吴先生竟然能全身而返,安然无恙,岂不是有大福气?您当日在庙里过夜,就没遇上些怪事?”

吴清远担心露了底,便随意说了些奇闻轶事,听得众人一愣一愣,这才算完。吃喝完,他又谢了宋老者两块龙洋,又在店里住了一夜,黎明时分,启程返京。

沿路倒很安静，一路之上，吴清远把前因后果琢磨了一遍，才明白自己奇遇：那大历寺荒废之前，必是有那有心的和尚，知道真经宝贵，便将唐明皇敕书和杨贵妃写经密封在盒子里，秘藏于藏经阁顶楼的青石莲花座内，秘不外宣。而当时战火纷飞，其余的唐宫人写经及那七宝镶嵌的箱柜，早已灰飞烟灭。寺庙荒废后，不知何年何月，庙后的古墓活尸或许沾染了灵气修炼成魔，常在夜里兴妖作怪，戕害上山寻宝的民人，而浩大的寺庙废墟，又成了山中精怪避难之处，种种怪异离奇，都是因此而发。

那日那些规劝自己的和尚，想必就是后院砖塔下历代高僧的精魂未灭，特来救护，同时指点自己，天定因缘际会，得了这千年仅存的珍宝，真真是不可思议的机缘巧合。吴清远虽深通佛道内典，却并不迷信，如今想来，感慨万千，更加立志要珍藏好这份来之不易硕果仅存的大唐宝经。

六

回到京城，老佛爷的万寿庆典热乎劲儿早已过去了。市井百业恢复了往日的平静，吴清远回了格古堂，不敢怠慢，特意请来了东家好友周公子，二人在内室摆酒叙谈。风流潇洒的周公子见平日狂放耿介的吴清远像换了个人似的，正纳闷呢，吴清远便取出宝盒，将在正定奇遇一事说明，并打开宝盒请周公子欣赏。

周公子也是饱学之士，端着酒杯细细观赏，越看越惊，片刻头上出了大汗，激动得手舞足蹈，大笑道："奇闻奇遇奇事，兄弟又得了奇宝！可喜可贺！哎呀，咱们该叫个堂会，连唱他三天！就凭这件稀世之宝，甭说压了琉璃厂一条街，连江南各地恐怕也得甘拜下风！"说着，他张嘴唱道："天宝明皇，玉环妃子，宿缘正当。自华清赐浴，初承恩泽。长生乞巧，永订盟香。妙舞新成，清歌未了，鼙鼓喧阗起范阳。马嵬驿、六军不发，断送红妆。西川巡幸堪伤，奈地下人间两渺茫。幸游魂悔罪，已登仙籍。回銮改葬，只剩香囊。证合天孙，情传羽客，钿盒、金钗重寄将。月宫会、霓裳遗事，流播词场。"一曲

《长生殿》唱得声情并茂，娓娓道来。

吴清远鼓掌笑着打断："老兄老兄！您等会高乐，我现在正心里打鼓呢。"周公子一挥手："打鼓？打什么鼓？莫非老弟得了这宝物，都乐傻了？"

"哪里是乐傻了？我是心乱如麻。您呐，先别想着叫堂会热闹了。咱们得商议正事。"吴清远请他坐了，想了想说，"老兄，这物件是天定机缘，一分钱没花白得来的。我是想，这物件咱们自己存，还是以后高价出？无论自己存，还是高价出，我不能独要，得算是柜上的，您先别急，听我说。"他打断了要说话的周公子，道，"自己存，有自己存的道理，如果要高价出，咱们还得定个章程。老兄方才说，要叫堂会，要压琉璃厂一条街，我可不敢应承。您想，如今这世道内忧外患，危机四伏，古人说匹夫无罪怀璧其罪，咱们虽然开着铺子，可都是老百姓，令尊大人也早已致仕，万一惊动了那些贪婪无度、心怀叵测的贵人们，为了这宝物，恐怕要出事！"

刚才还手舞足蹈的周公子闻言琢磨片刻，连连点头："对，你说得不错！现而今这世道还用说吗？庆王昏庸贪婪，老袁狼子野心，剩下的那些庸庸碌碌。嗯，买卖上的事你说了算，都依你。不过我琢磨着，三代秦汉的器物好找，这经卷乃是绝品，我看，还是存着吧，不过不能算柜上的，就是你的。老弟，咱们兄弟在一处也这些年了，当日开这个铺子，我就不为赚钱，而是咱兄弟俩志同道合，有这么一番共同事业，我也心甘情愿。这些年铺子买卖做得不错，我也省事了。既然天定机缘，你得了这宝物，也是你的缘分。君子不夺人所爱，我只要能常看看也就得了。咱们得定规几条，一定先保住这件宝物。"

吴清远拱手道："老兄真志诚人！我是这么想的……"二人在内室计议了许久，定规了几条，一是世道不安，这卷唐经先秘不示人，密藏起来，等清平年月再说。二是到了清平年月，世道安稳了，再取出来，若有人买，就用超高的价格回绝。第三，唐经是中华珍稀宝物，不仅属于珍宝，还有绝大的历史价值，绝不能卖给洋人。

二人说定之后，吴清远便全权负责珍藏敕书、唐经，经营格古堂买卖。周公子还是一面潇洒，一面注意市面、官场的动静。两人配合得很好。不过老话说，天下没有不透风的墙，纸里包不住火。几年之后，格古堂藏有大唐传世珍宝的消息，还是在琉璃厂传扬了出去，各家各户的掌柜羡慕嫉妒，纷纷前来探询，连不少嗜好金石书画古籍善本的文人雅士、清贵翰林、京城耆老们也常常上门问东问西，格古堂门庭若市了许久。

吴清远咬紧了牙关，就是不说真相，严守秘密。京城的风气是越不知道真相的事，真真假假的大道小道消息谣传得越厉害，等到辛亥那年，清廷灭亡，民国肇始，虚虚实实的流言蜚语乱麻纷纷，传得更厉害了。有的说吴清远在山里得了宝藏，挖出好几万两黄金，有的说他从山民手里花小钱买到了失踪已久的传国玉玺，有的说他在外偶然捡漏儿，得了名闻千古的王羲之《兰亭序》法帖，七嘴八舌议论不休。吴清远听了只是付之一笑，从不辩白。连琉璃厂老老少少的掌柜们谈起格古堂和吴清远，也表情各异，心照不宣。大家伙心里都觉得，吴清远憋着宝呢！

清廷灭亡之后，老少爷们才回忆起当年流传的顺治爷与哲布尊丹巴呼图克图谶语，竟是奇准无比！原来宣统皇帝叫溥仪，三岁登基，按规矩天下臣民要避圣讳，“仪”(儀)字下头的“我”，要少写一撇，正应了活佛那句“我身不缺，我国不灭”，一旦“我身缺了”大清国自然也没了。不少离奇诡异的传言四散传开，众人无不惊悚于凛凛不可预测的神秘天意。

本以为没了大清，建立民国，世道便安宁平静了。没料想这些年来，各省的将军都督们，像是没了佛祖管束的齐天大圣孙猴子，神通广大各显神威，为了争地盘打得天翻地覆日月无光。北京城也仿佛成了大帅将军们的大戏台，你方唱罢我登场，城头变幻大王旗，闹得九州震荡四海不宁。京城老百姓的日子还是那样，开门七件事——柴米油盐酱醋茶，过着不紧不慢家长里短的生活。

民国十五年的春天，跟往年一样，京城风沙铺天盖地，老少爷们出门回家，都拿布撣子抽打半天，才能扫干净身上的尘土。大街小巷上更是暴土扬尘，下了几场大雨，风沙渐息，才恢复了京城春日的光景。这一天上午，琉璃厂各家铺子刚刚下板开门，由打内城“滴滴！”开来了一辆斫长华丽的小轿车，缓缓驶到格古堂门口停住了。

那年月，京城里的小轿车屈指可数，连早二年被赶出紫禁城的宣统皇上才有三辆，民间见着这玩意儿，跟看见爪哇国的麒麟一样稀奇，且这些轿车全是打欧罗巴洲、亚美利加州的英格兰、法兰西、德意志、美利坚、比利时、奥地利万里远航运来的，叫的名字又稀奇古怪五花八门，什么道济、别克、旁太克、欧斯比、司都拿克、雪佛兰、克莱斯勒、福特、奔驰等，这么多牌子，老百姓闹不清楚，记不住更坐不起，便戏称它们"万国车"。

有识货的在街上指指点点惊叹："好嘛，这是新出的别克呐，四门六缸，四千大洋一辆！大老美的牌子。"

"四千大洋?！我的乖乖，如今市价三十五两白银换一两黄金，这辆车能值一百多两金子呢！"

"那有啥？这车可不是一般二般人坐的，不是总长将军，就是各国使节。你瞅，那车前头还挂着面膏药旗呢。"

此时车前排匆匆下来个一身西装人模狗样的日本人，粗看四十多岁，打扮得油头粉面，胖乎乎矮墩墩，小短腿八字大胡子，戴着金丝眼镜的小三角眼中闪烁狡猾精明，一脸恭敬之色。他跑到车后开了门，满脸堆笑，冲车里的人不知嘀咕了几句什么。半晌，后排正座上缓缓下来一位，此人身材中等，在日本人里算得上鹤立鸡群的巨人，三十多岁年纪，身穿深蓝西装，皮鞋锃亮，长方脸，剑眉高鼻，唇上一抹一字短须，虎目微睁，戴一副水晶眼镜，昂首挺胸，气度端凝，矜持高贵。他旁若无人地扫视了一眼四周，随意挥挥手，矮墩墩的日本人立即点头哈腰，头前领路，迈步进了格古堂。

仔细看，车里还坐着两名目不斜视的精壮小伙，木头一样端坐着，连司机也是行动如仪，街面上众人更是纳罕不止，不知这些人是什么来头。

"快去，请你们掌柜的来！"为首的日本人扬脸冲小伙计喊，伙计们面面相觑，立马飞报内室，片刻，一身细灰布大褂的吴清远缓缓走了出来。

"吴掌柜！久仰久仰！"为首的日本人傲慢地笑笑抱拳作揖，中国话说得很地道。那位高个日本人却并不说话，直直站立，目光不断打量四周的古董陈设。

吴清远一瞅，心里就是一沉！他虽不常做"洋庄"生意，但面前这矮墩墩的日本人可不是善茬！

此人名叫山中有志，乃是大名鼎鼎又颇为神秘的日本山中商社的驻华总经理。山中商社，在京城古玩文物圈里，赫赫有名，是当年整个日本甚至东亚地区最大的古董文物走私集团，分号遍及中国东北、华北、华南及东南亚各国。其背景甚为深厚神秘，据传，乃是日本维新元老黑田清隆、松方正义、井上馨几人合股开设的买卖，在日本政界、财界的势力庞大深厚。

有了这层关系，山中商社便依仗日本明治维新后强大的国力，渗透各国，大量走私劫掠各国传世的珍宝、古董、书画、文物，或是流入日本国内，或是贩卖到欧洲，大发其财。山中商社还配合日本军政高层，对各国进行情报搜集，传输回国，加之其势力庞大，对早已衰败的亚洲各国的文物珍宝调查得清清楚楚，他们居中联络，左右逢源，强买强卖，几十年的工夫，便赚得盆满钵满，发了大财，其声势也傲然显赫。

山中有志便是山中商社里最为有名的“鉴赏家”和中国通，眼力极高阅历甚深，加之天性奸猾狡诈，颇得东京总部看重，已然在华摸爬滚打了二十多年，对老中国的了解无人能及，所以一直担任了驻华副总经理。不过头些年因为看上一件宝石蟠桃摆件，山中有志勾结北霸天韩大爷的侄子韩二爷做局阴谋陷害杨爷父子，指使豢养的犬养太郎在德胜门外比武，犬养被神勇的大杨所杀，他自己被愤怒的老少爷们打了个半死，灰溜溜逃回东京躲了几年丑。也不知走了谁的门路，这山中有志竟又被委以总经理的名头，得意扬扬回来了。当日吴清远也去德胜门看了那场比武，很是了解山中的无耻贪婪，如今乍一见他趾高气扬站在面前，也不禁惊讶。

买卖人还是很在乎场面事儿，吴清远按捺不悦，不亢不卑请二人落座用茶。却见一向骄横的山中对那个高个子毕恭毕敬，唯恐失礼，不由大起戒心。

“山中先生，别来无恙。呵呵，我还想，您是黄鹤一去不复返，如今又回来了。”吴清远淡淡笑道。

“吴掌柜笑谈，”山中似乎不想提起那件事，赶忙介绍道，“今天来得匆忙，失礼之处，还请见谅。这位是前田先生，按老中国的说法，是我东家的东家，我主人的主人。先生深通汉学，学识渊博精深，也喜好古董珍玩，收藏宝物众多，此次特来贵国游历，要游览贵国的风光、鉴赏贵国的文物呢。”

看山中一脸奴颜婢膝的模样，吴清远闻言差点笑出声，什么叫“东家的东家，主人的主人”？那就是“老主子”！一向骄横跋扈的山中竟能说出这种话，可见这前田绝非常人。前田闻言略带矜持高贵一笑说：“初来贵国，还请吴先生多多关照。”

“不敢当！”吴清远拱拱手，“前田先生的中国话说得很不错。不知喜欢些什么？小店能否效劳。”

“是的。”前田起身漫不经心扫视了一圈四周陈设的古董器物，微笑道，“我府上也有一座汉文书库，也收藏了一些中国古代艺术珍品。从幼年起，我对古老的中国文化就非常钦慕，日日研读经典，玩赏古物。近些年来忙于公务，荒废了一些，现在有时间了，所以来华走走看看。听闻吴先生饱读诗书，见识卓绝，学问渊深，特来拜访。”

听这人说话颇为平和懂礼，带着些自傲，并非商人嘴脸的俗人，吴清远也糊涂了，起身介绍说：“小店里的古董字画书籍都在此，前田先生可以随意浏览。”

前田也不客气，随意指点：“这是明代的《钤山堂集》，可惜不是原本，是万历年间翻刻的，严嵩怙势弄权，其诗句文章还是不能因人而废。这是南宋麻沙本《太史公书》，不过错讹太多，不足为用。这部《困学纪闻》是元抄本，可惜残卷不全。那只观音瓶很不错，是明初的风格，这件成化龙纹杯很好……”一面欣赏，前田一面竟然将屋里大大小小的古董略略指点一遍，尤其是对古籍善本和历代书画，中规中矩点评精当。

山中在旁连声诺诺。吴清远起初以为他狂傲拿大，谁知他的眼力的确精准，学识颇为深厚，连宋代五大名窑和罕见的隋唐类书都随口而出。末了，他指着一部《通鉴长编》笑道：“这是明朝翻刻本，又做旧的，看似南宋本，其实不是。原先我在东京见过一部，纸张做得很像，内容不好，比我家的差多了。”

吴清远心里疑窦丛生，倒吸了一口凉气。谁不知道南宋李焘《续资治通鉴长编》早已残缺不全，原本加《提要》《总目》有一千零六十三卷，传到明代已然是凤毛麟角，当日只有一百多卷抄本存世。江南应天府有好古文士，仿照宋本翻刻做旧，才被豪门收藏传世至今，由周公子通过其父周中堂重金收购，一直陈设在店里做展览。谁知前田偌大口气，竟一眼认出真伪，还说不如他家的好！这口气和态度，着实令吴清远震惊。

“前田先生渊博，这部也算好的。”吴清远思索道，“此书南宋淳熙年间贡入朝廷，孝宗大喜，特命将正本收藏于秘阁中，因卷帙庞大，传写刊刻不易，除了当时下旨抄写一部存入内廷，一直没有其他副本流传。自元世祖破江南，收南宋宫廷官府秘阁藏书，正本早已无存，副本运送大都，但已然不全，保存宫中世所罕见，元朝灭亡时也湮没于世。只有江南流散出一百多卷抄本，明成化年间，由当时好古文士翻刻成书，才流传于世。现今流传的那部《通鉴长编》，乃是乾隆爷大修《四库全书》时，翰林院文士们从大明《永乐大典》辑录出来，合为五百二十卷，也是不全，幸好光绪年间，有湖南巡抚谭钟麟主持，资助黄以周、秦缃业等文人雅士，从流传下来的南宋杨仲良著《续资治通鉴长编纪事本末》一书中，剪辑编纂而成《续资治通鉴长编拾补》一书，以补四库辑录本之缺，如今还算完璧。我铺子里这些，就是明成化刻本。”

前田听得很仔细，半晌点头微笑道：“吴掌柜不愧是琉璃厂的大才，称得上古籍善本专家！我对汉学略知一二，此书记载周详，史料丰富，广征博采，是研究贵国宋辽史的珍贵史书。不过，吴先生所知的传承，也有误区，此书除了毁掉的南宋正本和元朝散失的副本残卷，当年它确实还有一部完整的誊抄副本存世，就在我家书库里。如有机会，吴先生可以来日本欣赏一下这部书的南宋抄本全集。”

“就在您府上？南宋抄本？”吴清远大惊道，“这却从未听说，前田先生如何得到？如何知道必然是南宋本呢？”

前田却神秘笑笑不答。山中谄媚赔笑道：“吴先生，说句不谦虚的话，别说一部《通鉴长编》，即便贵国隋唐两宋历代秘籍珍本，我们前田先生家中也应有尽有，琳琅满目蔚为大观。前田先生府上的书库，那是……”前田摇头摆手笑道：“山中，不要在吴先生面前卖弄，这样很不礼貌！”

“是，是！”山中像条哈巴狗，立马规规矩矩不言语了。前田落座抿了口茶，漫不经心说道：“贵国古语说：文以载道。贵国的历史源远流长，博大精深，传播于东亚各国，是各国文化的起源中心，这一点是无可辩驳的。不过因为世事变迁，朝代更迭，三代秦汉不必说，就是最鼎盛的隋唐两宋文化，并没有很好地继承下来，而是被我国继承了，这也是无可辩驳的。”

“哦？”吴清远沉了脸，“前田先生后面这话，我不敢苟同。”

“或许这话每一个老中国人听起来都很难接受，但事实就是如此哦，比如从古董古物说起。”前田扬着脸傲慢笑道，“贵国的三代秦汉，就像这尊青铜鼎，坚硬刚健古朴庄严，鬼斧神工中蕴含着上古文明；隋唐时代，就像这件唐代的青玉双龙瓶，稳重敦厚，气象万千辉煌夺目，龙首昂扬，气势恢宏；而两宋文明，犹如这件汝窑莲花盏，细腻温润纯净柔和而含蓄优雅，虽无意争辉，却独树一帜超凡脱俗。

“而清朝至今，却像这件满布繁冗纹饰的乾隆五彩赏瓶，肚大脖细满面金彩华丽奢靡，骄傲自满，沾沾自喜，自以为是又盛气凌人。但它却是这些器物里最容易破碎的，只要轻轻一碰，就会如玻璃般粉身碎骨。历史的断裂产生的断层文化，才会让这些器物如此风格各异与众不同，不是吗？而贵国最鼎盛的唐宋文化，如今已然在贵国消失不存了，反而在我国生根发芽发扬壮大传至今日，或有损益，但核心精神依然长存，正所谓此一时也彼一时也。”

前田说完，又甩了句文词，吴清远立即冷笑道：“前田先生也太武断了吧！我国古人还有句话：薪火相传生生不息。朝代更迭也好，世事更替也罢，那是历数有尽，天命有归。天道轮转，非人力可以改变，但我华夏数千年礼仪人伦诗书典籍，并未因此消逝毁灭，反而历久弥新经久不衰，不像有些蕞尔小邦，跟西洋人学了些声光电化学物理，弄了些汽车洋房西装皮鞋，变得不中不西不土不洋，自己还没消化好，反倒添了些好为人师、晃着拳头四处耀武扬威的毛病。我国如今虽龙困于野潜龙在渊，你怎么知道，不会再有九五飞龙、腾于九霄那天呢？

“至于说到古董古物，其源流之传承，处处皆有。三代秦汉青铜之壮丽古朴，在唐有则天大圣皇帝于洛阳仿夏禹九鼎，铸造九州之鼎，在宋有徽宗皇帝再造九鼎于汴京九成宫，元明清三代，国家大庆，皆有青铜法器铸造，代代相传从未失传。玉器之精妙，自三代至今，更是从未断层，唐宋玉端庄古朴，有复古之风，元明两朝玉器大兴，粗犷豪放，亦有婉丽俊雅之作，延及清朝，集历代之大成，推陈出新，仿古不泥古，斑斑可见。所谓传承有序，既然为‘传承’，自然要尊重前代技艺风格和规则，但下面还有一句‘继往开来’，每个时代既要传承，还需融合本代的风格规则，这才能更好地继承，仿古不泥古，才会继往开来，继续流传。如今前田先生以自己认知割裂我国文化，不知是因为才疏学浅孤陋寡闻，还是别有用心？”

听这义正言辞的话，前田猛一皱眉，直直盯着吴清远半晌，两人互相对视着，连山中也觉得十分尴尬，刚要斥责吴清远，不想前田呵呵笑道：“吴先生见解独特，果然不凡！初次见面，是我失言了，请见谅。还有一件事，请吴先生不要推辞才好。”

七

吴清远早已大起戒心，缓缓说：“前田先生客气，初来我国，有什么可以效劳的，请说。不过我只是一介草民，太大的事，我也帮不了您多少。”

山中立即接话：“不大不大，呵呵。早闻得吴掌柜前些年得了一件大唐的宝物，前田先生最爱盛唐之物，想请吴掌柜拿出来，鉴赏鉴赏，如果价格合适，我们想收购。”

“哦？大唐宝物？”吴清远端起茶杯喝了一口反问，“什么大唐宝物？山中先生从哪儿听来的？我怎么不知道我铺子里还有大唐的宝物？哦，您是说这件青玉双龙瓶？这件瓶子确实来历不凡，也是头些年得来的，不过早已被人预定了。您若想鉴赏，可以随意看。”

“真人面前不说假话，我确实有消息来源。吴掌柜何必遮掩呢？”山中冷哼一声，“别说这小小的琉璃厂，即便这北京四九城里，谁家有什么宝贝，谁家想买，谁家想卖，我都一清二楚。如果是我，面对前田先生，肯定会乖乖拿出来，卖个好价钱嘛。贵国不是有句老话：货卖与识家？如果前田先生不是识家，恐怕世界上再没有识家了，呵呵。”

前田只矜持微笑不说话。吴清远笑道：“山中先生的手段我也有所耳闻，前些年不是在德胜门外露了回大脸？不过这回肯定听错了。我铺子里的货，都在这儿摆着，想看想买，都好说。你虽号称中国通，其实还有点不通。”

“不通？”山中愕然。

“是啊，”吴清远玩世不恭一笑，“中国古人之话千千万，你这辈子只怕也学不全，还有句老话：不怕贼偷就怕贼惦记，山中先生可谓深得其中三昧。”

“你！”山中听他说起德胜门之事，已然涨红了脸，一听这话，登时恼羞成怒，起身要骂，谁知前田摆摆手：“山中，不得无礼！”

山中憋着气冲前田深深鞠躬：“是！”吴清远起身：“既然我这儿没有前田先生要看的东西，那我就不留二位了，请吧。我可以叫小伙计带您二位再去别家铺子看看。”

“那就不必了。今天能结识吴先生，我很高兴，也希望能再次与您相见！希望下次再见，我们已经成为朋友了。”前田起身伸出右手，吴清远一抱拳笑道：“我还是喜欢老礼儿。希望如此。”前田的手在空气中停顿了片刻，又缩了回去。

“嘀嘀！”大轿车扬长而去，激起一片灰尘。吴清远心事重重回了铺子，掸掸土，喝了两杯浓茶才压住了心里的火气。他根本没把山中这条东洋哈巴狗放在眼里，不过是小人得志，然而前田此人学问渊博，深藏不露，城府很深，实在看不出他的来头。他竟点着名要鉴赏大唐宝物，还夸口要买！如此看来，真是不得不防了。

六国饭店豪华包房里，前田靠在沙发上刚取出雪茄，山中立马点着火递了过来，察言观色，等他面无表情抽了半根烟，山中才小声说：“阁下，这个吴清远太不识抬举了！我看，要教训教训他！不然……”

“胡说！我是什么身份？能做那种下流的事？”前田一瞪眼，慢悠悠说，“坐下。你啊，太不了解中国人了，还有脸自称中国通？”

“请阁下训示！”山中乖巧俯首。

“我对这个人很感兴趣，有点喜欢。他不像一般支那人，倒像个真正的老中国人。不过，个人太强，国家太弱，要吃亏的！哼，你不要以为在中国做了几年生意，就真正了解他们。更不要骄傲，以为在经济上有所获利，给军部提供了不少情报，就小看中国人，真正能让他们俯首称臣的，是文化。懂吗？文化！”

“文化？”山中坐得很板正，小学生似的恭恭敬敬听着。

前田冷冷地说:“文化,是一个国家,一个民族的根本。文化是‘王’,擒贼先擒王。他既然不想拿出那件珍贵的宝物,那我们就想办法让他‘自愿’拿出来,还要利用这件事,去打掉他的傲气！这就可以一举两得。或许面对别人,他们可以侃侃而谈,自以为是他们悠久的文化历史,古董珍宝,但是,这次面对我,他们肯定会输得口服心服!”

“阁下说的是!”

“你真该看看他们自己人写的著作,只有他们自己人才最了解他们自己。”前田冷笑道,“比如中国的严复先生说过:‘华风之弊,八字尽之,始于作伪,终于无耻。’这话准确而深刻,一针见血地描绘了这个民族的劣性。你看看支那人,不是这样吗？民国建立这么久,国还是那个国,民还是那群民,没有一丝一毫进步。我听父亲的老朋友,在中国荣任四十多年的海关总税务司赫德先生笑谈说:‘这个民族没有任何进步的特征,他们所谓的维新变法与改革,总是像他们喜欢的那种丑陋的秧歌舞蹈,进一步退三步,再进一步再退三步,永远在原地打转。’赫德先生为中国工作了四十多年,还是被人称为‘洋鬼子’。你还能指望他们能进步？所以,我们要利用他们的劣性,来实现我们的目的。”

“大日本帝国的文化才是代表整个东亚文化的现代方向与丰碑!”山中赔笑道。

前田一摆手:“不要在我面前说这种烂俗的口号,这话你该去东京跟文部大臣说。不过支那人也并不都是不好的,比如这个吴清远,沉毅耿介机敏而勇敢,很有风度,我其实很想跟他做朋友,不过要先打败他,你明白吗?”

“做朋友？打败他?”山中懵了。“你还需要学习啊,山中。我扶植你做山中商社驻华总经理,不是让你只想着发大财的。帝国军部那帮人,只会闭门造车一厢情愿,我在陆大教的那些学生,脑袋跟东条一样又笨又蠢。帝国的荣光不是靠一群蠢货打造的,我们要看得更高更远。当然,我不想跟中国为敌,打败他,然后拉着他一起共荣,这才是高深的策略。”

“哦！阁下高瞻远瞩！我有点明白了。”

“不要乱奉承了,我这次来游历不能待得太久,现在我写个单子,你立即拍加急电报给东京,把我要的东西都发来,记住,要派专人护送！剩下的你赶紧准备吧，希望这次效果要好，以后你可以照样多举办几次。”

“是！聆听阁下教诲，得益良多。我一定不负使命尽职尽责！”俩人在豪华套房里商议了许久，山中有志屁颠屁颠地忙活去了，前田站在窗边冷冷望着外面的街景，期待着自己的胜利。

大半个月过去，吴清远一直在铺子里防备着，想好了山中各种下三烂的手段，奇怪的是，什么也没发生，街市依旧繁华，那个神秘的前田再也没来。这天，他正在内室算账，外头伙计来报，宝古轩的刘掌柜来访。自打上回柱子闹出成化青花碗那事被他抹平，两家铺子关系比以往更进一步，吴清远连忙请进。

刘掌柜风风火火一脑袋热汗，进来端起茶连喝了两杯才稳住，失惊张怪叫道：“兄弟，坏喽坏喽！这下你可大祸临头啦！”

吴清远一怔，又给他续茶，忙问：“老兄这是怎么了？今儿皇历上是大吉之日啊。”“唉，你还有心思说笑话呢！你看看这个！”说着他递过一张《顺天时报》，上头通栏大标题大书：“六国饭店之日华珍贵古物切磋交流大会近日预备召开。”下面是几行小字：“本报讯：名闻遐迩的山中商社驻华总经理山中有志先生，特于本月二十日，于六国饭店大厅召开日华珍贵古物切磋交流大会。届时特邀请北京城各位文化界、收藏界的顶级大家及琉璃厂古玩店各大掌柜莅临参加，并恭请日本神秘嘉宾前田阁下特携珍贵中国古物珍宝，与京城各位收藏家一较短长，互相切磋交流日华两国古物文化，以增进两国传统友谊……”

“好嘛，这山中是要搞个龙王爷赛宝大会啊。不过，老兄，这跟我有什么关系？怎么会大祸临头呢？”吴清远笑道。

刘掌柜急得直跳脚，指点道：“兄弟啊，你往哪儿看呢，往这看！”他一指文章旁边，有一幅大照片，却不是山中，赫然是那日来格古堂矜持清高的前田！下头有几行小字介绍：“前田阁下，清华世家，日本著名华族领袖，日本顶级收藏大家，京城琉璃厂格古堂吴清远先生好友。此次前来中国，一为游历，二为吴清远先生收藏的一件大唐珍贵古物，要请前田阁下鉴赏。据传，两人或达成协议，吴先生在切磋交流后，或将古物出售给前田阁下，以表日华亲善之深情厚谊。”

“无耻!”吴清远“啪!”猛拍桌子大骂道,“山中这条东洋狗,如此败坏我的声誉,我岂能容他? 不行,我得找他去!”说罢他就要往外冲,却被刘掌柜死死抱住,劝说道:“兄弟息怒,息怒! 你这一去,正中了他们的诡计啦!”

“什么?”立即冷静下来的吴清远登时明白了,山中用的是无中生有,引蛇出洞的诡计,于是按捺住怒气,长叹道,“这真是人在家中坐,祸从天上来! 千算万算,不想日本人如此厚颜无耻!”

刘掌柜拉着他的手叹道:“现在生气也没用,兄弟,你没瞧见这几天琉璃厂的老掌柜们都对你指指点点? 外头都嚷嚷动了! 说你寡廉鲜耻认贼作父,背祖弃宗,盗卖国宝呢! 小报上吹得更邪乎,我都不敢拿给你看。你得赶紧想辙! 不然,老少爷们的吐沫星子都能把你骂化喽。”

吴清远正气凌然说:“怎么办? 根本没那么八宗事儿,我是身正不怕影子歪,不做亏心事不怕鬼叫门! 大丈夫立身于世,还怕他们这些魑魅魍魉的招数? 我想虽然现在大家伙对我有误会,只要我不理会,事久自然明嘛。”

“你倒是看得开!”刘掌柜摇头皱眉,“山中用的这招,是两头堵的十面绝户计。你想啊兄弟,你若是去了,正中了他们的诡计,虽说这些年我没问过你,可街面上的老老少少差不离都知道你手里有件宝贝,一去,准得叫他们奸计得逞,不去,不明就里的人会骂你心里有愧,不敢露头,反而叫山中和前田扬名立万,你的名声就毁了。不理他们,他们会更加变本加厉诬陷你;理了他们,咱们如果找个报纸发通告这一嚷嚷,不是正为他们那个古物切磋大会壮大声势吗? 反正这招又狠又毒,咱们竟然毫无办法! 唉……”刘掌柜一番挚诚话,着实说到吴清远心里去了。

吴清远冷冷盯着窗外,一字一顿地说:“凭他几路来,我只一路去! 我就不信,光天化日,朗朗乾坤,在咱们老中国北京城,他们还敢明抢吗? 不杀杀他们的威风傲慢,他们还以为咱老中国无人! 这事我知道了,多谢老兄提醒。”吴清远拱手作揖,疑惑又问:“老兄可知,这前田究竟是什么来头? 怎么偌大威风口气,连山中对他都毕恭毕敬。更邪乎的是,他自夸说,家里书库竟然藏有《通鉴长编》南宋誊抄全本,可据我所知,别说咱琉璃厂各家铺子,就是四九城里的藏书家,甚至大内都没有这套书,莫非他这个清华世家,还能追溯到两宋去？可即便能追溯到两宋，那么庞大的珍贵古籍，又是如何流传到东洋去的呢？”

刘掌柜倒吸口凉气愕然道：“《通鉴长编》南宋誊抄全本?！不可能啊。这书明抄本都没了，翻刻本在你铺子里，哪儿又跑出来南宋全本？不过也难说，这些年国势日衰，列强环伺，就说清末以来的四大藏书楼，历经战火天灾，烧的烧，毁的毁，更有那不孝之子，连祖宗留下的珍本古籍全卖给了洋人！浙江湖州府陆家大公子，一次就把皕宋楼、守先阁藏书十五万卷卖给了东洋人，其中宋、元、金、明四朝古籍就有六百多部、七千多册！痛心疾首啊。不说这个了。咱们得找人打听打听，这前田家里到底有什么珍贵古物古籍善本，竟敢在北京城跟咱们叫板比试，可见不是凡人。我仿佛听说，他是个日本贵族，还有爵位。”

“贵族?”吴清远一怔，“即便他是日本贵胄，跟咱们有什么关系？再者，这些年咱们也没听说过日本贵胄家来中国大肆收购古籍古董啊?陆家的古籍卖给了日本财阀，叫静嘉堂文库，其中也没有《通鉴长编》南宋誊抄全本。看他样子，得意扬扬，也不像吹牛。”

俩人正说得热闹，门外风风火火闯进一人叫道：“祸事祸事！贤弟，你还说人家吹牛呢！他那不是吹牛，甭说南宋本的《通鉴长编》全本，就是唐代《北堂书钞》残卷，《艺文类聚》的唐末抄本，北宋《册府元龟》、《文苑英华》残抄本，庆历官本《崇文总目》，司马光《资治通鉴》手稿，宋徽宗《宣和睿览图册》宫藏抄本，唐李、杜、白的诗帖，宋四家的法帖，他家都有！《通鉴长编》算个屁！渴死我了，伙计们快去弄点果子露、玫瑰露和酸梅汤来，要冰镇的！”

原来是东家周公子，气急败坏跺脚捶胸，又要湿毛巾擦脸，又要茶水漱口，又跟刘掌柜寒暄，忙活了半晌才坐下，摇头晃脑唉声叹气：“唉，这回怎么撞到他手里了！贤弟，我看这事不妙，你不能留在京城了，还是赶紧去上海躲躲吧！”

刚才周公子没头没脑一席话，说得刘、吴两人丈二和尚摸不着头脑。见他那样，吴清远哭笑不得，赶紧端茶递过来：“老兄这是怎么了？今儿刘掌柜来告警，您怎么也说这种长他人志气、灭自家威风的话。”

“兄弟，我的兄弟！你不懂，你不明白！”周公子连干了三碗茶，气喘吁吁说，“若是旁人，我才不怕呢。你不知道他的底细，日本皇家有的东西，他家都有，日本皇家没有的东西，他家也有！急死我了！冰镇果子露呢，一个个都跑哪儿钻沙去啦！”好嘛，周公子念念叨叨又说又骂，直到小伙计飞跑端来果子露，他痛饮了几碗，又抽了两袋烟，这才发完了大少爷脾气。他脸色阴沉，闷闷不乐，半晌才沉静下来，哀叹道：“他夸口吹牛？兄弟，刘掌柜，你俩是没上他家去过，你俩要是去瞅瞅，准得晕过去。”

吴清远无可奈何笑道：“大哥！你这到底是怎么了？歇歇气再说。”“我还歇气呢？我简直要断气了！”周公子苦着脸仔细回忆，“刘掌柜不是外人，我今儿说的话搁在肚里，咱仨知道就成。”

刘掌柜急忙拱手：“那是那是，规矩我懂。周公子莫非跟他认识？”

“认识？”周公子惊道，“咱哪有那身份啊，不过是几面之缘罢了。嗯，想必吴贤弟知道，庚子之变那年，我还小，调皮好玩，跟家父逃难去了江南，正在湖广总督香中堂那做客。”

吴清远点点头：“这事儿我听令尊大人说过。”

“那年香中堂不仅跟两广总督李中堂、两江总督刘岘庄大帅、山东巡抚袁宫保搞了《东南互保章程》，挽救江南富庶之地和亿万黎民不受兵刀战火，其实还派了他家二公子，秘密去了日本东京，拜访当时的日本政要。我那时候还小，就跟着他到日本游历。大人的事我不懂，也不敢过问，在东京四处游历玩耍，就见识过他家的赫赫声势及些许收藏，已然目骇惊心。他的底细来历非同寻常，说起来话就长了，此人名叫前田利为……”周公子一面回忆一面娓娓道来。

八

前田利为，表面上身份是日本陆军中佐，陆军大学教官兼参谋本部部员，实际身份，乃是日本位列皇族之下、仅次于五摄家的华族侯爵，加贺前田嫡宗本家第十六代当主。而明治维新之前，其家族更为显赫，祖上前田利家乃是加贺藩藩主，德川幕府的外样大名贵族，世代簪缨贵胄之门。其初代始祖，就是日本战国时代大名鼎鼎、位极人臣的丰臣五大老之一的前田利家。

前田利家，号称日本战国“无双之枪”，勇猛稳重，隐忍深沉，一生戎马，且运气特好，多次在战场逢凶化吉化险为夷，在织田信长和丰臣秀吉两位雄主之下，平步青云荣宠不衰，晚年时被赐封为领百万石的加贺藩藩主，是丰臣秀吉幕府五大元老执政，秀吉临终时任命他为托孤重臣。由此才开创了加贺藩前田家族，成为之后德川幕府历经二百余年的大名。

维新之后，重新获得大政的朝廷颁布《废藩置县》及《华族令》，以明治天皇名义，敕封原京都公卿堂上官及诸侯大名、维新元老公侯伯子男五等爵位，前田家虽然领有上百万石，由于在幕府时期跟德川将军家打得火热，冷落京都朝廷公卿，还是被压低封为侯爵。即便如此，为防止叛乱，朝廷下旨各路大名迁居东京居住，拆毁原藩国城堡时，同时颁布《金禄公债》，加贺藩家产财富本就富甲天下，按朝廷颁布原品原禄制度，由此获得了一百万日洋的巨额公债，大发其财，成为当时日本华族中最有钱的贵胄。

前田家很有经济头脑，家里本有的金银珍宝堆积如山不说，还特别善于投资。由于当年维新朝廷给予华族众多特权，依仗身份，前田家族在华族银行、糖业、邮政、运输业大肆投资，尽管失去了藩地，但每年换来的巨额金钱，足以让皇室亲王以下直到华族公爵都羡慕嫉妒不已。

跟清朝八旗制度中的旗主、旗奴很相似，维新之前由于封建幕府制度存在近千年，各地百姓只知道有藩主，不知道有朝廷，藩主在本藩之内，有绝对生杀予夺的大权，即便明治维新废藩置县之后，各地普通百姓对其原藩主依然保有畏惧敬仰怀念之情。因此，凡是加贺藩平民出身的官僚将军大员，依然会对前田家礼让五分，迁居东京的前田侯府也并未败落，依旧门阀鼎盛，门前车水马龙。

庚子那年，即日本明治三十三年，在东京依旧日日笙歌不断的前田侯府，迎来了第十六代当主前田利为。他本不是前田家宗家嫡派，是前田上野分家藩主前田立昭之子，因前田嫡宗本家无子继承，被十五代藩主前田利嗣收养作为嫡子。此人从小聪明绝顶，机敏多才，深沉果敢，志气远大，在众多庸庸碌碌只会吃喝玩乐纸醉金迷的公卿贵族子弟中，独树一帜，颇有祖风。前田利为十九岁便考取陆军士官学院，随近卫师团参加日俄战争，陆军大学毕业时排名第三，是正儿八经的“军刀组”精英。

只是这位前田侯爷心高气傲，自以为是，看不起平民出身的将佐，又自小爱好汉学，苦读经典，博闻强识，家产千万，爱好收藏，性格强势阴沉，所以在日本陆军中被视为“异才”，在公卿华族诸侯中也是领袖人物，平日往来的都是内阁大臣、军部首脑、富豪商贾和华族贵胄，虽然只是个陆军中佐陆大教官，可任谁都给他三分面子呢。

说起前田家的收藏，赫赫有名，自始祖前田利家以来，仗着身份和财力，绵延十几代数百年大肆搜罗整理，不说日本本国古物珍宝，只说家藏的中国自隋唐以来的古籍善本法书字帖古物珍宝就堆积如山琳琅满目，只怕除了日本皇室，其余公卿诸侯文武百官，根本不能望其项背。

周公子说到这儿喘息不已，喝了一碗果子露，拍着大腿叹道：“兄弟，如今日本人骄横跋扈，虎视眈眈，前田利为既是声名显赫的贵胄侯爷又是军官，还深通咱们的文化，其收藏品多为历代罕见宝物，咱们惹上他，还能有个好？甭管来文的还是武的，咱都白给呀。你还说我长别人志气，年少时我在东京，便见识过他家些许收藏，你想想，连《艺文类聚》《北堂书钞》这种在咱中国早已失传的唐代抄本他家都有，何况其他？我看，你还是出去避避为好。”

刘掌柜闻言又惊又怕。吴清远凝神细听了半晌，沉默了一会儿忽然问道：“不，不对啊。老兄，他们家就算是诸侯大名出身，家资豪富无比，但那么多的中华历代珍本古籍古物，打哪儿买的？据我所知，你说的那些稀世罕见的古籍，别说前清，即使元明两朝都根本无存。按老兄所言，他们家是德川幕府之前几年才封土为诸侯的，那年月咱们这儿都没有的古物古籍，他们打哪儿弄去的？”

周公子急忙道：“唉，兄弟你又想到哪儿去啦！人家压根儿不是从咱们老中国弄去的！”

“啊？不是从咱们中国弄去的？”这下连刘掌柜也傻了。吴清远也呆住了，接话问：“不是？那么多中国的古籍善本古物，不是从中国或是抢掠或是收买去的，还能从哪儿弄？老兄这话我更不懂了。”

周公子埋怨说：“你呀，就是一根筋！不打破砂锅问到底不成！你甭嫌我话多，这事还得从根儿上讲。嗯，我索性实说了，那得从大明万历年间的抗倭援朝之战说起……”

大明神宗万历十九年，半生血战，在日本战国群雄逐鹿中脱颖而出，基本统一日本诸藩的太阁丰臣秀吉，野心勃勃，骄狂已极，派人给朝鲜国王李昖发了一封信函，欲借道朝鲜，入侵中华，吞并大明。李昖大惊，以朝鲜世代乃大明藩属为名，严词拒绝。不料丰臣秀吉借道是假，意欲吞并中朝两国是真。他下令手下大名，起陆海大军十六万，第二年春，用“以强凛弱、速战速决、海陆并进”之法，三路齐发，大举进兵朝鲜。

朝鲜自立国以来，不仅国名是明太祖皇帝所赐，连典章制度、兵农政事，都仿大明设置，久称藩属，遇事则全依仗明朝保护，因此立国二百余年来，从未有过战事，导致文恬武嬉，党争不绝，内政混乱，武备废弛。各道兵马懦弱如烂泥，一遇敌军丢盔卸甲、望风而逃。不到一个月，朝鲜三京失守，八道瓦解，国王李昖面对叩关之敌，吓得手足无措闻风丧胆，带领一众文武大臣丢弃三京，一直逃到鸭绿江边才算稳住神儿。面对长驱直入烧杀抢掠的倭寇，李昖不得不亲笔书奏，字字泣血，连连向大明朝廷飞章告急。

局势危急之际，神宗皇帝见奏震怒，认为“倭寇之图朝鲜，意实在中国，而我兵之救朝鲜，所以保中国也”。为救援朝鲜藩属，保卫中华，神宗皇帝下旨宣战，急速调遣关内京畿禁军，宣府、大同、蓟州等处九边兵马，连同辽东边防军、江南备倭军等精锐劲旅，数路齐发，援救朝鲜，大战倭寇。

中日两国在朝鲜数年大战，直杀得天昏地暗血流成河，神宗皇帝先后调遣二十余万大军，依仗强大的火力、雄厚的国力和英勇的将士，历经七年多血战，终于将侵略朝鲜的倭寇杀得损兵折将大败而逃，逼得丰臣秀吉气恼暴病而死。大明扶植朝鲜再立，令日本三百年不敢觊觎中华，史称“万历抗倭援朝之战”。

且说战争初期，作为丰臣五大老之一的加贺藩藩主前田利家，跟德川家康一样，并没有派遣手下大举出兵，而是奉丰臣秀吉之命，与其他几位丰臣嫡系将本部兵马集结于佐贺藩为大军预备兵团。原来丰臣秀吉早已谋算，想借此侵略大战之机，一面抢掠财富，一面侵略土地，一面消耗跟自己貌合神离的大名的实力。

前田利家自然早已心知肚明，他虽为日本战国勇将，却狡黠多智，又酷爱汉学，爱好中华古籍珍本金石书画，战前便得了亲信密报，据传朝鲜宫廷秘藏有巨量法书字画、古籍珍本和古物珍玩，不由大起贪心。他便瞒着丰臣秀吉，写了一封密信，秘密派遣了一千亲兵，以“押解粮饷支援战场”为名，乘帆远航渡过对马海峡到达战场，隶属于宇喜多秀家麾下听命。宇喜多秀家本为丰臣秀吉非常宠爱的养子，又是远征总指挥，接到叔叔辈元老前田利家支援的粮饷，自然高兴，可一看密信，才知道他另有所图，只得下令这一千人的行动自主，不受其他大名调遣。

等到日军长驱直入到达王京汉城，朝鲜国王李昖早已闻风而逃，汉城城内顿时大乱，宫廷无主，朝廷无人，乱如散沙一般。汹汹乱民趁机冲入景福宫、昌德宫、昌庆宫劫掠左藏库内藏库中的珍宝；日军攻陷城池，更是兽性大发，纵兵大掠，四处杀人放火抢掠钱财，久称王京的汉城陷入一片尸山血海熊熊大火之中。各大名属下毫无头绪，乱蚁般纷纷冲向一切宫廷府邸官衙大户。奇怪的是，此刻却有一队人马，在乱军中颇为严谨，他们手执利刃，悄无声息，按图索骥，冲入景福宫、昌德宫、昌庆宫，将三宫内的观文阁、尚书司、隆文楼、康宁殿、思政殿、弘文馆、奎章阁、宣文阁、摛文院、奉谟堂、阅古观、内书房、大畜观等朝鲜宫廷秘藏中朝古籍善本金石书画之处一扫而空！至此，朝鲜王室继承高丽王室的，以及自己积存数百年的古籍珍本法书字画除了毁于战火抢掠中的一部分，全部被扫荡殆尽。所有珍贵古物都被车拉肩扛运回日军大营，几天后便被严密捆扎包裹，火速乘船运回日本，呈给了正在后方督战的前田利家。

抢掠王室古籍珍本的，正是前田利家派往战场执行秘密任务的亲兵。据传当年被抢掠的古籍珍本法书字画何止数十万卷，这些古物到达日本后，光从船上往陆地运盛满书画古籍的箱柜，就用了五百亲兵运了半个多月。前田利家传命将古籍珍本布列满庭，打开阅览，不由大喜过望，手舞足蹈。原来朝鲜王室宫廷藏书，并非只有李朝藏本，而是继承了高丽王朝及新罗百济自隋唐以来的秘府收藏，藏品极其丰富。

因中华久为天朝，世称上国，当年各国钦慕崇敬华风，纷纷派遣使臣、学生来华通好学习，其中尤以三韩之地为盛，年年进贡岁岁来朝。三韩之地通好学习之余，又惊叹羡慕华夏文化之鼎盛，便大肆搜购、抄写各种图书典籍、法帖字画运回国内鉴赏收藏，传播华风，一直到两宋，相沿成习。尤其隋唐天子几次征服三韩之地，诸国臣服天威，均奉表求书画典籍，天子胸怀四海，为敦睦友谊，各朝特御赐书籍字画典章异常众多。直到大唐末年，遣唐使者仍络绎不绝来往于两国。

五代十国之时，中原陷入长达五十余年战火，哀鸿遍野黎民涂炭，隋唐以来历代典章文物古籍图书毁于战火的不计其数，倒是三韩之地未被波及，保存在那里的图书典籍法书完好无缺。后来大宋立国，高丽遣使来朝，称臣纳贡，获得赏赐古物珍宝众多，遣宋使者又着力搜求，因而汴京出产的佛经、道经、北宋朝臣文集、书法字帖图画和雕版新书，不少流入其国。后来因为辽国、高丽过于搜求，朝廷还颁布法令，市面书铺不许向其出售图书典籍。

靖康之变，金兵南侵中原，将北宋王朝历代库藏储存典章文物、图书典籍、珍宝法器千百万件抢掠一空，运往燕京，可惜金人不通汉学，只爱金玉珍宝，不少古籍法书字画，被当时称臣的高丽或换或买，运往其国。南宋立国后，高丽继续派遣使臣，得到不少罕见的古籍新书。为了储存众多古籍珍本法书字画，高丽睿宗时期，还特意在王宫中建造宝文、清燕、临川三阁，储存中华历代天子御赐诏书、敕书、书画及继承前代的经史子集四部书籍，从中华流入的珍本善本古籍字画。

高丽末年，大将军李成桂自立为王，建立李氏朝鲜，继承了高丽王朝及之前几代存留的众多古籍珍宝。李氏王朝历代国王也钦慕中华，好古成风，着意搜求，因此朝鲜王宫殿阁书楼中，除了少数被盗被毁，中华隋唐两宋元明的古籍善本图书典籍竟然还比较完备。前田利家指挥亲兵这次冒险劫掠，一次得到了朝鲜王宫几乎全部古籍珍本收藏，原本并不起眼的加贺藩摇身一变，成了日本战国大名诸侯中文化典籍图书字画最多的一家。

得到这些古籍珍本，前田利家没来得及整理便去世了，后几代藩主虽喜好搜罗图书文物，然因当时德川幕府刚刚建立不久，前田家左右逢源，常在江户忙碌侍奉，直到第五代藩主前田纲纪，才开始大规模对这些传世古籍珍本法书字帖图书进行整理清查分类包装。他在城堡内特建造一座规模宏伟的楼阁，取名“尊经阁”，刻藏书印“尊经阁藏书”，将群书分门别类，各自做成目录，总纲分“日”“华”“朝”三大类，下分图书、古籍、异书、法书、画作、古物等十几个分类，再分为近百个小类。经过十余年的整理、清查、分类和著录，日、朝古籍珍本不算，单“华”类里中华自隋唐两宋元明历代古籍善本图书，就有一万两千余种，十五万卷以上，多为中华早已无存的孤本珍本绝本，乃价值连城的稀世之宝。这其中还有档案文书一千余种，法书字画上千卷，古物珍宝不计其数，堪称日本战国至近代以来收藏中华古籍珍本法书文物最多最全最珍贵的一座宝库。

明治维新后，日本朝廷废藩置县，大名诸侯归朝，前田家迁居东京居住，建立了占地广袤装饰豪华的东京侯府。前田家还特意将尊经阁定名为尊经阁书库，将之一起迁往东京，在侯府后院建立楼阁储藏，相传至今。如今老中国的收藏鉴赏家、古玩商跟这位声名显赫的前田利为侯爷“切磋交流”，岂不是叫花子跟龙王爷赛宝，以卵击石？

九

周公子滔滔不绝足说了一个多时辰，吴清远才明白为何这位往日天不怕地不怕的老兄如此惊慌，想到那些中华久已不存的历代珍稀书画古籍，竟然保存在一个日本侯爵家里，不禁又怒又愁，半晌言道：“原来如此！看来是天意呐！那么多失传的古籍珍本，竟然在他家？”

“是不是？我说你还是出去避避风头。我想他一个华族侯爵，也不能老待在咱老中国不回家呀。”周公子提议说，“你等他回国了，再回来吗。反正咱们是惹不起，可总躲得起吧？”

“躲？为什么要躲？！”吴清远肃然起身目光炯炯，“这是在咱们老中国！老北京！不是在他们东京城！要躲也是他们躲。我就不信，咱们老北京那么多收藏鉴赏大家，琉璃厂那么多行家里手，谁手里没有三五件拿得出手的东西？比就比！被人打死总比被人吓死来得光彩！我现在就写帖子，请咱们琉璃厂几大掌柜的和熟识的先生大人们一起聚聚，商议商议怎么对付他。”

周公子、刘掌柜见他犯了牛劲，发了名士脾气，都焦急万分，左一个作揖，右一个打躬，吴清远只是不听。吴清远酝酿了半天，反而说动了俩人的豪情壮志，仨人便分头安排：吴清远亲自挥笔写了请帖，刘掌柜负责召集行里人，周公子面子大人缘广，去请有名的收藏大家，忙碌了一天，才把“英雄帖”撒出去。本以为胆小怕事爱看热闹的老北京老少爷们即便出手，也不会来得太多，哪知古玩行里人早就嚷嚷动了，在年高德劭的梁老掌柜带领下，义愤填膺，纷纷出席。

周公子跑了几十家，还不错，大凡有名有姓的收藏大家，都说要出手，有的也来了格古堂参与商议。一时间格古堂车水马龙热闹纷纷。见了大伙，吴清远先拱手作揖，说明了山中、前田在《顺天时报》上说瞎话诬陷好人的诡计，周公子又简单说明了前田的来历和收藏。方才还兴高采烈议论纷纷的众人，闻言顿时凉了大半截，连琉璃厂耆老梁老掌柜也抽着水烟袋，皱眉思索道：“没想到这个日本侯爷竟有如此根底！若是这样，恐怕咱们这些人任谁手里的东西，也不一定能胜过他呀。我看，他这‘交流’是假，切磋比试是真！”

“没错，梁老高见！”吴清远点点头，“既然是切磋，又诬陷了小侄的名号，我一定不能跟他善罢甘休。只是我手里的东西有限，还得请大家伙和衷共济一起出力。”

“对！这个面子咱不能丢！”阅古轩的钱掌柜喊道，“好嘛，他一个小日本，甭管侯不侯，跑到咱老北京来比赛古董古籍？烧包臭显摆吗！姥姥！众人拾柴火焰高，我不信咱比不过他。我店里有一尊商代青铜鼎，可以拿出来跟他比比！”

“钱掌柜少安毋躁。”梁老掌柜思虑很深，摆摆手让他坐下说，“切磋交流，毕竟是个题目。咱们不能乱来，既然他手里东西多，大家把各自铺子的镇店之宝凑一凑，想必差不到哪里，我是在想，日本人奸诈狡猾，气势汹汹，这里头会不会有什么阴谋？”

"阴谋?"众人忙问,"请老掌柜多多指点。"

"多承诸位看重,我今儿倚老卖老。诸位想,自打庚子之变,咱们老中国多少奇珍异宝被洋人盗卖出国,流失异域。这次切磋交流,怕山中和前田本就没安好心,万一透了咱们自己的家底儿,叫他们按图索骥,论钱论势,咱都不是对手,到时岂不让他们把咱们手里的宝物弄了去?这是一。

"第二,切磋本为比试的意思,既然是比试,就得有规矩有章程,不能瞎比试。他家即便有金山银海,说句拿大的话,咱们一条街的所有铺子把货底子都算上,也不怕差多少。但是得分清楚,如何比,怎么比,怎么算输赢,有没有赌注,输了怎么办,赢了怎么算,这些都得说明白。

"第三,除了切磋,还有'交流'呐。我想这交流必得有博学多才、见多识广、谈吐洒脱的大才,跟他当场互相谈经论史、谈说金石书画鉴赏,甚至佛道内典、诗词歌赋也得通晓。他不是号称'中国通'?肚子里必然也有些墨水,到时你来我往,跟前清举子们会文一样,才能叫他领教咱们老中国的渊深学问。

"第四,咱们是礼仪之邦,讲究先礼后兵,现而今这兵不管用了,但是礼不能缺,不能跟无赖混混打架骂大街一样粗俗,叫日本人瞧笑话。所以还得预备一条,无论如何,不能失了礼数。"

梁老掌柜不愧琉璃厂的耆老,做事稳重,足智多谋,把前后之事一一说明,众人无不佩服。于是先请周公子去办交际,一定跟日方说明,无论华方拿出什么奇珍异宝,只切磋,绝不售卖。切磋的规矩,必得有华日双方平等商定才可。山中见华方要出手,自然连连答应,其实早已策划了阴谋。

而琉璃厂的老少爷们,也在梁老掌柜的主持下,选定青年英才吴清远作为"第一交流人",对战山中和前田。其余掌柜的行家,由梁老掌柜并几位眼力高的掌柜,从各家铺子的金石、书画、青铜、瓷器、古玉几类中,每一类精选三件,作为切磋之用。

这样井井有条预备了好些天,周公子和几位京城藏家又跟日方谈妥规矩:无论金石书画青铜瓷器,每天切磋一类,一类切磋三件,以品相、年代和历史价值为输赢的依据,如果哪一类有异常珍贵者,不用三件,一件便可定输赢,输者公开向胜者鞠躬为礼,最后以所有类型赢局最多者取胜。为了体现华方的待客之道，切磋交流结束后，由华方做东，在京城会贤堂请日方聚餐。

敲定了各种事项，众人无不兴奋，都觉得我方天时地利人和全占，大局已定。梁老掌柜谨慎，特意嘱咐大家伙别得意，也不必每次切磋都全体出场，要跟日本人玩一玩车轮大战，大家无不赞同。

也不知日方打什么主意，把书画类切磋搁在最后举行。前几天分别是金石、青铜、瓷器、古玉和杂项。本来信心满满的琉璃厂各家掌柜以及京城古玩收藏大家，都来参加，哪知一上场几天之内，就被震了个跟头！

金石拓本，是北宋以来古玩行里排名第一的门类，因其发源考证上古以来文字，文字之尊，自仓颉造字以来便有种种神异传说，特为世人尊敬，加之来历久远，没有偌大学问，根本不可深入，又因其开宗立派的乃北宋第一文宗欧阳文忠公，其著作《集古录》是金石学第一名著，所以历代古玩行，都将金石拓本尊为第一。

第一天颇有信心的众掌柜和文士，特选出了三件稀世之珍，一件为宋拓本《集王羲之圣教序》，一件为盛唐年间大书法家李邕的宋拓本《麓山寺碑》，一件为宋拓本《唐柳公权玄秘塔碑》，件件纸墨古朴斑驳苍劲，卓然精品。哪知前田不慌不忙，只取出两件拓本。拓本被展开之后，众人屏气凝神，咋舌不已。第一件乃是唐末的拓本《唐柳公权神策军碑》，虽然不全，但懂行的都知道，唐拓本无论出土还是传世，绝无仅有，万中无一，连大内收藏的几乎都是凤毛麟角，流传市面上的更是没有，很多掌柜做了一辈子买卖都没见识过唐拓。经过诸位鉴赏，此拓本确为唐末纸墨，堪称稀世之宝。

而第二件更为稀罕，乃是北宋嘉祐年间的拓本《秦王告巫贤文初》，上面还有欧阳文忠公的小字跋和苏东坡的题跋，玉签宝墨，相映生辉，题签上是宋徽宗赵佶用瘦金体书写的名目，包裹乃罕见的“宣和装”，五色古锦，只有别签玉扣无存，内中后面是徽宗的宣和七玺，宝光内蕴，朱色俨然，堪称国宝。

与会的梁老掌柜惊得热泪盈眶，回来跟吴清远说道：“这碑文在咱们这儿只有在吴刊本《元至正中》中见过，也是后人拼凑的残拓碎章。其古碑共三百二十六字，乃秦王祝祷大神巫贤降祸楚王的石刻。这石刻天下仅有一块，北宋嘉祐年间出土于陕西凤翔，为东坡先生亲自发现，将其移送官厅并上报朝廷，欧阳文忠公亲自下令调往汴京，轰动一时。此物为《集古录》中著录的第一等稀世奇珍，后被徽宗收入大内，只做了几件拓本存于宣和殿。靖康之变原石被金兵砸毁，拓本无存，没料到悠悠千年，竟又现世，却落到东洋人手里，可叹可叹。”

吴清远自然懂行，也大吃一惊。第一天的比试，算华方失败。第二天的青铜器切磋，华方小心翼翼取出三件商周铜鼎铜觥，三件古物均斑驳陆离，古韵苍然。前田并不喜好青铜器，只取出一件商高宗武丁的铜钺，算是输了。华方扳回一局，众人才稍稍安心。

第三天的古玉切磋，华方又胜一局，到了第四天的瓷器切磋，众人又来了信心。瓷器是中华国粹之一，几位掌柜的取出三件品相完好的宋瓷，哥、汝、钧各一陈设在当场，在场的老少爷们和大报小报记者，啧啧称奇。没想到前田又只取出了一件天青色的花瓶，搁在当场，请众人鉴赏。

几个老掌柜戴上老花镜细细看了半天，却不得要领。梁老掌柜思索了一会儿，勃然大惊，颤抖说：“莫、莫非是后周年间，周世宗御制的‘柴窑’？”

这话一说，众人无不惊诧。原来柴窑之器，乃北宋五大名窑之祖，当年周世宗下旨在汴京附近烧造御窑，监造官请旨样式釉色，他挥笔御批道：雨过天青云破处，者般颜色作将来。监造官不敢违旨，便各处寻找老窑工，试炼瓷器。因其配方绝密，残次品全部被销毁，成品极少，世宗在位又短，北宋初年柴窑便停工，所以流传下来的柴窑绝无仅有。北宋年间柴窖烧制的瓷器便是宫廷珍宝，延续千年柴窑也被历代视为力压五大名窑，成为“第一”，后人在鉴赏古玩典籍中也称“柴窑最贵，世不一见”。元明两朝，勋贵富豪将其碎片残块视为宝石，镶嵌带扣服饰，可见其珍贵。

前田这件花瓶，色泽鲜碧，釉水莹润晶莹，细腻如脂，宝光内蕴，造型完整且为黄土胎。经过几位文士、收藏大家的再鉴赏，确定为柴窑无疑。山中有志得意扬扬说道：“此物别说在中国，即便日本，也只有两件。另外一件在天皇内廷宝库中，我们已经做过鉴定。这一件是高丽王朝时期，高丽人从汴京所得，被带回高丽，秘藏于王室内廷。我们皇室那一件，是北宋初期，航海交易所得，幕府将军喜爱，一直存放于将军府，维新后收入皇室内廷。诸位可看仔细喽。”

华方众人又惊又羡，又一次败北。第五天的杂项，双方打成平手。到了第六天上午，双方再切磋，比试的是书画法帖。这天山中早早来了预备，等到十点，前田利为才来，四个精壮侍从跟随，坐了东首，华方众人坐在西首，记者们站在后头瞭望。只见山中恭恭敬敬给前田鞠躬行礼，捧过他递来的一只皮箱，轻轻放在中间的长条大桌上。

众人屏气凝神，眼瞧着山中从皮箱里取出三个盒子，分别轻轻打开，第一盒里是纸色发黄的几个古锦缠绕的经卷，第二盒里是一卷古色斑斓的绢画，第三盒里是一本五色古锦封面的法帖。山中扬脸笑道："今天切磋的可是重头戏，我们前田侯爷宝库中珍藏品太多，只选取了这三件，诸位老少爷们，也可以把你们的收藏请出来，一起切磋。不过，我想先请教一个小小问题，在座的都是学识渊博、博古通今的名士、掌柜，一定会不吝赐教哦。"说罢他回头瞅瞅一脸矜持微笑的前田。俩人在现场扫视一圈，并没有发现吴清远，所以都有些意外。

"请说吧。"梁老掌柜、周公子、钱掌柜、刘掌柜坐在一桌，有些纳罕，连日来这赛宝大会开得如火如荼，除了第一天吴清远来坐了坐，后面几天都是他自己一人关在店里，任谁不见，不知道神神秘秘搞的什么名堂，好像他竭力召集的为自己正名、为老中国争气的大会，他并不放在心里。钱掌柜小声问："周大爷，吴掌柜是不是胆小，或不敢拿出您铺子里那件宝贝啊。"

"不能够！"周公子一脸正色，"清远不是那种人。再说按咱们商议的规矩，他还得跟山中和前田当面锣对面鼓的'交流'呢！这么多京城名士都来了，他敢不来？说也怪，我这兄弟这几日成天介忙忙叨叨，不知鼓捣什么呢。"话音未落，山中笑笑："诸位，咱们开始吧，我先请问诸位，你们中国久为天朝，世称上国。诸位可知，老中国什么最高、什么最深、什么最肥啊？"

这话一说，在场的人都有些懵懂，没想到这个小日本开场先来了这么一段。在场的都是名士，有些说天文、有些说地理、有些说古今人物，听得山中和前田连连冷笑，一脸鄙夷。周公子也是饱读诗书，见不得他们狂妄，站起身肃然道："山中先生说这话，就是外行。如今民智渐开，这也不是难题。中国的喜马拉雅山珠穆朗玛峰最高，长白山的天池最深，黑龙江里的鲟鳇鱼最肥。”

众人正点头呢，山中突然仰头狂笑不止：“哈哈哈哈！蠢材蠢材！可笑老中国无人！”周公子一怔，顿时大怒，刚要发作，只听门口一声断喝：“放肆！山中有志，你不过是条东洋哈巴狗，胆敢如此目中无人，肆无忌惮。你那侯爷主子也不管管吗？”

话到人到，众人闪目观瞧，门口大步流星进来一人，只见他举了举手里的怀表傲然道：“时间刚到。前田先生，你身为贵国世袭贵胄，就是这么教训你的下人的？”来者正是格古堂的掌柜吴清远。

前田利为微微一怔，冷笑道：“吴先生，请见谅。山中并不是我的下人，我的下人在东京呢。他也是直言无隐，方才诸位的回答当然都是错的。”

“区区小题，我来代答即可。”吴清远搁下手里的包袱，轻蔑笑道，“山中先生，你问的可是我们老中国什么最高、什么最深、什么最肥？”

“是啊！吴掌柜请回答吧。”山中阴着脸。

吴清远向在场的华方诸位拱手作揖，正色大声说：“我们老中国人心最高！岂不闻古人说：心比天高？我中华文化最深！世所周知，华夏自先秦以来，儒、墨、道、法、名、杂、农、阴阳、纵横诸子百家，鼎足分立，孔、孟、老、庄、荀、韩、邹、公孙诸大圣先贤皆出自我国，自汉唐宋元明清延续数千年薪火相传，其学术知识流散遍布东亚诸国，绵延千年而不坠，前田侯爷称你国文化继承唐宋，其实只不过为我国文化一派支流罢了，有什么可狂的？

“再说最肥，我中华土地最肥！南北东西绵延万里，幅员辽阔，山河相依，地下地上金银宝矿不计其数，所以最肥。如若不然，怎么会引得那么多巧取豪夺肆无忌惮的东西洋各国列强觊觎呢？”

大厅里很安静，安静得有些出奇。片刻，猛然爆发出一阵阵疾风骤雨般响动如雷的掌声，众人大喊：“好！吴掌柜说得好！好啊！”一时间大家群情激昂，连四周的记者们也掌声雷动纷纷叫好。

山中有志气得脸如猪肝，大汗淋漓，双拳紧握，死死盯住吴清远。一旁座位上的前田利家却面色如水，两眼冒光，片刻缓缓起身冲吴清远轻轻点头：“吴先生大才，方才是山中失言了，快请坐，请喝茶。”

周公子异常兴奋地拉着吴清远坐下，边递茶边拍他：“好嘛老弟，山中这小子想给咱们来个下马威，叫你给几句话打傻了，哈哈！来赶紧喝茶，看看他们带来什么好东西了。”

梁老掌柜也不停叹息：“清远好样的！后生可畏。”众人正热切谈论，气嘟嘟的山中指着长条案上的三件东西，向众人说：“诸位，请雅静。方才吴掌柜的话让我很汗颜呐。不过咱们既然是切磋，请看看我们带来的物件。诸位也要准备好。”

他刚说完，前田起身推开他，向众人说：“今天是最后一天，我特意带来了心爱的几件古物，请诸位先生欣赏。”他轻轻抱起第一盒的几卷经文，揭开古锦，眉峰一挑缓缓说：“这是北宋开宝年间雕刻的《开宝大藏经》初版，家藏两千三百卷，可惜只有七百卷是初版，剩下的是用北宋其他三朝的版本拼凑出的百衲本。诸位请看。”

吴清远一听这话，心里猛然一沉，看了看也是一脸愕然的周公子、刘掌柜。刘掌柜惊呼：“天爷！这、这东西他家都有？!”

十

《开宝大藏经》又称《开宝大藏真经》，是中国历代雕版印刷佛教经典全藏之鼻祖，也是中华第一部木刻全汉文的大藏经。开宝四年，宋太祖赵匡胤亲自颁布敕书，命内殿高品张从信，携带重金和史料文献，前去四川益州开始雕刻佛教大藏经经版。整个过程历经十二年寒暑，直到宋太宗太平兴国八年才告竣。当年使用的经文，大部分是大唐玄奘法师从天竺取回来的梵文经卷的汉文译本中的善本，又以《大唐开元释教录》入藏目录底本校准。《开宝大藏经》规模庞大，耗费巨万，印刷精良，此后历代雕刻印行汉文大藏经，皆以它为祖本。

只是年深日久，《开宝大藏经》的十三万块经版早已毁于北宋靖康之变，而初版、再版等版本，也在历代战火天灾中灰飞烟灭。到明朝初期，《开宝大藏经》只剩下了几卷残章断卷，还被视为珍宝收藏于藏书家密室，如今乍一听说有北宋初版，能不震惊？

吴清远走到桌前，跟众人细细欣赏一遍，此物果然是由古色斑斓的北宋黄麻纸精工印刷，书法端丽大方，字迹清晰严谨，色色精美，为唐末五代流传至北宋的典型卷轴式经卷，其中卷轴已然有些朽烂，卷首的经题、版数和文号却非常细致。众人叹息一回，吴清远点点头："这确实是《开宝大藏经》初版，不过据传当年宋太宗初年，就有贵国禅师带去贵国，听闻前田先生只有七百卷是初版，是否是太宗那年那部呢？"

前田利为笑了笑："吴先生很渊博，太宗年间那一部藏于我国奈良金刚寺，毁于应仁之乱的战火。我这一部，初版来自朝鲜王宫，可惜只剩了七百多卷，还有千余卷不全，是北宋后来三朝修订版，后来我又从各地搜集了一些，凑成了两千三百卷。这些还能入先生的法眼吗？"

"佩服佩服，此物在中土久已失传，今日得见，有幸之至。"吴清远不亢不卑回到原位。周公子一头热汗问："老弟，你看这、这后面咱们能赢吗？"

"没啥，咱们再看。"吴清远盯住了剩下的两样，成竹在胸。前田有些得意，取出第二件画轴缓缓展开。这是一幅标准的日式唐风装长卷，高一尺五，长六尺有余，如同中国古画手卷。天地头、隔水尺寸短小，覆被底用华丽的五色织金缎制成，金光耀眼五色迷离。犀角卷轴头，镀金梅花别扣，前后卷轴下还坠着两块桂圆大小的无瑕美玉坠子。

画心古朴端庄，一色浓淡相宜的金绿山水，设色古雅，亭台楼阁掩映于烟波浩渺群山绿水中，水中偶尔有舟楫划过，仪态自然。亭台上人物神态各异，羽扇纶巾、潇洒风流，正在下棋饮酒，投壶流觞。前隔水处，一色端楷大字：王摩诘辋川图。

一入眼，众人无不大惊。梁老掌柜倒吸口凉气，擦了擦眼镜，大气不敢出趴在离画几尺远的地方细细打量。连诸位掌柜也大骇不已。原来这《辋川图》是唐代大诗人王维所作，在中华画史上，堪称绝代国宝。因汉魏以来，凡画作无论人物山水还是神话佛道，官作民作，都是专业的画师或工匠们所作，几乎从未有过文人诗人之作。直到王维作《辋川图》，才开启了文人画风，以后历经宋元明清，千年不衰。此画堪称文人画的始祖，且画风悠远淡然，意境深远，也是山居清幽淡远门类的鼻祖。此画历经后代李后主、宋徽宗、赵孟頫、董其昌等人的大力捧场，成为中国文人画至高无上的名作之一。

山中有志眉飞色舞道：“诸位请仔细看哦，这设色、笔墨和古绢，除了装裱，都可达唐朝，这就是中国最有名的诗人画家王维先生的绝世名作，哈哈。诸位还有什么说法？”

吴清远皱眉细观，发现前后隔水处，并没有题跋、题诗和鉴赏印玺，题目的大字也不知是谁的手笔。他一会儿凝思一会儿回忆，半晌才点了点画，对前田说：“敢问一句，前田先生，此画自何处得来？”

前田很得意：“朝鲜王宫。不过后来我的祖先重新做了日式装裱。吴先生看如何呢？”众人知道这是珍品，都窃窃私语不敢乱谈，吴清远却毫不在乎笑道：“不真。”

“什么？”前田声调都变了，眼神阴沉，“此画我请日本东京、京都、大阪的专业鉴古专家看过，都说是真品无疑，你敢说是假的？！”

“不是我说是假的，是这幅画本来就不真！”吴清远显得神采奕奕，侃侃而谈，“前田先生虽善于收藏，但疏于鉴赏。按《辋川图》一画，中唐朱景玄之《唐画断考》，晚唐张彦远之《历代名画记》皆有所载，然当时两位所记，此画虽为妙品，在吴道子、大李将军之下，却是壁画，原画作于关中蓝田县清凉寺大殿墙壁上，未有绢本纸本传世，唐武宗年间，天子下旨毁佛兴道，寺庙壁画皆毁灭无存。原貌如何，世人只有文字描绘，并无真本传承。五代年间，便有摹本仿作流行，其中以南唐宫廷画师所作两本，据传惟妙惟肖，与真本不差，上有李后主题跋，后入北宋内廷。北宋年间，文玩书画大兴，徽宗皇帝专门收藏前代书画法帖，宣和御府收藏王维作品，足有一百多卷，然多为当时文人雅士所作赝品。靖康之变，北宋内廷书画全被金兵劫掠，损失惨重。南宋以后多有仿本，著名者为赵子昂、王蒙二位，已然变体流云，全靠己意，失去了原形。

“明朝万历年间，董其昌大捧王维为南宗鼻祖，定《辋川图》山水画第一，天下传颂，各种仿本伪本层出不穷，现存于世的，据考证已达五六十卷之多。五代、北宋摹本，乾隆年间已然归于内廷，没有流散出宫。加之北宋郭若虚《图画见闻志》所载，王维画作真品全为水墨山水，从无金绿山水一类。再看此画，虽有唐风，但金绿设色滞涩，运笔僵硬，布局狭隘，虽有画风，却无画意神韵,画心看似唐绢,其实绢丝粗粝,经纬失形,其实是南宋时的绢。此画原先肯定有题跋,注意看后隔水之处,有轻微割裂痕迹和朱印色斑,说明它上面的名人题跋,应是后人为了赚钱,或将其割下,填补于其他古画上,做成伪本。所以我说它不真。"

吴清远一一指点说完,众人无不啧啧称赞,连山中有志也哑口无言。前田利为目瞪口呆,半晌才伸出大拇指叹道:"高才高论!难得难得!吴先生的学识真令人吃惊!我国专家不及!"

"其实这卷也算不错的仿本。如果我没看错,这一本应该是南宋初年作于江南的临安本,南宋邓椿《画继》所载:高宗初年,临安坊间有高手常仿隋唐北宋诸名家画作售卖于世,朝廷官府勋贵大臣也有收藏,真伪难辨,世称'临安本',或许这就是当年的画作。悠悠七八百年,还能完好存世,也算珍品。只是你国专家再高明,研究我中华字画珍品,又无学习传承典籍,岂不是隔靴搔痒,不能深入?"

"佩服佩服!"前田擦擦汗,一面点头一面赶紧命山中记下《唐画断考》《历代名画记》《图画见闻志》和《画继》等典籍,要他立即去买,带回国研究。

众人欣赏到这儿,华方也取出两件宝物:一件是宋徽宗的《飞雁远眺图》,为北宋画院官作,徽宗御笔题跋;还有一件是米芾仿吴道子的《天王送子图》,也是古韵盎然,历代名家题跋甚多,堪与前田收藏打了个平手。

前田沉稳了许多,取出第三件宝物,是一本法书字帖,打开后只见满纸淋漓,古墨苍劲,体度庄闲,气象万千,藏巧于拙,笔法丰腴圆蕴,肉丰骨劲,气势豪迈,纵横不羁,朴拙娟秀又天真散漫,再看题款,霍然是苏东坡。

"这一本是苏东坡先生早年的作品,名《集古墨帖》,恐怕中土也从未流传吧。"前田先瞅瞅吴清远,微笑说,"东坡居士出仕之初,在陕西凤翔做签书判官。凤翔官厅小吏发现了隋唐流传下来的数十块古墨,视为垃圾要扔掉,被爱好书画笔墨的东坡居士识破。东坡居士当即大喜,特花钱收购,事成后摆酒庆祝,醉意浓浓时,写下了这篇千古奇文。请看他的笔法,神气纵横狂放不羁,不拘俗态,如狂风炫舞,大气卓然,独树一帜,有流云飞动九天遨游之势!东坡居士不愧'宋四家'第一位,令我辈倾倒不已!"

说着话前田也好似变成了中国的酸儒文人,摇头晃脑背诵起帖文来,看得众人哑然失笑。吴清远深深感动又激动不已，感动的是，这本虽然从未听过的东坡先生的帖子，竟历经千年还存于世间；激动的是，中华古老优秀的传统文化，竟能令一个心高气傲、目中无人的异国贵胄倾倒赞叹，可见华夏文化博大深厚化育万方的至高灵性。

“佩服，前田先生，这一本帖子，笔墨纸张确是北宋，笔法笔意也只有东坡居士才有此挥洒天然。中土传世的东坡居士法帖，吉光片羽，从未有此帖名目，想必在徽宗以前便流出国外了。”吴清远真诚地拱手赞道。

“不错。”前田神会道，“按北宋纪年和留款，应是如此。东坡居士一生颠沛，徽宗更是将其打入旧党，下旨焚烧毁灭其一切作品。除了东坡先生名满天下，必须打击其声势的政治用意，也许还有两位艺术天才之间的争端吧。”

俩人正谈得投机，山中有志高声问：“诸位，还有比苏东坡《集古墨帖》更珍贵的宝物吗？前田侯爵已经展示完了三件，华方的朋友们只展示了两件。”吴清远闻言，淡然一笑看看梁老掌柜众人。众人见前田势力如此雄厚，连苏东坡的真迹都拿出来了，谁也没敢说话。吴清远笑笑：“既然前田先生拿出了东坡居士的墨宝，我也只好献丑了！”

众人都晓得他手里有唐朝的宝物，十几年从未示人，如今见他如此大方爽利，为与日方切磋连咬死不承认的宝贝都取出来对战，不禁心里暗服。山中和前田也相视一笑，凑到前头来瞧。

吴清远小心翼翼打开三层包裹，取出那只泥金铜盒，先在桌上铺了一层细绒布，又轻轻捧出那卷唐经，缓缓解开别扣，慢慢展开，刹那间宝光四射。众人凑过头来凝神细观，片刻传出不少吸冷气咋舌之声。看到末尾所书：善女子贵妃杨氏玉环为大唐皇帝李三郎书，别人还罢了，山中有志眼珠儿差点撑裂，大嘴咧到了耳朵边，激动得直蹦高。

饶是前田利为家藏古籍善本珍品不计其数，见了此等真迹，矜持傲慢之色也一扫而空。他肃立片刻，竟冲杨贵妃写经深深鞠了一躬！吴清远倒是沉得住气，不慌不忙为大家指点讲述一番此物如何鉴赏。正说着，前田猛地抓住他的手紧紧握住，诚挚说：“宝物！千载难逢的珍宝！吴先生，我输了。”侧身鞠躬，前田目光炯炯轻声叹息：“看来我真是孤陋寡闻，让诸位见笑！本以为家藏千万，已然阅尽华夏古物古籍，也颇得其中三昧，不料真应了那句老话:人外有人天外有天!吴先生这一卷大唐杨贵妃所书《妙法莲华经》,古纸古墨,古风盎然,不仅是稀世奇珍,还是极其珍贵的历史文献,令我大开眼界,钦佩不已!这卷真经,可谓一物压众物,我承认输了。”

众人本以为这位日本侯爷见了唐经,震惊之余必得因为输赢暴跳如雷,甚至当场大怒,跟吴清远争执起来,没想到他如此甘心认输,还温言善语说了这么一番谦谨言语,无不松了口气。周公子凑过来笑道:“前田阁下,少时我去东京贵府上见识过你的收藏,也很震惊。如此,我们算险胜一局,我们老中国有的是珍稀宝物,不少还不为人知呢。如此,咱们公平切磋已毕。”

“是的是的。”前田更加恭敬,微笑道,“能一睹千年宝经的风采,也是鄙人的福气!诸位,我看今天咱们已然分出胜负,吴先生代表华方获胜!请向他致敬!”说罢他自己先鼓起掌来,众人轰然鼓掌叫好。大报小报的记者们也连连拍照记录,饭店经理取来香槟庆祝,大厅里热闹成一片。

收拾完毕,众人转到会贤堂大饭庄聚餐。吴清远先回铺子存好真经才来,众人正等着他呢。众人落座,美味佳肴香醇美酒一一摆上,在和煦温暖春风里,大家举杯同饮,谈笑风生,也是当日京城古玩圈里一段佳话。

酒过三巡,前田向吴清远举杯道:“初来贵国,能结识吴先生您这位与众不同的古玩高才,是我的荣幸,请同饮此杯,表达我的友谊,我十分想交您这位朋友。”两人同饮,前田笑道:“吴先生真是与众不同的中国人,让我见到了真正的高才,今后不敢再班门弄斧喽。”

“前田先生谦虚,”吴清远说,“您的收藏也很丰富,即便在我们同行里,也是翘楚。中日两国一衣带水,千年相交,源远流长,同洲同文,当然应该友好。只是贵国如今行事,不同往日,骄横跋扈欺凌弱小,也是实情。前田先生是华族贵胄,我只是个小百姓,不敢高攀。”听到这儿,前田的微笑僵住了。吴清远又说:“如果前田先生不弃,可常来我国观光游历,我当尽地主之谊,朋友不敢说,君子之交淡如水,虽非君子,勉力为之尚可做到。”

“原来如此!”前田心中雪亮,“我明白了,吴先生真快人快语。好,那咱们就说定了。”山中在一旁没听明白俩人说的啥,只鼓着腮帮子想主意,怎么把吴清远手里的杨贵妃写经弄到手!

十一

起了坏心眼的山中正绞尽脑汁想主意，另一边前田跟吴清远却聊得热闹。前田正色问："我知道贵国的一句古话：君子不夺人所爱。不过吴先生也知道我特爱贵国的文化、古物古籍，还是想问一问，吴先生这卷唐经，可否割爱？价钱任凭先生说，我不敢驳回。"

这么单刀直入，吴清远也亮了底："前田先生，按说在商言商，我不该死抱住不放，显得矫情。然而此物举世罕见，非青铜、瓷器、古玉、字帖、古籍可比。我们中华文化之精髓，在于博大精深，海纳百川包容万物，古物承载了那些消失远去的历史，它们或是出土或是传世，让我们今人实实在在见识了千百年前那些风云激荡，曲折传奇，不能不尊敬和珍惜啊。前田先生，您说对吗？"

"那，就恕我多言了。"前田有些怅惘，喃喃自语，"或许这卷真经的出现，也是天意。不可思议，也许有神灵的庇佑。"

"子不语怪力乱神。"吴清远接话，"说是天意也可，说是奇遇也罢。我看是机缘巧合。"

众人一听，俩人渐渐有了"交流"的意味，一个家藏丰厚，富甲日本，一个博学多才，通今博古，便都竖起耳朵，静听二人你来我往谈古论今。

前田颇有风度笑问："既然吴先生不愿出手就算了。我希望跟先生成为朋友，日后有缘来东京我府上一起鉴赏古物古籍，也是一场文化界的美谈呐！吴先生既然做古玩生意，对于古玩本身如何看？"

"多承邀请，有机会一定去拜访。既然说到古玩本身，前田先生手里有东坡居士的字帖，我倒想起他老人家的一段话。"

"哦？我洗耳恭听。"

吴清远一字一句说："君子可以寓意于物，而不可以留意于物。寓意于物，虽微物足以为乐，虽尤物不足以为病。留意于物，虽微物足以为病，虽尤物不足以为乐。老子曰：‘五色令人目盲，五音令人耳聋，五味令人口爽，驰骋田猎令人心发狂。’然圣人未尝废此四者，亦聊以寓意焉耳。刘备之雄才也，而好结髦。嵇康之达也，而好锻炼。阮孚之放也，而好蜡屐。此岂有声色臭味也哉，而乐之终身不厌。凡物之可喜，足以悦人而不足以移人者，莫若书与画。然至其留意而不释，则其祸有不可胜言者……此留意之祸也。这就是我对古玩的看法，今天与前田先生共勉。”

前田赞叹道：“哦，吴先生的记忆真好。这是东坡居士的《宝绘堂记》吧？看来我是真的痴迷，应该与先生共勉。不过据说东坡先生前世是一名僧人，是不是呢？”

“转世轮回之说，多为齐东野语。不过东坡居士在北宋当代就被称为上天的‘文华使者’，佛子转世，确实有之。不过从其一生来看，可谓深得佛、道、儒三家真谛。”

“这话如何解？”

吴清远笑道：“佛言大无畏，大精进。道家曰：道法自然，自然之道。孔子曰：仁者无敌，智者无忧，勇者无惧。遥想东坡一生，岂不是正应了这些话？”

前田大笑：“吴先生可谓东坡居士千年以上的知音了。不过说到佛教，请问何谓‘三乘真昧’？”

“三乘者，为声闻乘、缘觉乘、菩萨乘。声闻乘又名小乘，缘觉乘又名中乘，菩萨乘又名大乘。小乘指其行人速则三生，迟则六十劫间，修空法，终于闻如来声教，悟四谛之理，断见思惑，可证阿罗汉果；中乘指其行人速则四生，迟则百劫间，破无明，终悟十二因缘之理，可证辟支佛果；大乘是指其行人于无数劫间，修六度行，以悲智六度法门为乘，总越三界三乘之境，更于百劫间值三十二福因，超凡入圣，可证无上佛果。真昧即真如三昧‘观察真如无相之道理而破除妄惑禅定’。不知前田先生以为如何？”

前田合掌笑道：“善哉斯言！再者，我国佛法常言：四神足，四念住，不知何解？”

吴清远神采飞扬笑了笑：“中日佛教，同出一枝，流传日久，各有所述。四神足者又名四如意足，指欲神足、念神足、精进神足、慧神足。四念住又称四念处，意思是以智观境，以境映心，以心观法，内外观照，以悟四谛。大乘与小乘所说不同，大乘四念住，指观身如虚空、观受内外空、观心但有名字、观法善恶俱不可得。小乘四念住指观身不净、观受有苦、关心生灭、观法无我。四念住之语，是世尊涅槃之前与阿难所言。”

前田再问：“承教！吴先生可知涅槃到底是生是死？”

“不生不死，无我无法。涅槃后有常乐我净四德：恒常不变而无生灭，名之为常德；寂灭永安，名之为乐德；得大自在，是主是依，性永不变，名之为我德；解脱一切垢染，名之为净德。”吴清远挥洒自如侃侃而谈，一时说得前田利为钦佩莫名。

“吴先生深通内典，大智大性。佩服之至！想必除了内典，其他经典也多有领会。请问‘会心不远’出自何典？”

“典出《世说新语》。简文帝入华林园，顾谓左右曰：‘会心处，不必在远，翳然林水，便自有濠濮间想也。觉鸟兽禽鱼，自来亲人。’请问前田先生，古人说玉有五德，是哪五德？”

前田提起了精神：“五德为仁义智勇洁。《说文解字》记载：玉，石之美者有五德，润泽以温，仁之方也；鰓理自外，可以知中，义之方也；其声舒扬，专以远闻，智之方也；不挠而折，勇之方也；锐廉而不忮，洁之方也。所以孔夫子又说：君子以德比玉，君子无故玉不去身。吴先生以为如何？”

“前田先生也很渊博。在日本人中，可算中国通了。既然前田先生府上收藏古籍善本珍本众多，大多为我中华罕见之本，请问可知我中华有几次‘书厄’之灾？”吴清远意味深长问道，前田一怔，思索半晌：“书厄？这个名词很陌生，大概有秦始皇焚书坑儒？西汉末年王莽之乱算一个？其他的，还请吴先生指教。”

“这也是定数使然，我中华古籍至今，有十五次厄运。前田先生可要记清了，研究中国文化、古籍古物，不知道这些，还不能算深入。”吴清远肃然掰着手指说道，“秦始皇荼毒天下，丧心病狂，下诏烧毁除秦国官书外东方各国一切书籍经典、古籍档案，致使我国上古三代至战国史册文集万不存一，若非二世暴亡，后果不堪设想。这是一厄。

“西汉末年，王莽篡汉自立，各地战乱纷飞，图书典籍毁掉无数，赤眉、更始杀入长安城，未央、长乐、建章三宫被劫掠焚烧，兰台、石室藏书十余万被毁于一旦。此为二厄。

“东汉末年，董卓权倾朝野，劫持天子，大乱天下，胁迫献帝迁都长安，将都城洛阳周围二百里烧杀抢掠一空，洛阳城内公私藏书典籍毁于一旦。尤其南、北两宫东观、麒麟阁藏先朝秘籍十余万，焚烧殆尽，帛书图册七十车随大驾西迁，路上被乱军抢掠毁坏。此为三厄。

“三国归晋，西晋末年，同室操戈手足相残，战乱绵延十六年，导致五胡乱华。晋怀帝永嘉五年，洛阳城陷，被乱军烧杀抢掠一空，公私藏书文物被毁无数，西晋朝廷收三国图书典籍毁于一旦。此为四厄。

“东晋至南朝，藏书渐渐丰富，延至梁元帝时，酷爱古籍图书，迁都江陵，半世所藏达十四万卷，后西魏大军攻城，梁元帝竟下旨将古今图书十四万焚烧殆尽，号称‘读书万卷，尚有此亡国之祸，留它何用’！此为五厄。

“隋朝立国，接收北周、南陈历代藏书，文帝、炀帝都酷爱典籍，四处搜寻，当时天下承平，炀帝命多抄录副本保存，隋朝宫廷官府藏书达三十七万卷。不料数年之后，因炀帝祸国殃民，群雄并起，天下大乱，炀帝于江都被杀，随行带去的十余万典籍被毁，只剩长安、洛阳各有藏书数万。唐朝立国，太宗李世民攻入洛阳，见观文殿等处存书完备，大喜过望，命人运往长安，不料途中航船触礁沉没，图书典籍尽落河中，救援不及，只剩一二。此为六厄。

“盛唐年间，玄宗承前代收藏，依仗国力富强，大肆藏书，长安、洛阳各备经史子集四部书，共八万多卷，不想安史之乱，两京失陷，抢掠焚烧，百不存一。此为七厄。

“唐末动乱，黄巢乱军杀入长安，官府寺庙宫廷所藏图书典籍焚烧殆尽，中唐以后朝廷私人所藏图书，就此无存。此为八厄。

“五代十国时期，连年战乱，生灵涂炭，自唐流传的古籍图书散失毁坏不计其数。后晋被辽国所灭，汴京城内公私藏书文物古籍，被辽军横扫一空。此为九厄。

“北宋立国，历代天子崇文好书，一百多年搜集翻刻无数，宫中崇文院秘阁藏书多达七八万卷，内宫太清楼、玉宸殿皆有副本。当年文明鼎盛，官府之外，私人藏书超越朝廷。不想靖康之变，金兵南侵，将汴京城内公私藏书，宫廷一百多年珍藏古物珍宝法器书画全部劫掠而去。此为十厄。

“南宋定都临安，文明继承北宋，盛于一时，公私藏书及新刻书众多。延至南宋末年，元世祖派大军攻入江南，战乱中公私藏书大半被毁，一部分被收入元廷。南宋各地奋起抵抗元军，各地被屠城烧杀惨烈，毁掉文物珍宝古籍无数。此为十一厄。

“明朝立国，太祖、成祖访求古籍图书，修成《永乐大典》，迁都北京后，两京各藏书十余万。明末李自成、张献忠等攻城略地，北京历代所藏毁于一旦，江南之书籍古物，大多毁于满清之手。此为十二厄。

“清乾隆年间，乾隆爷暗藏祸心，手段毒辣，以修四库全书之名，行搜检禁毁之实，毁掉古籍图书善本多达十五万卷以上，超过四库全书两倍之多，还命人肆意篡改删除古籍善本原意。此为十三厄。

“清后期，洪杨造反，天下大乱。江南为历代文明之乡，藏书鼎盛，历经此大祸，被毁被烧历代古籍图书数以百万。此为十四厄。

“庚子之变，八国联军侵略中华，北京六朝古都，上至典章文物，下至国宝奇珍，连带着古籍图书被抢掠一空，损失惨重。此为十五厄。此十五次厄运，加上英法联军火烧圆明园这‘半厄’，可见我国历代书籍图册典章毁灭之多，被祸之惨。所谓‘文以载道’，明胡应麟所言‘图籍兴废，大关国家气运，岂是小事?!’，指的就是这个意思。书厄即是文化之厄。说到这，中华文化传承之久远与不易，前田先生明白了吗?”

听完吴清远这番长谈，不仅前田，连座上诸位无不悚然，呆坐沉思。前田连连叹息：“吴先生不仅大才，还是一位风骨卓然的有识之士！认识您，我才知道自己的浅薄之处。希望今后我们两国交好，我们也能成为好朋友，时常能听您指教。”

吴清远笑笑：“那就得看缘分喽。不过天道轮转，还是让我们一起祝祷上苍，保佑我华夏文化长存不息，古籍古物再无灾难，绵延流传子孙万代吧。”

这个题目很好，众人纷纷起身，为此同饮一杯。两人越聊越投机，前田利为有心试吴清远，绞尽脑汁把平生所学一一问询，包括经史子集、佛道内典、诗词歌赋、琴棋书画、古物奇珍。哪知吴清远像个大肚弥勒佛,不知心中藏了多少知识典故,顾盼神飞满不在乎,信手拈来对答如流,惊得前田咋舌不已,口服心也服了。

眼看金乌西坠,山中提醒前田,该回去休息。众人纷纷离席,前田握着吴清远的手说:“今天见识了吴先生的博古通今、见识不凡,也知道了老中国还有先生如此大才,可见中华文化历久弥新,绵延不衰。请吴先生留下墨宝,我带回日本收藏,也是见证我们今日友谊的明证。”众人也凑趣,都想见识见识吴清远的笔墨功夫。他点点头笑道:“那我就献丑了!”当即有伙计送上文房四宝,吴清远铺开宣纸,文不加点写了一幅魏楷,果然笔力雄健风格古雅。字如碗口大小,写的是:“山川异域,风月同天。寄诸佛子,共结来源。”留款是:“日本前田先生雅正,远飞于京城会贤堂书。”

前田想了半晌,倏然惊喜道:“善哉! 吴先生可谓通家! 这正是我国奈良时代的长屋王殿下,因崇敬佛法,特命人绣制千件袈裟,来大唐施于名山大川各位高僧,在袈裟上所绣制的亲笔偈语!”

“不错,当年正是大唐玄宗盛世,鉴真大师见此偈语,知道佛法大兴于东瀛,特泛舟过海,六次东渡终于成功前往日本传法。这句偈语后被收入《全唐诗》,见证了中日两国千年友谊,正应了今天场面。前田先生不弃,就收下吧。”

前田利为合掌称是,再请他写一文,以表示崇敬喜爱。吴清远不好推辞,便挥笔写了一段箴言:“奋与偾,盛衰之本;勤与惰,成败之源;贪与廉,得失之林;宽与虐,恩怨之府;静与躁,寿夭之征;忍与激,安危之券;谦与盈,祸福之门;敬与肆,存亡之界。”

前田看着静思良久,点头赞道:“这才是箴言,可做我的座右铭! 多谢指点!”吴清远笑道:“我看前田先生世袭贵胄,今后声明远大,希望不坠家声,也希望你我两国友谊长存。”

众人见此都纷纷鼓掌。一次震动四九城的赛宝大会,算是在和气中落下了帷幕。

十二

剩下几天，前田邀请吴清远指引，领略了北京城的山川古迹雅俗风貌，城里城外，西山林泉都留下了两人的足迹。深深沉醉于古都风景的前田感叹道："百闻不如一见。原先我还对贵国有些不好的看法，此次深入古都民间，才领略到了真正的老中国文化。不是吴先生指引导游，哪有这种机会呢？"

"前田先生，这是实话。不能深入了解老中国文化的人，无论我们本国人还是外国人，都会有这种肤浅的不好的看法。"吴清远缓缓回忆，"我记得前些年，宣统皇帝的洋帝师庄士敦先生在聚会时，说过一段著名的话：'古老的中国有其自成一体的文化系统，无论是东方还是西方，都很难找到如此完整和传承有序的伟大文化，即便各国在各自社会发展的试验阶段，也并不能标榜自己的文明文化高于别国。尤其是把自己的意志和理想强加于这个古老的民族。在漫长的老中国进化过程中，他走得很稳健，这是值得肯定和欣喜的。如果老中国逐渐轻视并放弃几千年来所赖以依靠的支柱，比如他的文化、理想、生活哲学、道德观念和社会结构，全盘变成英国人、美国人或日本人那样，则他的确会变得富有、进步和强大，然而他同时也会丢掉更多优秀而伟大的文化、品质和幸福来源，甚至所有值得他自尊自强的东西，都会化为乌有。'我还是觉得这位苏格兰老夫子对于我国文化和传统的了解，更深入一些。他的看法代表了那些比较明智的朋友。"

"是的。"前田有些嫉妒地笑笑，"或许我们一衣带水的邻邦，还不如一个英国人对贵国的了解深入。可笑啊，我国那些所谓的'中国通'们！"

前田要回国了，临别之际，吴清远、周公子去前门火车站送行。前田依依惜别道："请吴先生一定赏光来日本，届时我会在东京扫榻以待，请您鉴赏指点我的收藏。还有那部《通鉴长编》，我已经嘱咐家人用最新的影印技术开始复制，介时会请吴先生题跋，也想惠赠您一部，作为我的答谢。"

“那我就先谢谢喽，前田先生能如此，也是友谊之举，我不会推辞。”吴清远拱手相送。火车快开了，哈巴狗一样的山中有志屁颠颠跑下来赔笑：“吴掌柜，我们侯爷还有一事请教。”

“请说吧。”

山中取出一张纸签递过来小声说：“这是侯爷第一天来老北京，游览正阳门西边的关帝庙，进香以后，看庙宇古色古香，听庙祝说庙里关帝很灵，就抽了一支上上大吉的灵签，却一直没有参透什么意思。这些日子忙着切磋古物古籍，没来得及请教，不知是凶是吉。临别之际，还请吴先生指点一二。”

吴清远心里暗笑：这东洋侯爷也信中国的神仙！前门外这处关帝庙在四九城声名远达，从明朝开始就是京城老少爷们求财求子求功名富贵之处，号称“关庙灵签推第一，去到前门外边求”。难道关二爷再神，还能给一位东洋侯爷指点迷津？

他点点头不言声接过来，一看登时一怔，灵签上写的是：“朱衣紫贵少年游，衣冠从容承祖猷。帷幄甲胄争尤罢，五十七年几度秋。清华声名枯月夜，富贵堂前一梦空。南去汪洋飞鸟尽，问君何须卜前程？”，下注：“官运顺，讼事宁，后嗣平，慎远行”。

吴清远倒吸口冷气，他虽喜好阅览通读佛道内典，却并不迷信此类，以往也常给亲友解释灵签，当作游戏消遣。哪知他今日见了此签，想到前田利为的生平来历，顿时触动了心事，呆住了。周公子也颇好此道，取过来看了片刻笑道：“既然是上上大吉的签，无非是好上加好。请前田侯爷不必在意。”

吴清远心里细细琢磨诗意，觉得无论如何也不是“上上大吉”，而是隐晦凶祸，但离别之际，人家一片虔心请自己解释，也不好乱说祸福，沉吟片刻淡然说：“看来这是中平签，你回复前田先生，就说我的话：君子见机达人知命，前田先生身为贵胄，吉人天相，只要顺天知命，安然生活便好。今后凡有战事兵火之事，切不可参与，更不可远行。这样就能长保富贵，不必再问前程了。”山中听他说得语焉不详又顺理成章，事关世家侯爵，也不敢再细问，便连连道谢，上了火车。

火车风驰电掣而去，周公子轻松笑道："可把这位清高傲慢的侯爷对付走了。他抽的那签子啥意思？我看他以后还得升官吧？反正跟咱没关系！贤弟，咱们也能乐呵乐呵喽。"吴清远摇头轻叹："此人后事不佳，不过跟咱确实没关系。只不过，老兄，咱那唐经已然显露于世，恐怕后头还有大麻烦呢！"

"麻烦？咱又不卖，连前田利为都叫你折服了。别人怕什么？"周公子笑道，"你藏好了就得，反正他们不能明抢吧？走兄弟，我请你喝酒去！"他兴致颇高，拉着心事重重的吴清远喝酒欢聚去了。此后半年多过去，一切风平浪静，因吴清远切磋古物胜了前田，在古玩行的名气陡然大涨，加之他收藏的那卷杨贵妃亲书唐经是旷世奇珍，不少慕名而来的文人雅士古玩行家络绎不绝前来拜访，格古堂的生意也更加红火。

老话说人怕出名猪怕壮，这年年底不知是有人故意放火加害还是小伙计不戒灯火，夜半时分格古堂竟起了一场冲天大火，即便邻居铺子和本店伙计警醒，格古堂还是被熊熊烈焰烧得房倒屋塌。第二天匆匆赶来的周公子和吴清远一看，双双瘫在地下，浓烟尚未熄灭，半生辛苦经营的格古堂大半化为乌有，被伙计和邻居们抢出来的古籍善本、古董珍玩在残垣断壁间摆了密密麻麻一地，烧毁的更是不计其数。

经过查点，铺子里陈设的古物奇珍和善本书画，十去七八，剩下的这些也不够再立生意，损失至少在十几万大洋上下。接信赶来的梁老掌柜握着周、吴二人的双手老泪纵横，低声道："木秀于林，风必摧之。这场大火烧得奇怪，两位可要多加小心呐！"周公子嚷嚷着去警察局报警。吴清远默默无语，心中有数，谢过了救火的众位，叫伙计们把剩余的古董搬到周公子府上存好，跟着欲哭无泪的周公子去京师警察局报了案。

那当正是北洋末期，大大小小的官员被北伐军攻势吓得一夜数惊，官心惶惶，哪有工夫管这些闲事？警察胡乱调查了一番，和了几番稀泥，也不了了之。正当周公子天天拉着吴清远长吁短叹，山中有志忽然上了门！

山中笑道："很是不幸！我代表山中商社全体同仁，给两位先生问安了。这么多年辛苦，格古堂在琉璃厂也名声在外，如今落到这步，两位不知有什么打算？"

周公子唉声叹气不已。吴清远沉静地看了他片刻,问:“山中先生,此次前来必然有好主意吧?”

“这、这个……”山中呵呵笑了几声说,“不知上次欣赏的那卷大唐杨贵妃写经在不在?”

“在如何？不在又如何?”吴清远反问。

“我是这么想的,如果那卷珍贵的唐经也被毁于大火,实在可惜！如果还在,两位不如把它高价出售,得了钱再重整旗鼓,恢复格古堂的生意,岂不是好事？我作为两位的朋友,一定鼎力相助,价钱由两位定!”

周公子勃然变色:“原来山中先生是来趁火打劫的?”“不不不！这在贵国古话,叫雪中送炭吧？呵呵,或许吴先生和周公子舍不得？那就当我没说!”山中匆匆离去。

周公子跳脚大骂了一通。吴清远却不急不躁,半晌才说:“老兄,我看那唐经留不住了!”

“什么?！贤弟,你是说把它卖了？你忘了当年怎么信誓旦旦要保住它了?!”

吴清远却说:“此一时也彼一时也,我早知道这卷唐经被人惦记上了,如今他们敢烧铺子,下回他们就敢杀人！你看看这世道,它在咱们手里,树大招风名声在外,我想,不如把它卖了,咱们兄弟虽不说重整旗鼓,也能保住下半世的平安。你还记得东坡先生写的《宝绘堂记》吗?”

周公子大怒道:“你、你这是数典忘祖！你还是我认识的那个吴清远吗!”“少安毋躁,老兄,咱们卖是卖,可也不能让那群丧心病狂的坏人得意！你听我说!”吴清远拉过周公子,俩人低声商议了半晌。

没过几天,市面上传来消息,周公子因为杨贵妃写经,跟吴清远闹翻了,俩人一个要卖这件珍宝再开格古堂,一个坚决不卖,俩人为此伤了几十年交情。这件事闹得四九城沸沸扬扬,连北洋大衙门也被惊动了,几位总长派人逼迫吴清远,把唐经高价出售,不然就以“偷盗国宝,暗藏祸心”为名抓他下大狱法办。

万般无奈中,山中有志又几次上门,内外交困的吴清远只得答应出售唐经。山中立马飞报东京,居中拉纤为前田利为当掮客。前田自然大喜过望,根本没问其中缘由，立即来电答应，只要吴清远开口，绝不还价。末了，吴清远请来周公子、梁老掌柜和山中，公开摆席，以二十万大洋的价格，将唐经卖给了前田利为。山中对此价格很满意，飞报前田同意。只是吴清远提出：盒子不卖，对于吴清远这种奇怪的要求，山中不好拒绝。在他监督之下，众人签字画押，吴清远将古锦包扎的唐经卖给了前田，山中作为中介方，交付了支票。

吴清远叹息之余，将泥金铜盒及李隆基御笔敕书赠给了周公子，俩人又重新开设了格古堂。只是此事闹得太大，琉璃厂各家掌柜及北京城里的文人雅士，无不对吴清远咬牙痛斥，格古堂生意也一直不温不火。

山中得了唐经欢天喜地不敢怠慢，怕夜长梦多，立即亲自带人将其护送回东京，交与前田。前田利为得到梦寐以求的唐经如获至宝，见唐经完璧，特地问清了吴清远的情况。他有些疑惑，毕竟怕老中国的古玩高手技艺精湛，万一是伪作，花钱事小，损了自己华族侯爵收藏大家的名头就坏了，便立即邀请东京、京都各大鉴古专家来府，还请来了日本宫中御前鉴古专家。众人会商鉴定，无不惊叹，对照以往唐代经卷、书法、纸张、古墨，共同作出鉴定书：杨贵妃所书《妙法莲华经》为唐代藏经纸、唐代古锦包扎、唐代古墨书写，字体为女子娟秀笔体，整体风格确定为盛唐时代举世罕见的杨贵妃亲笔写经！

众位日本鉴古专家在鉴定书上签字盖印。前田高兴，觉得这样做尤为不足，又花钱特意举办了一个盛大的“唐经会”，邀请东京各大书道名家、收藏大家、鉴古专家都来与会。因他爵位高、人脉广、面子大，连不少华族公侯伯爵、高官显贵都来凑热闹，一时间冠盖如云车水马龙。大家都想亲眼见证这卷千年之前的珍贵经卷，品味盛唐时代的恢宏气魄与李隆基、杨玉环之间凄美爱情。山中作为介绍人和山中商社的驻华总经理，在此贵胄云集的聚会上很是出了一番风头，上蹿下跳左右逢源，很得诸位贵胄喜爱，连东京大报小报也把他写成了“宝物守护者”和“帝国精英鉴古专家”。

前田很风雅，带着一群附庸风雅的日本帝国公卿华族、高官显贵在重新接掌的唐经正文后白宣上，连篇累牍又写又画又题字又盖章，足足接长了五尺多长的白宣全是这群贵胄显官的书法绘画。前田自己又在最后写了一篇

《大唐贵妃写经鉴赏详记》,盖上自己十几枚鉴赏收藏印,叫人专门订制了一只七宝藏经盒,把唐经安安稳稳藏进去,天天搁在枕头边瞅着,才算心满意足。为表示自己的谢意,前田又命人把自家影印的中土早已失传的世间珍本古籍《通鉴长编》《重广会史》《开宝大藏经》和几部宋拓珍本、宋四家法帖等复制本派人送往北京城,送给吴清远作为礼物。吴清远并不小气,花重金印行,由此这些中土失传已久的珍本秘籍才重新流传。

岁月如梭,天道轮转。不到十年,日本帝国主义终于按捺不住勃勃野心,对古老的中国开始全面侵略,七七事变后,北平失守,琉璃厂也归于平静。吴清远算清格古堂账目,以身体不佳为由,跟周公子告辞,回山东老家隐居。周公子无奈只好换了位掌柜负责主持格古堂。全面抗战十四年中,跟所有沦陷区的商民一样,格古堂惨淡经营,艰难维持。

而前田利为这位名门之后、华族侯爵、七七事变时的帝国陆大校长,也早已忘记了"中日友好"的承诺和吴清远解释的灵签,见日本军队在中国所向披靡,自己忍不住横刀跃马,加入了侵略中国的战团。只不过此人毕竟出身清华世家,身为贵胄,满看不上土包子一样的日本大头兵,更瞧不起军部里大大小小的主战派和假模假式的"中国通"。不多久,他便跟裕仁天皇的嫡系宠臣、傲慢自大又一脑袋糨糊的东条英机杠上了。

长了一张冬瓜脸的东条,算是前田侯爷陆军士官学院的同学,然而在前田眼里,东条这个祖上靠给陆奥国贵族做杂耍、歌舞、舞蹈和滑稽戏逗乐的奴仆之后,的的确确是个毫无头脑、愚蠢如猪、鼠目寸光的土鳖笨蛋。前田这番看法,跟当时日本二分之一个战略家石原莞尔惊人相似。毕竟学习成绩摆在那,前田在陆大毕业,荣获"军刀组"四年之后,东条英机才勉强毕业,原本的同学变成了前辈,小心眼的东条当然怀恨在心,伺机报复。按说东条这种蠢货的进升之路非常艰难,不过又蠢又笨又听话的东条走了"天运",被宫廷集团和裕仁天皇看中其"忠勇老实",可以在前台为幕后的天皇挡事背锅,便一再提拔,逐渐位列军部首脑之一。心胸狭隘、嫉贤妒能的东条高升之后,依仗天皇宠信,独断专行凶恶残暴,排斥异己打击自己的私敌,闹得军部和前方战场鸡犬不宁人仰马翻。前田忍不住大肆嘲讽,俩人的梁子越结越深,仇恨日甚一日,等到东条荣任陆军大臣那年,便恼羞成怒,把前田侯爷罢官撤职，编入预备役坐了冷板凳。

可侵华战争打了多年，不仅没胜利，大量的日本军队陷入中国军民强大的攻势下不能自拔，没过几年，裕仁天皇亲自指挥日本军政首脑发动了太平洋战争，跟美国人和英国人干上了。“忠心耿耿”的东条英机更得圣宠，被特旨晋升陆军大将，荣任战时首相，兼任陆军大臣、内务大臣，在内阁中大权独揽，这个笨蛋蠢货成了一人之下万人之上的大人物。做了首相的东条更是睥睨众生，要对自己的仇人严加报复，便假惺惺派遣坐了几年冷板凳的前田侯爷去婆罗洲做守备司令官，宣扬“帝国赫赫武威”，还严令必须要去，不准请假不准提要求。

前田闻信气了个半死，原来那里正是对抗英美的前线，局势复杂万分险恶。东条这个心狠手辣的小人，常把自己的死敌派往险恶前线，借刀杀人，还美其名曰“为帝国尽忠”。无奈军令已下，前田侯爷只得带上参谋侍从，坐上飞机冲南洋而去。临别之际，他跟家人诀别，嘱托道：“万一遇难身死，一定要以多年前得来的那卷杨贵妃写经做殉葬之物。”家人诺诺听命。哪知这一去，竟如黄鹤杳然，没了下落。

帝国大本营得到消息，大惊失色，刚派去一个赫赫有名的中将侯爷，就此失踪，这可无法交代，于是派陆海军找了一个多月，才在丛林中发现了飞机残骸和前田的遗体。一代侯爷就此被东条英机借刀杀人，毙命于南洋丛林野地，享年五十七岁。此刻，家人才想起前田从中国老北京抽的那只灵签“朱衣紫贵少年游，衣冠从容承祖猷。帷幄甲胄争尤罢，五十七年几度秋。清华声名枯月夜，富贵堂前一梦空。南去汪洋飞鸟尽，问君何须卜前程?”的真正含义，写的正是前田利为一生经历，不禁惊骇冥冥中自有不可逆转的天缘定数。

十三

前田这一死，心胸狭隘的东条英机却绝不肯善罢甘休，在大本营一定要把前田之死定为“阵殁”，不能定为“战死”。原来日本当年军法与税法都很严格呆板，所谓“阵殁”乃战争中伤病死亡，不算“殉国”，“战死”才算亲历战场，“牺牲殉国”。两者之差异在于，军人“阵殁”不能免交遗产税，而“战死”却可以免交所有遗产税。日本遗产税按生前遗产多少定额，前田家本来就号称“百万石”，维新之后更是富甲天下，家财何止千百万。因此按东条诡计，虽然前田侯爷人死了，但必须得叫他家交纳巨额遗产税，这就叫人亡家破，人财两空！想当年明治维新后，各地大名诸侯还算好的，而不少原京都朝廷旧公卿华族，家财本就少，维新后俸禄也少，为交遗产税到处借钱骗钱，闹到参加宫中宴会也连偷带摸，把皇室的金银餐具夹带出宫换钱花，明治天皇只好睁一眼闭一眼，不愿看贵胄们这副丑态。

东条钻了这个空子，要害前田家，不料走漏了消息，华族勋贵集团大为不满，连军中原加贺藩出身的将佐，也愤愤不平，大骂东条是小人得志，忒不地道。众贵族把这事儿捅到了贵族院和宫内省，一时舆论哗然，闹到最后，裕仁天皇为避免“皇室屏藩”华族集团与军政大员分裂，只得颁布圣旨，破例追赠前田侯爵陆军大将，追授勋一等旭日大绶章，派宫内省大员亲临祭奠，以表哀思。这才平息众怒。

前田侯爷的葬礼也极尽哀荣，他本是旧加贺藩的藩主，又是前田家的当主，世袭侯爵，宫中又来祭奠，这次葬礼非常热闹，亲朋故友、旧加贺藩出身的将军大员、华族亲贵显官、内阁显贵、日本收藏鉴古大家纷纷云集。葬礼总裁是日本本土东部军司令官、陆军大将中村孝太郎，副总裁是参谋本部次长田边盛武中将和陆军省军务局长佐藤贤了少将，这三位加上林铣十郎、阿部信行、莲沼蕃等四名陆军大将，小栗孝三郎等几位海军将领都素服出席。他们都是旧加贺藩出身，按照日本古礼为旧藩主送葬，而那些公侯伯子男、内阁官僚的车马更是排出二里地去。首相东条英机也来了，在场亲致悼词，一面假惺惺一把鼻涕一把泪，一面念叨什么同学深情、交情深厚，如今你巨星陨落，我们都在怀念你，要为帝国更加尽忠捐躯云云。

这番话听得众人恶心不已，除了东条的亲信，众人望着东条那张冬瓜脸越来越火。前田本家也大为不满，这不明摆着恶心人吗！东条摇头晃脑还没念完悼词呢，就听下头一人高呼：“东条小儿，你个小人嘴脸的下贱胚子，害死我们侯爷还敢来猫哭耗子假慈悲，老娘岂能容你！”话音未落，下头冲上来一位白发苍苍身高马大的老妇，领着几个健壮妇人，对着东条的冬瓜脸又抓又挠，拳脚巴掌可劲儿往他脸上身上招呼。这几个身披重孝的女人哭号着张牙舞爪拳打脚踢，把个东条打得满脸血痕惊慌失措，惨叫连连，东躲西藏，除了东条的几个嫡系来遮护，众人都冷眼旁观肚里笑开了花。

原来这人是前田侯爵自小的保姆，感情深厚，眼瞅东条小人行径太嚣张了，不禁怒火中烧，才领着家里的仆妇给他来了这么顿下马威。当着这么多华族贵胄、亲贵大员，东条气得暴跳如雷，可本家都没说话，别人也在看热闹，又是一群女人，他实在不好发作，只得灰溜溜转身而去。消息传出之后，丑态百出的东条英机更是臭名远扬，小人嘴脸显露无遗，沦为时人笑柄。

前田家人按着他生前嘱托，打算取出那只宝盒，为其陪葬。为表示慎重，嗣子恭恭敬敬打开经卷，准备请众人阅览后，再放入棺材，哪知刚刚打开唐经，嗣子登时一愣，再一细看，吓得目瞪口呆一屁股瘫在地下。众人不解，围过来一瞧，顿时都惊得瞠目结舌面面相觑。原来这卷足有十几尺长、杯口粗的经卷，纸色古朴斑斓，后头前田利为等人的题跋、题句、画作、印章一一都在，可前面根本没有经文，一长卷古色斑斓的藏经纸上，竟是一片空白！

众人大惊失色，连众多见过经卷的贵胄、高官也惊呼：“有鬼有鬼！经卷上的字呢?!”这下有些乱套，众人交头接耳议论纷纷，有的说是前田利为死得冤，本来就对这卷唐经爱不释手，化作厉鬼来将经文取走；有的说是家贼难防，侯府中有内贼，盗走了真迹；还有的说是鉴古书画专业高手，在接换装裱时偷梁换柱，把真迹盗走。一时间前田本家和嗣子也闹不清怎么回事，不知如何是好。幸亏有懂事的，赶紧叫嗣子收起唐经，先给侯爷下葬再说。

等葬礼过后，嗣子继承侯爵，觉得此事太过蹊跷，便立马请来鉴古专家，又到警局报了案。想当年这些有名的鉴古专家都写了鉴定书，此时见了勃然大惊，哪里说得出原因。警局也不敢怠慢，在侯府查了多日，没有一点线索。此事闹得东京满城风雨，华族及收藏界议论纷纷。末了惊动了皇室，裕仁天皇特派了御前鉴古委员会高级专家，取来唐经鉴定，众人研究了半个多月，得出结论：纸、墨、古锦、风格确实是盛唐真迹无疑，但为啥经文字迹消失无存，却找不出一点原因！由此，这个“稀世唐经文字失踪事件”，也成了战前日本华族和收藏界的未解之谜。

前田家受此离奇大辱，哪能善罢甘休，都觉得是当年山中有志在其中做了手脚，便动用盘根错节的势力，把正借战乱之机，大做古董买卖大发其财的山中有志召回日本，把他下了大狱。没等调查清楚呢，日本早已损兵折将溃不成军，内外交困陷入盟军重围，山中这个狡猾奸诈之徒，便在东京大轰炸中被炸得尸骨无存，灰飞烟灭。

后来有人传说，苍天有灵，不愿看到大唐稀世之宝流落异邦，便显灵令其文字消失无存。也有人说，是吴清远博学多才，用高超的做旧技术，重新用唐朝古墨、古纸、古锦，仿照唐经真迹做了一卷仿品，通过山中卖给了前田。

抗战胜利后，吴清远回了琉璃厂，有人问他传闻的真假，吴清远笑道："咱是买卖人，最讲诚信，咱虽没卖给他真迹，可也没收他真迹的钱呐！他心心念念想得到此宝，山中又用下三烂手段对付咱们，咱也用点高招，绝不能叫他们小瞧了咱！"至此，大家伙才知道原来真是吴清远妙手做了件赝品卖给前田，当日跟周公子闹生分，也是俩人的计策。只是他用的是什么古法能让字迹消失无存，这就不得而知喽。

格古堂又惨淡经营了几年，生意实在不好，周公子便和吴清远关了铺子，带着家人远渡海峡去了台湾省。那卷珍贵的大唐杨贵妃亲笔写经又跟唐明皇御笔敕书合二为一，这部盛唐稀世之宝至今仍完好珍藏于中华大地上。

正是：

落日绣帘卷，亭下水连空。知君为我，新作窗户湿青红。长记平山堂上，欹枕江南烟雨，杳杳没孤鸿。认得醉翁语，山色有无中。

一千顷，都镜净，倒碧峰。忽然浪起，掀舞一叶白头翁。堪笑兰台公子，未解庄生天籁，刚道有雌雄。一点浩然气，千里快哉风。